KB183741

당신이 보는 세계

당신이 보는 세계

이명희 배예람 담장 이아람 정비정 리리브 박꼼삐

한켠 달리

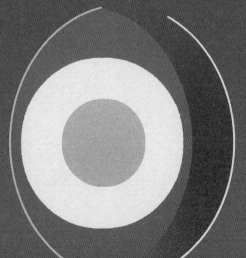

브릿G↗
단편
프로젝트

황금가지

차례

당신이 보는 세계

이명희

01.

　슬은 자료를 쓱 훑어보고는 황당하다는 표정으로 발표를 맡은 후배를 바라보았다. 슬과 눈이 마주친 후배는 본인도 어이가 없다는 듯한 표정을 짓고는 발표를 시작했다.

　"……미리 나누어드린 자료를 보시면 아시겠지만, 이번 조사 주제는 '전단지 괴담'입니다."

　자료를 미리 훑어보지 않은 연구원들이 곳곳에서 허, 하는 황당한 숨을 뱉었다. 연합체에서 가장 머리가 좋다는 사람들만 모아 놨다는 이 우주 관리국 연구팀에 다른 것도 아니고 '괴담'의 조사라니. 슬은 대체 뭔 어이없는 사태가 벌어졌기에 이런 어울리지 않는 조사가 여기까지 흘러들어왔나 생각하며 빠르게 자료를 훑기 시작했다.

괴담의 시작은 어느 넷 커뮤니티에 올라온 하나의 글이라고 했다. 요약된 내용이 자료에 첨부되어 있었으나 슬은 그것을 무시하고 자료 내의 링크를 눈으로 훑었다. 아이렌즈를 통해 링크를 감지한 브레인 네트워크가 슬의 머릿속에 '선호하지 않는 내용이 포함된 사이트에 연결됩니다. 승인하시겠습니까?'라는 메시지를 띄웠다. 슬이 눈을 짧게 깜빡여 승인 의사를 표하자 곧 원문 글이 슬의 머릿속에 주르륵 펼쳐지기 시작했다.

「내가 얼마 전에 친구랑 같이 RK-01-116 거리를 지나가고 있었는데 말이야, 좀 기묘한 일을 겪었어. 나는 그냥 친구랑 길을 걷고 있었는데, 걔가 갑자기 인상을 확 쓰면서 벽을 노려보는 거야. 나는 벽에 뭐가 있나 싶어서 벽을 쳐다봤지.

01 지역 사람들은 알겠지만, 01 지역은 벽면 디지털화가 끝나서 벽이 다 스크린으로 바뀌었거든? 116 거리 벽면도 당연히 스크린으로 바뀌었고. 나는 스크린에 뭐 이상한 거라도 나왔나 했어. 정치인 누구를 지지한다거나, 누구를 끌어내리라거나 이상한 종교에 들어오라거나 하는 그런 거. 그래서 걔가 그렇게 인상을 썼나 했는데 스크린에서는 그냥 아이스크림 광고가 나오고 있더라고.

인상 쓸 이유가 없는 것 같아서 왜 그러냐고 물어봤는데, 걔가 법을 가볍게 여기는 사람들이 왜 이렇게 많은지 모르겠다면서 한숨을 쉬더라고. 걔가 직업이 그쪽이라 준법정신이 좀 강하기는 한데, 아무리 생각해 봐도 방금 본 광고에 뭔가 문제가 있는 것 같지는 않아. 그래서 광고에 뭐 문제 있었냐고 했더니 걔가 그러더라. '광고가 아니라 저거 말이야, 전단지.'

전단지? 나는 다시 벽을 쳐다봤어. 자원 보호법 때문에 종이 전단지가 불법이 된 건 나도 알고 있었는데, 벽에서 전단지 같은 걸 본 기억이 없었거든. 다시 봐도 없었어. 내 눈에 보이는 건 '개척 행성 관광 5박 6일 특가!'라는 멘트가 떠 있는 스크린뿐이었지.

내가 아무것도 없는데 뭔 소리냐고 했더니 걔가 너야말로 뭔 소리를 하는 거냐면서 저기 있잖아, 하고 손으로 벽을 가리켰어. 근데 걔가 가리키고 있는 데를 봐도 내 눈에는 전단지 같은 건 안 보이더라고. 걔도 뭔가 이상한 걸 느꼈는지 아이렌즈로 바로 전단지가 붙은 벽을 찍어서 내 브레인 네트워크로 보내줬어.

다들 알다시피 아이렌즈는 그 사람이 보고 있는 걸 그대로 찍어주는 기능이잖아. 그걸 브레인 네트워크로 직접 내 뇌에다 쏴 줬으니 걔가 보고 있는 거랑 내가 받은 이미지는 똑같아야 했어. 그런데…… 없었어. 걔가 보내 준 이미지에도 전단지 같은 건 없더라고.

나는 걔가 나를 놀리나 했어. 근데 걔는 반대로 내가 자기를 놀리나 싶은 표정이더라고. 걔가 여기에 있는 게 왜 안 보이냐고 그러면서 전단지를 떼서 내 손에 쥐여주기까지 했는데도 나는 전단지가 보이지도 않았고 손에 뭐가 잡혀 있다는 느낌을 받지도 못했어. 그러고 나니까 엄청 오싹한 거야. 걔나 나나 뒤도 안 돌아보고 도망쳤지. 그건 대체 뭐였을까? 전단지는 진짜 있었던 걸까?」

슬은 링크에서 나와 다시 후배를 바라보았다. 후배는 어느덧 '해당 벽면의 이미지입니다.'라며 116 거리의 벽면을 찍은 사진을 띄워 놓은 상태였다. 슬의 눈에는 그저 광고가 흘러나오는 스크린이 찍혀 있을 뿐, 전단지 같은 건 보이지 않는 벽이었다.

"보시다시피, 전단지는 분명 붙어있습니다만……."

뭐라고?

02.

설란은 또다시 시서와 격하게 다툰 후 씩씩거리며 집을 나섰다. 시서와 말이 통하지 않는 거야 하루 이틀 일이 아니었지만, 오늘은 더더욱 시서가 답답해 미칠 지경이었다.

이전에도 두 사람은 연을 끊어버리자는 소리가 나올 정도로 격한 다툼을 몇 번이나 벌여왔었다. 그 끝에 둘은 가급적 둘이 부딪히는 주제(정치, 사상, 기타 세계의 주요 문제들 같은)를 입에 담지 않기로 약속하고 노력해왔으나, 무심결에 내뱉는 말들이 늘 싸움의 도화선이 되어 둘 중 누군가의 가출 사태를 만들어내고는 했다.

오늘 싸움의 시작을 끊은 건 설란이었다. 아니, 설란은 시서가 싸움을 시작했다고 생각했다.

설란은 뉴스를 보고 있었다. 뇌에 삽입된 내장 칩을 통해 브레인 네트워크로 바로 재생되는 뉴스는 사실 본다고 표현하기에는 다소 애매한 부분이 있기는 했지만, 어쨌든. 뉴스는 개척 행성 지도 위원장이 행성 추가 개척을 단행하겠다는 공식 성명을 냈다는 보도를 전하고 있었다. 설란은 저도 모르게 미친놈 소리를 입 밖으로 내뱉고 말았다.

현재 지구-행성 개척지 연합체에는 행성 추가 개척을 진행할 자원이 남지 않았다. 무리하게 개척을 감행했다가는 연합체의 안정에 큰 위험이 갈 수도 있었다. 그래서 행성 추가 개척은 시기상조라는 평가가 그렇게 강했건만, 위원장은 기어이 개척을 단행하려는 모양이었다.

위원장 자리에 오른 지 이제 3년, 그 이전 제2개척 행성 지도 위원장이었을 시절부터 숱한 자질 부족 논란을 끌고 다니던 위원장의 또 다른 무능에 설란은 혀를 차며 중얼거렸다. 어쩌다 이 무능한 인간이 이런 자리에 앉아있는지 모르겠다고.

말을 내뱉고 난 후에야 옆에 시서가 있다는 사실이 떠올라 설란은 멈칫했다. 시서 역시 뉴스를 보고 있을 테니, 설란이 지금 말하는 '이 무능한 인간'이 누구인지 바로 알아챘을 텐데, 설란과 연합체의 선량한 주민들에게는 안타깝게도 시서는 '이 무능한 인간'의 열렬한 지지자 중 하나였기 때문이었다.

설란은 지금 자신이 싸움을 방지하기 위해 두 사람이 암묵적으로 정해 놓은 룰을 어겼음을 깨달았으나 뭐 어떠랴 싶었다. 제아무리 위원장의 극성 지지자인 시서라고 해도, 강행했다가는 꽤 오랫동안 연합체의 주민들이 세금 폭탄에 시달릴 이런 정책까지 지지하지는 못하리라. 그러나 시서가 설란의 생각대로 움직이는 사람이었다면, 애초에 두 사람이 싸움 방지 룰 같은 걸 정해 놓을 필요는 없을 터였다.

위원장에 대한 비난을 입에 담은 설란을 시서는 매섭게 노려보며 말했다. '꼭 뭘 제대로 알지도 못하는 너 같은 애들이⋯⋯'로 시작되는 단골 레퍼토리였다. 설란은 지지 않고 반격했다. 꼭 너 같은 애들이 눈 감고 귀 막고 소리만 지르면 그게 다 정답이 되는 줄 알고 설쳐댄다고.

둘의 싸움은 늘 그렇듯 격해졌고, 이번에는 설란이 너 같은 애랑은 같이 못 살겠다며 집을 뛰쳐나왔다. 사정상 설란이나 시서나 그 집을 떠날 수 없는 게 아니었더라면 분명 시서와는 진작 인연을 끊어버렸을 거라고, 설란은 생각했다.

설란은 시서가 답답해 죽을 지경이었다. 언론이, 객관적인 자료들이, 연이어 터지는 자질 부족 논란과 그간의 행보에서 보이는 무능함이, 위원장은 개척 행성 지도 위원장이라는 큰 직책을 맡기에 적합한 사람이 아님을 보여주고 있었다. 그런데 시서는 왜 그런 객관적인 증거들은 무시한 채 위원장을 지지, 아니 찬양하는지 도통 알 길이 없었다.

설란은 답답한 마음을 품고 거리를 걷다가 벽면의 스크린을 보게 되었다. 벽면의 스크린에서는 '위원장의 행성 개척 정책을 환영합니다'라는 문구가 쓰인 지지 영상이 흘러나오고 있었다. 영상의 게시자를 보니 시서가 활동하고 있는 위원장 지지 모임이었다. 설란은 고개를 절레절레 젓고 브레인 네트워크를 통해 자신이 활동 중인 모임에 접속해 보았다.

아니나 다를까, 위원장의 행성 개척 단행이 얼마나 무모한 짓인지 조목조목 비판하는 글들이 쉴 새 없이 올라오고 있었다. 가장 많이 언급되고 있는 반대 근거는 역시나 자원 부족. 특히나 최근 일어났던 제7도시 붕괴 사고로 인해 도시 재건에 어마어마한 자원이 소모되고 있는 지금 상황에서 추가 개척에 들일 수 있는 자원은 제로에 가까운 상황이었다. 당연히 개척을 밀어붙이면 뒷감당은 연합체 주민들의 몫일 것이 뻔했다. 왜 시서 같은 사람들의 눈은 이런 것들을 보지 못하는지, 그저 답답할 따름이었다.

03.

슬은 막막한 표정을 지은 채 우주 물질 샘플들을 훑어보고 있었다. 슬과 함께 우주 물질들을 들여다보고 있는 연구원들의 표정에도 비슷한 감정이 떠올라 있었다. 막막함과 약간의 두려움 같은 복잡한 감정들이 뒤섞인 표정. 며칠 전 전단지 괴담의 첫 현장 조사를 나갔다 온 후 연구원들은 내내 이런 표정을 짓고 의미 없이 우주 물질들을 뒤적이고 있었다.

후배의 발표가 있던 날, 시큰둥하게 시작되었던 발표는 혼란과 함께 끝이 났다. 분명 본인의 눈에는 스크린만 있던 텅 빈 벽의 사진을 보며 후배는 전단지가 붙어 있다고 주장했고, 그 말에 연구원들이 혼란에 빠져버린 탓이었다.

누군가는 슬처럼 전단지가 없다고 주장하였고, 누군가는 후배처럼 분명 전단지가 있다고 주장하였다. 전단지가 붙어있다고 주장하는 연구원들은 심지어 전단지가 '불법 퇴폐업소의 전단지다'라고 정확히 일치된 주장을 내뱉기까지 했다.

혼란에 빠진 연구원들은 현장 조사를 나가보기로 하고 다음 날 곧바로 관련 장비를 챙겨 116 거리로 향했다. 현장으로 가는 트램 안에서 슬은 혼란을 가라앉히고 차분히 사건의 경과를 되짚어 보았다.

괴담 커뮤니티에 올라온 전단지 괴담은 여느 괴담들과 달리 116 거리라는 실존하며 접근하기 쉬운 장소를 배경으로 하고 있어 괴담의 사실 여부를 확인하려는 사람들에게 환영을 받았다. 하여 몇몇 사람들이 가까운 일행과 함께 해당 거리를 찾았다. 그러나 그곳을 방문했던 사람들은 일행 모두 그곳에서 전단지를 보았거나 보지 못했다고 했을 뿐, 일행 중 누군가는 전단지를 보고 누군가는 보지 못하는 사태를 마주하지는 못했다는 후기 글을 속속 남겼다. 그렇게 전단지 괴담은 여느 괴담처럼 괴담으로 남아 사라지는 듯했다. 괴담을 좋아하는 어느 연예인이, 일행과 함께 116 거리를 찾아 라이브 방송을 하기 전까지는.

짧은 라이브 방송에서 연예인과 일행은 각자 전단을 보았고 또 보지 못했다. 실시간으로 진행되는 방송의 댓글들은 '저기에 뭐가 있다고?'와 '저게 안 보인다고?'로 나뉘었다. 반쯤 장난삼아 라이브 방송을 진행했던 연예인과 일행도, 함께 라이브를 보던 사람들도 모두 혼란과 공포에 휩싸일 수밖에 없었다.

방송의 후폭풍은 거셌다. 사람들은 제각기 괴담의 실체를 파악하기 위해 애썼다. 특정한 사람 눈에만 보이는 신종 물질이라는 주장부터, 개척 행성에 있었을지도 모를 외계 생명체들이 행성을 빼앗긴 분풀이로 무언가를 하고 있는 게 아니냐는 주장까지 제기되었다. 넷은 연일 시끄러웠고, 연합체에서는 쏟아지는 조사 의뢰에 못 이겨 결국 괴담을 조사하기로 결정했다. 그게 슬의 연구팀에 '전단지 괴담'이라는 조사가 흘러

들어오게 된 배경이었다.

슬은 현장에 나갈 때까지만 해도 무언가 잘 못 되었으리라 생각했다. 육안으로 확인해 보면 금방 진실을 가려낼 수 있을 거라 생각했다. 그러나 현장에 도착한 연구원들은 아연실색해 멍하니 벽을 쳐다볼 수밖에 없었다. 연구원들이 맨눈으로 확인했음에도, 전단지의 존재 여부는 가려지지 않았기 때문이다.

측정을 위해 가지고 온 장비는 벽에 무언가 '붙어있지 않음'을 분명하게 표시하고 있었으나, 후배를 비롯한 일부 연구원들은 분명히 장비가 벽에 무언가 '붙어 있음'을 표시하고 있다고 주장해 더더욱 큰 혼란을 몰고 올 뿐이었다.

04.

설란은 의아하게 빈집을 둘러보았다. 시서와 모든 일정을 공유하는 건 아니니, 시서와 설란이 집에 있을 때 상대가 집을 비우는 일이 드문 건 아니었다. 그러나 이상한 것은, 집의 자동 관리 시스템이 현재 집 안의 생명체를 둘로 표시하고 있다는 점이었다.

시서와 설란은 반려동물을 키우지 않았고, 자동 관리 시스템은 침입자 경보를 울리지 않았으며, 설란은 손님을 데리고 오지 않았다. 그러니 지금 집에 있는 건 설란과 시서거나, 설란과 시서가 승인한 누군가라는 뜻이었다. 그러나 그게 시서든 시서가 승인한 누군가든, 설란은 집 안에서 자기 외의 그 누구도 발견할 수 없었다.

시스템이 고장 난 모양이라고 설란은 판단했으나, 그 후 꽤나 시간이 지난 후에도 시서의 모습은 보이지 않았다. 시서의 모습을 보지 못한 지 어느덧 나흘째. 일상을 하나하나 다 보고하고 사는 것도 아니니 어쩌다 우연이 여러 번 겹치면 그럴 수도 있지 싶다가도 곧 그럴 수가 있나 싶은 생각이 따라왔다. 애초에 두 사람은 생활 패턴이 거의 비슷했다. 그런데 이렇게 갑자기, 무려 '나흘' 동안이나 마주치지 않는 게 가능한가?

이 정도면 시서가 설란과의 만남을 의도적으로 피하고 있다고 보는 쪽이 더 타당했다. 주방이나 시서의 방 같은 곳을 보면 생활감이 있어 시서가 집에 출입하고 있는 것 같기는 한데, 참으로 이상한 일이었다.

시서를 만나지 못한 지 어느덧 일주일째. 이제는 시서의 방과 공용 공간에서 생활감조차 느껴지지 않았다. 설란은 몇 번이나 브레인 네트워크로 시서와 통신이나 채팅을 시도했으나, 그 또한 몇 번이고 실패했다. 시서가 의도적으로 설란을 피하고 있는 게 맞는 건지, 정말로 시서에게 무슨 일이 생긴 건지 알 수가 없었다. 설상가상 집을 방문했던 수리 기사는 집의 자동 관리 시스템에는 '아무 문제도 없다'는 결론을 내고 돌아가

버렸다.

설란은 공포에 빠져 있다가 문득 집의 출입 기록을 떠올리고 다급히 출입 기록을 살펴보았다. 집이든 다른 곳이든, 지금은 어딘가에 출입할 때 출입자의 뇌 속에 있는 내장 칩이 스캔되어 출입 날짜와 시각 등이 자동으로 기록된다. 그러니 출입 기록을 확인해 보면, 집에 설란 외에 누가 드나들었는지 확인해 볼 수 있다.

그러나 출입 기록을 확인해 본 설란은 더더욱 혼란에 빠질 수밖에 없었다. 지난 일주일간 시서는 분명 집에 드나들고 있었고, 일부 시간에는, 그러니까 자동 관리 시스템이 집 안의 생명체 수를 둘로 파악하는 동안에는 설란과 한 집에 머물기까지 했다. 지난 일주일간 시서와 설란 외에 집을 드나들었던 사람은 방금 전 떠난 수리 기사가 유일했다.

그럼 뭐, 설란이 집에 멀쩡히 드나들고 있는 시서를 못 보고 있기라도 하다는 건가. 설란은 너무도 명확한 기록 앞에 답답함과 공포, 혼란을 품고 혹시나 단서가 있을까 집 안 곳곳을 뒤져보았다. 혹시라도, 시서에게 무슨 일이 생겨 누군가 시서의 내장 칩을 가지고 뭔가 일을 꾸미고 있을지도 모른다는 최악의 가정까지 품고서.

그러나 집 안을 아무리 뒤져봐도 이상한 점은 찾을 수 없었다. 설란은 답답한 마음에 브레인 네트워크에 접속해 각종 실종 사건을 검색해 보다 문득 시서가 종종 접속하던 괴담 커뮤니티를 떠올리고 다급히 커뮤니티에 들어가 보았다. 괴담이나 미신 같은 것들을 늘어놓는 커뮤니티. 사실 여부조차 알 수 없는 것들에 시간을 쏟는 것은 낭비라고 생각하는 설란은 그동안 거들떠보지도 않던 곳이었다. 그러나 지금 설란에게는, 어쩌면 시서의 흔적을 찾을 수 있을지도 모를 귀한 곳이 되어 있었다.

커뮤니티에 접속한 설란은 거의 모든 페이지가 같은 괴담으로 도배되어 있음을 보았다. '전단지 괴담'이라는 이름의 이 괴담은 이 커뮤니티에서 처음 시작되어, 연구팀까지 꾸려질 만큼 상당히 큰 사건으로 번져 있던 모양이었다. 괴담에 연구팀까지 파견되었다는 이야기에 흥미를 느낀 설란은 괴담의 경과를 쭉 살펴보았다.

괴담을 쭉 훑어본 설란은 어쩐지 이 괴담과 시서의 실종 사건에 뭔지 모를 유사점이 있다는 생각을 품었다. 시서가 있다고 주장하는 자료들, 전단지가 있다고 주장하는 사람들, 그리고 시서도 전단지도 보지 못하고 있는 자신과 사람들. 어쩌면……. 설란은 생애 처음으로 괴담 커뮤니티에 가입을 하고 글을 남겼다.

05.

연구에는 진척이 없었다. 정말로 특수 물질로 만들어진 전단지가 붙어 있는 게 아닐까 하여 각종 우주 물질들을 반복해 연구하고 또 연구했으나 그 어떤 물질도 '특정인의 눈에만 보이는 무언가'를 만들어내지는 못했다.

연구팀은 여러 가설을 두고 물질을 연구해 보기도 하고, 정말 외계 생명체의 소행일지도 모른다는 가능성을 염두에 두고 생물 연구팀과 합동 연구까지 진행해 보았다. 그러나 아무것도 알아낼 수 있는 것이 없었다. 전단지 괴담의 조사는 점점 더 막다른 길로 치닫고 있었다.

답답한 마음에 처음 괴담이 시작되었던 커뮤니티에 접속했던 슬은 커뮤니티가 어쩐지 소란스럽다는 사실을 알아챘다. 뭔가 싶어 커뮤니티를 살펴보던 슬은 이 소란의 시작점에 글 하나가 있음을 알아챘다. '애들아, 전단지 괴담 그거 말인데 어쩌면 전단지에만 국한해서 볼 문제가 아닌 것 같아.'라는 제목을 단 글이었다. 슬은 어쩌면 새로운 단서를 잡을 수 있을지도 모른다는 희망을 품고 해당 글을 읽기 시작했다.

글은 기이한 실종 사건에 대한 이야기였다. 글쓴이의 룸메이트는 일주일이 넘게 실종 상태이나 집의 자동 관리 시스템은 집에 있는 생명체의 수를 자꾸만 둘로 파악한다. 수리 기사에게 확인해 본 결과 시스템에는 이상이 없다. 의아한 마음에 본 출입 기록에는 룸메이트가 분명 집에 출입하고 있으며, 일부 시간에는 글쓴이와 함께 집에 있었다는 기록까지 남아있다. 그러나 글쓴이는 룸메이트를 본 적이 없고, 룸메이트는 현재까지 연락 두절 상태다.

글쓴이는 상황을 정리하고는 덧붙였다. 너무 비약일지 모르지만, 룸메이트가 실제로 집에 멀쩡하게 출입을 하는 거라면, 전단지가 실제로 존재한다면, 멀쩡히 존재하는 것을 보지 못하고 있는 이 상황은 어딘지 닮은 구석이 있는 것 같다고.

슬은 무엇인가 머릿속을 스치고 지나가는 느낌이 들어 퍼뜩 자세를 고쳐 앉았다. 글쓴이의 글에는 댓글이 폭주하고 있었고, 해당 글을 언급하는 새로운 게시물들도 만만치 않게 쏟아져 나오고 있었다. 대부분 글쓴이와 비슷한 경험을 했다는 본인 혹은 지인들의 이야기였다. 가깝게 지내던 친구나 지인, 한 집에 살던 룸메이트나 가족들이 실종인지 아닌지 모를 애매한 실종 상황에 처했다는 이야기들.

슬은 머릿속을 마구잡이로 돌아다니는 생각들을 빠르게 정리하고 다급히 연구팀을 불러 모았다. 각기 의미 없이 우주 물질을 뒤적이던 연구원들은 의아한 표정 속에 희망을 품고 다급히 슬에게 달려왔다.

어쩌면 처음부터 연구 방향이 잘못되었을지도 모른다. 주목해야 했던 건 특정인의 눈에만 보이는 '전단지'가 아니라 '특정인의 눈'에만 보이는 전단지였을지도 모른다. 슬은 차분히 생각을 정리하고 빠르게 연구팀에게 자신의 가설을 설명하기 시작했다.

06.

설란은 자신이 쓴 글이 넷 상에서 빠르게 퍼지고 있다는 사실을 알고 있었다. 그러나 설란은 그 글에 신경을 쓸 수 있는 상태가 아니었다. 혼란스러운 실종 사건은 아직도 해결되지 않았고, 그리하여 시서는 여전히 실종 상태이며, 설란의 일상은 시서의 기묘한 실종 때문이 아니더라도 극심한 혼란에 몰려 있었기 때문이었다.

설란의 일상은 엉망이 되어가고 있었다. 그러나 문제는 설란이 원인을 알 수가 없다는 점이었다. 기묘한 일이 자꾸만 벌어지고 있는데, 이유를 알 수가 없었다. 첫 번째는 잦은 실종이었다. 사람들이 자꾸 사라지고 있었다. 주로 시서와 가까이 지냈던 사람들. 설란과도 매일 같이 저걸 죽여 살려 하던 사람들이었으나, 어느 순간 갑자기 사라지는 사람들의 부재는 그 자체로 혼란을 몰고 왔다.

설란에게 단단히 화가 난 시서가 지인들과 짜고 설란을 골탕 먹이고 있기라도 한 건가 싶었으나, 시서는 그럴 성격도 아니었을뿐더러, 시서의 지인들을 알고 있는 설란의 지인들도 그들의 실종을 확인해 주었다.

기묘한 실종 사건만으로도 설란은 충분히 혼란에 빠져 있었으나, 일상의 균열은 점점 더 여러 방향에서 다가오고 있었다. 분명 누군가를 만나러 집을 나섰는데 만나려던 이를 만나지도 않고 집으로 돌아와 있다든지, 종래에는 그 만나려던 사람이 누구였는지조차 기억하지 못한다든지.

샤워를 하기 위해 욕실의 거울 앞에 섰는데, 이걸 어떻게 눈치채지 못했나 싶을 정도의 큰 멍을 발견한 적도 있었다. 묘하게 팔을 움직이는 게 이상해 병원을 찾았더니 무슨 일이 있었는지 팔뼈에 실금이 가 있던 적도 있었다. 의사는 어떻게 이걸 눈치도 못 챘냐고 물었으나, 설란이야말로 그게 궁금할 따름이었다.

설란은 이제 제 감각을 믿을 수가 없었다. 제가 보고 있는 것이, 제가 느끼고 있는 감각들이 진실인지 거짓인지 판단을 내릴 수가 없었다. 자신의 생각, 자신의 기억, 그 무엇도 믿을 수가 없었다. 분명 무언가 문제가 생겼는데 그 문제가 무엇인지 알 길이 없었다.

설란은 혼란을 끌어안고 습관적으로 브레인 네트워크에 접속했다. 네트워크는 설란이 혼란에 빠져 있던 지난 며칠 동안 난장판이 되어 있었다. 수없이 많은 사람들이 설란과 비슷한 경험을 겪고 그 경험을 공유하고 있는 탓이었다. 기억의 삭제, 왜곡, 감각의 혼란, 아직도 이어지고 있는 기묘한 실종 사건들.

설란은 지금 자신들에게 벌어지고 있는 일들을 이해할 수가 없었다. 브레인 네트워크로 보고 있는 이 이야기들은, 이 정보들은 진짜일까, 그것조차 구분할 수 없었다. 확실한 건 단 한 가지뿐이었다. 이건, 이 상황은, 지금 이 세계는, 분명히 무언가 잘못되었다.

설란은 브레인 네트워크에서 나와 초조하게 주변을 둘러보았다. 자신이 발 딛고 있는 세계의 존재는 진실일까 하는 의심이 피어오를 지경이었다. 설란은 불안하게 집을 서성이다 갑자기 브레인 네트워크로 걸려오는 통신에 퍼뜩 놀라 저도 모르게 수락을 눌렀다. 모르는 번호였다. 평소라면 모르는 번호로 걸려온 통신은 받지 않을 텐데. 지금이라도 끊을까, 하던 설란은 상대방의 말에 멈칫했다.

─하설란 씨 되십니까? 저는 우주 관리국 산하 전단지 괴담 특별 연구팀 팀장 윤슬입니다. 잠시 통화 가능하십니까?

시서의 실종을 비롯한 이 모든 혼란을 해결할 수 있는, 마지막 기회가 찾아온 기분이었다.

07.

슬은 수없이 많은 기자를 앞에 두고 차분히 단상 위에 올라섰다. 과거 시대가 배경인 영화들을 보면 이렇게 많은 기자가 모인 곳에서는 늘 셔터를 누르는 소리나 타자 치는 소리, 플래시가 터지는 소리들이 등장하고는 하던데, 지금 눈앞은 고요하기만 했다. 기자들은 자신의 아이렌즈를 통해 실시간으로 브레인 네트워크에 현장을 중계하고 있을 테니까. 슬은 기자들을 쭉 둘러보고 차분한 목소리로 입을 열었다.

"우주 관리국 산하 전단지 괴담 특별 연구팀 팀장 윤슬입니다. 먼저 이 자리는 통칭 '전단지 괴담'이라 이름 붙은 사건에 대한 조사 결과를 보고하는 자리입니다. 하지만 결과 발표에 앞서, 이 자리에서 발표할 내용이 비단 전단지 괴담의 조사 결과뿐만이 아니라는 사실을 미리 밝히고 시작하는 바입니다. 이 자리에서는 전단지 괴담을 포함하여, 근래 연합체의 주민 여러분들이 광범위하게 겪고 계신 실종 사건 및 각종 기억과 감각 왜곡 사건 등의 원인을 통합적으로 규정하려 합니다."

기자들이 술렁이는 것이 느껴졌다. 그들의 아이렌즈는 여느 때보다 분주히 움직이고 있으리라. 슬은 그들을 쭉 한 번 둘러보고는 가지고 온 것을 들어 올렸다. 슬의 검지 손톱보다도 작은 크기의 물건 하나를. 그것을 알아본 기자들의 눈에 의아한 빛이 감돌았다.

"이것이 이번 모든 사태의 원인입니다. 여러분들도 익히 아실 물건이죠. 지금도 저와 이 방송을 보고 계실 모든 분들의 머릿속에 들어 있을 작은 물건, 내장 칩입니다."

슬은 웅성이는 기자들의 소음을 무시하고 칩을 내려놓으며 말했다.

"약 4개월 전, 내장 칩은 일괄 업그레이드를 단행했습니다. 칩 관리국의 설명에 따르면 해당 업그레이드의 주요 내용은 바로 '헤이트 이레이저' 기능의 추가. 간단히 말해 불쾌감을 유발할 수 있는 것들을 차단해 주는 기능이었습니다."

08.

설란은 장을 봐 집으로 향했다. 시간의 효율성을 중시하는 설란은 음식을 만들어 먹고 뒷정리를 하는 과정에 시간을 쏟는 것이 아까워 영양 캡슐 하나로 식사를 대신하는 편이었다. 그러나 시서는 늘 요리 과정부터 음식의 맛을 음미하는 모든 순간들을 즐기고는 했다.

요리나 음식 섭취 같은, 지금 시대에는 굳이 필요하지 않은 일을 하는 동안 자신을 좀 더 돌보는 느낌이 들어 기분이 좋다고 했었다. 설란은 각종 영양소가 적절히 배합된 영양 캡슐을 섭취하는 게 훨씬 몸을 잘 돌보는 길이 아닐까 생각해 그 의견에 동의한 적이 없었으나, 가끔은 시서에게 맞춰주는 것도 좋지 않을까 싶어 오늘은 직접 식재료를 구매해 집으로 가는 길이었다.

트램 정거장으로 가는 동안 설란은 벽면의 스크린들을 쭉 살펴보았다. 그곳에서는 며칠 전 있던 연구팀장 윤슬의 발표가 수도 없이 흘러나오고 있었다. 지난 며칠 동안 정말 질리도록 반복돼 온 화면이었다. 그럼에도 설란은 윤슬의 발표가 재생되고 있는 스크린 앞에서 걸음을 멈추었다.

설란은 윤슬의 통신을 받았던 순간을 떠올렸다. 윤슬이 진짜인지, 그저 연구 팀장을 사칭하는 가짜인지도 알지 못한 채 이 사태를 규명할 수 있는 마지막 기회라는 생각이 들어 절박하게 그 통신에 매달렸다. 차분한 목소리로 설란이 작성했던 글에 대해 하나씩 질문을 던진 윤슬은 물었다.

—평소 룸메이트 분과의 사이는 어떠셨는지 여쭈어도 되겠습니까?

설란은 별로 좋은 편은 아니었다고 솔직히 답했다. 자주 싸웠고, 생활 습관부터 사상까지 하나하나 맞는 게 없어 마지막으로 본 날도 큰 다툼 후 잠시 가출을 감행했었다고. 슬은 무언가 원하던 답을 얻었는지 확신을 품은 목소리로 말했다.

—지금, 집 안의 출입 기록을 다시 한번 확인해 주실 수 있으시겠습니까? 그곳에 여전히 룸메이트 분의 출입 기록이 남아 있는지 말입니다.

설란은 의아해하면서도 즉시 출입 기록을 확인했다. 출입 기록을 확인한 설란은 얼어붙었다. 없었다. 분명 제 눈으로 확인한 시서의 출입 기록이, 전혀 남아있지 않았다. 설란이 얼어붙어 아무 말도 하지 못하자 슬은 그럴 줄 알았다는 듯 말했다.

—기록이, 남아있지 않죠?

설란은 겨우 "네."라는 짧은 답을 끌어냈다. 그 말에 윤슬은
무언가 확신을 얻었는지 귀한 정보를 주셔서 감사하단 말을
끝으로 통신을 끊었다. 혼란에 빠져 있던 설란은 며칠 후, 브레
인 네트워크를 통해 윤슬의 발표를 보게 되었다. 지금 보고 있
는 바로 이 발표였다. 스크린 속에서, 윤슬은 담담하고 차분한
목소리로 말하고 있었다.

—헤이트 이레이저 기능은 악취나 과도한 소음 등 사용자가
불쾌감을 느낄 수 있는 사태에 노출될 시 일시적으로 청각이
나 후각 등을 조절하여 해당 원인에 노출되지 않게 해주는 일
종의 감각 통제 기능이었습니다. 본래대로라면 일시적이고 소
소한 정도의 감각 통제 기능만을 가지고 있었어야 할 이 헤이
트 이레이저 기능은, 내장 칩이 원래 가지고 있던 알고리즘 기
능과 맞물리며 '사용자가 싫어한다고 판단되는 모든 것을 차
단하는 방향'으로 움직이는 치명적인 부작용을 일으켰습니다.
 '사용자가 싫어한다고 판단되는 모든 것'의 범주는 상당히
넓었습니다. 가볍게는 불쾌한 내용을 담은 전단지부터, 무겁
게는 자주 싸움을 벌이던 사람, 좋아하지 않는 장소, 통증까지
도 이 범위 안에 포함되었습니다.
 칩은 차단한 것과 현실의 괴리를 채우기 위해 광범위한 왜

곡을 시도하기도 했습니다. 전단지 괴담의 현장 조사 당시 연구원들이 측정 장비의 결과를 각기 다르게 본 것 역시 이런 광범위한 왜곡의 결과였습니다. 칩이 자신이 차단한 것에 맞추어 현실의 상황을 왜곡해 보여준 셈입니다.

칩의 부작용은 갈수록 심해져, 칩은 감각 통제 기능을 넘어 기억 자체에 간섭하기 시작했고, 이 때문에 연합체의 주민분들께서는 감각 및 기억의 왜곡 현상 등에 노출되셨던 것으로 파악되었습니다. 관리국에는 이미 해당 사항에 대한 결과를 전달하였으며, 관리국에서는 다음 주 중으로 일괄 다운 그레이드를 시행할 계획이라는 입장문을 전달해 주셨습니다.

슬은 차분히 발표를 마무리하고 단상에서 사라졌다. 윤슬이 사라진 스크린에서는 곧 뉴스들이 흘러나오기 시작했다. 보통 스크린에서는 뉴스를 보도해 주지 않지만, 내장 칩의 기능이 정지되어 언론 보도에 접근할 수 없어진 사람들을 위해 연합체에서 특별히 스크린에 뉴스를 내보내고 있다고 했다. 내장 칩의 기능이 완전히 정지된 지금에서야 설란은 진정으로 뉴스를 '보고' 있는 셈이었다. 설란은 복잡미묘한 표정으로 스크린의 뉴스들을 바라보았다.

오늘의 메인 보도는 위원장이 행성 추가 개척에 대한 구체적인 계획을 발표했다는 내용이었다. 얼마 전 이 보도를 보고 시서와 싸움까지 벌였는데, 설란은 마치 처음 보는 낯선 기사처럼 뉴스를 바라보고 있었다. 현재 지구의 재정 상태를 고려했을 때 행성 추가 개척은 분명 무모한 일이라는 보도의 곁에서, 전혀 다른 보도가 흘러나오고 있는 탓이었다.

시서가 애용하는 방송국의 뉴스였다. 뉴스는 연합체의 수용 인원과 시설, 자원 등을 고려해 봤을 때, 행성 추가 개척의 필요성은 날로 증가하고 있으며 조금은 이를 수 있으나 분명 필요한 일이었다는 보도를 전하고 있었다.

설란은 해당 뉴스가 근거로 들고 있는 자료가 익숙했다. 설란이 그동안 추가 개척의 반대 근거로 사용해 왔던 제7도시 붕괴 사고의 자료였으니까. 재건에 막대한 자원이 소모되기에 추가 개척에 사용할 자원은 남아있지 않다는 주장의 근거로 사용해왔던, 바로 그 자료. 뉴스는 그 자료를 보여주며, 제7도시 붕괴 사고 자체가 시설의 수용 인원을 넘은 과도한 인원을 수용하려다 생긴 사고였다며, 인원의 분산을 위해서라도 행성의 추가 개척이 필요한 시점이라는 주장을 보도하고 있었다.

그러니까 결국, 위원장의 계획은 필요하면서도 실질적인 시행에는 어려움이 있는 계획이란 뜻이었다. 필요성에 초점을 맞추면 긍정적인 계획이 되고, 현재 연합체의 상황에 초점을 맞추면 무모한 계획이 되는. 그러니까, 논의가 필요한 계획이었다. 행성 추가 개척을 단행할지, 개척이 아닌 다른 방향으로 인구 분산 방법을 찾을지 논의를 해 봐야 할 계획.

또 다른 방송국에서는 행성 개척이 아니라 과거에는 기술력

부족으로 개척을 포기했으나 현재의 기술력으로는 개척이 가능한 기존 개척지들의 미개척 구역을 먼저 개발하는 게 가장 좋다는 중도 의견을 보도하고 있기도 했다.

설란은 집으로 향하는 트램에 앉아 이제는 쓸 일이 없어진 구식 소형 스크린을 꺼내 들었다. 설란은 차분히 위원장의 과거 행적들을 담은 뉴스들을 읽어보았다. 위원장의 정책들은 때로는 옳고 때로는 옳지 않았으며, 대부분의 경우 득과 실을 모두 포함하고 있어 받아들이는 사람마다 다른 결론을 낼 확률이 높은 것들뿐이었다.

어느 쪽의 손을 들어주든 그건 온전히 수용자의 몫. 한 가지 확실한 건, 위원장은 그동안 설란이 생각했던 것처럼 마냥 무능하기만 한 인물은 아니었다는 점이었다. 시서가 생각했던 것처럼 마냥 유능하기만 했던 인물도 아니었고.

위원장은 그냥, 평범한 사람이었다. 공도 세우고 실책도 저지르는, 어떤 시선으로 보느냐에 따라 전혀 다른 인물이 될 수 있는 그런 사람. 설란은 어쩌면 어느 순간부터 자신에게도 시서에게도 '정확한 판단을 내릴 기회'가 주어져 있지 않았을지도 모른다는 생각을 하게 되었다.

시서와 설란이 활동하던 정치 모임은 둘 다 분열의 길을 걸었다. 설란이 활동하던 모임에서는 위원장의 계획에도 나름 일리가 있으니 논의가 필요하겠다고 주장한 이들이 배신자로 몰려 퇴출되었고, 시서가 활동하던 모임에서는 위원장의 계획에 분명 무모한 구석이 있기도 하니 고민을 해보자고 말하는 사람들이 쫓겨났다.

그 사태로 양쪽 모임에서 상당히 많은 이들이 모임을 떠나게 되었으나, 모임에 남은 이들의 생각은 너무도 확고해 변할 기미가 보이지 않았다. 설란은 어느덧 위원장에 대한 인신공격으로 변질되어버린 잔류자들의 글을 쭉 훑어보았다. 상황을 살펴보기 위해 가입해 두었던 시서의 활동 모임 쪽 잔류자들의 글은 어느새 광적인 종교 집단의 그것과 다를 바 없이 변해 있었다.

설란은 심란한 마음으로 양쪽 모임의 글들을 훑어보았다. 이 사람들의 눈에는 아직 다른 진실이 보이지 않는 걸까, 보고도 외면하고 있는 걸까. 이 사람들은 언제부터 다른 판단을 내릴 기회를 잃어버리고 살았을까. 조금 더 늦었으면, 다른 진실이 존재할 수도 있다는 사실을 조금 더 늦게 알았으면, 설란도 이렇게 되었을까. 설란은 심란한 마음으로 양쪽 모임 모두 탈퇴 버튼을 누르고 트램에서 내렸다.

집에 도착한 설란은 입구에서 좋아하지도 않는 영양 캡슐을 맛 별로 사 가지고 돌아오던 시서와 마주쳤다. 시서는 신선한 식재료가 담긴 장바구니를 들고 있는 설란을 보고 머쓱한 표정을 지었다. 자기의 표정도 비슷했으리라고, 설란은 생각했다. 둘은 별말 없이 집으로 들어가 영양 캡슐과 정갈한 음식들이 함께 차려진 독특한 밥상을 차렸다.

시서와 설란이 저녁 식사를 끝내갈 즈음, 두 사람의 스크린이 동시에 울리기 시작했다. 확인해 보니 칩 관리국의 메시지였다. 내장 칩의 다운 그레이드와 감각 통제를 비롯한 일부 기능의 삭제 및 수정이 종료되었으며, 재가동 시 정상적으로 작동할 거라는 안내였다.

시서와 설란은 칩의 전원을 켰다. 아무튼 브레인 네트워크 없이는 살아가기 힘든 시대였으므로. 설란은 눈을 감았다. 로딩 화면이 머릿속에 떠오르더니 곧 활성화 여부를 결정할 수 있는 기능들의 목록이 떠올랐다.

설란은 알고리즘 기능을 끄기로 했다. 칩은 해당 기능 비활성화 시 사용자가 선호하지 않거나 불쾌감을 느낄 수 있는 콘텐츠 및 통신에 노출될 수 있음을 경고하였으나, 설란은 비활성화를 밀어붙였다. 지금 설란에게는 그게 필요했다. 싫어하는 정보를 얻을 수 있는 권리가.

설란은 알고리즘을 비활성화로 돌리는 대신 그동안 차단해 두었던 기능 하나를 활성화했다. '딥 서치'라 불리는 기능이었다. 사용자가 선택한 정보에 대한 깊은 탐색을 제공하는 기능으로, 그 제공 범위가 공신력 있는 자료에서부터 찌라시까지 너무 넓어 신빙성과 효율성이 모두 떨어진다 판단한 설란은 사용하지 않던 기능이었다. 설란은 이제 딥 서치 기능을 적극 활용해 보기로 했다. 진실은 언제나 온전한 것이 아님을 깨달았기 때문이었다.

새로운 설정이 입력된 채로, 칩은 재가동을 시작했다. 설란은 눈을 뜨고 시각 적응을 위해 눈을 깜빡였다. 돌아보니 시서역시 가동이 막 끝났는지 눈을 깜빡이고 있었다. 둘은 잠시 서로를 마주 보았다.

설란은 시서와 앞으로 절대 싸우지 않으리라 확신할 수 없었다. 모든 일에 대해 시서와 같은 의견을 가지거나 모든 생활습관을 맞추고 조율해가며 평화롭게만 살아갈 수 있으리라 확신할 수도 없었다. 그러나 적어도 이것만큼은 확신할 수 있었다.

이제 서로가 보는 세상만큼은 같은 모습이리란 것을. 서로가 보는 세상이 다른 세상일 수도 있음을 인지하고, 같은 세상을 보기 위해 노력하리란 것을. 그리하여, 같은 세상 위에서 같은 것을 보고 들으며 서로 제 의견을 나눌 수 있게 되리란 것을.

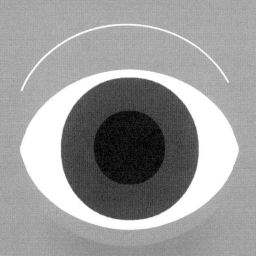

탐정 김희영희

배예람

스스로를 미워하는 마음의 방향은 다양하다. 그 마음은 밖으로 뻗어나가 다른 사람들에게 해를 끼치거나, 혹은 안으로 파고들어 자기 자신을 갉아먹는다. 샛별 아파트 102동 510호에 2년째 거주 중인 주민 김희영. 김희영의 경우는 명백히 후자였다.

샛별 아파트는 소위 '요즘 사람'이라 불리는 이들은 눈길도 주고 싶지 않을 법한 낡은 아파트다. 한 층에 10가구씩, 총 5층밖에 되지 않는 이곳에도 한때는 재건축이니 뭐니 하는 바람이 불었는데, 위치가 워낙 좋지 않은 데다가 그저 하루하루를 밥 벌어 먹고살기 바쁜 이들 또는 하루하루를 조용히 흘려보내기 바쁜 노인들이 많아 결국 지금의 상황으로 남고 말았다.

흐려진 102동 마크와 거무튀튀한 자국으로 얼룩진 긴 복도, 먼지가 수북이 쌓인 철제 우편함 위로 덕지덕지 붙어있는 조잡한 스티커, 좁은 경비실 안에서 털털 소리를 내며 돌아가고 있는 선풍기 따위가 샛별 아파트를 나타내는 모든 것이다.

김희영은 102동에서도 510호, 맨 위층 맨 끝자락에 살았다. 깨어있는 시간에는 만화를 그렸다. 만화를 그리지 않으면 택배를 시켰다. 택배를 시키지 않으면 잠을 잤다. 그렇게 2년을 살았다. 이렇게 살아도 되나 싶던 것들은 살다 보니 그래도 되는 것들이었다. 2년 동안 김희영은 모든 것을 배달로 해결했고 쓰레기가 너무 쌓인다 싶으면 모두가 잠든 한밤중에 밖으로 나갔다. 그마저도 요즘은 조금 귀찮아져서, 좁은 베란다에는 김희영이 주문한 택배 박스들이 차곡차곡 포개져 어느새 산을 이루던 참이었다.

김희영이 그리고 있는 만화의 제목은 「탐정 김영희」. 제목을 보면 알 수 있듯이 주인공은 김영희. 김영희는 탐정이다. 고전 미스터리의 황금기 시대에 안락의자에만 앉아 사건을 해결하던 탐정들과 가는 곳마다 사람이 죽어 사신이라 불리는 유명한 탐정들을 반반 섞어 놓은 캐릭터다. 흔한 이름을 붙이고 싶어 이름은 영희가 되었고, 그에 맞는 흔한 성을 붙이고 싶어 성은 김, 김영희가 되었다. 영희란 이름이 희영을 거꾸로 한 것과 같다는 사실을 깨달은 건 만화를 그리기 시작하고 한참이 지난 후였다. 김희영은 언젠가 만화를 세상에 발표하게 된다면, 작가 이름을 절대 실명으로 내지 않겠다고 결심했다. 어디까지나, 작품을 발표하게 된다면 말이다.

어쨌거나 김희영의 삶은 그런대로 순탄하게 흘러가고 있었다. 아무도 만나지 않으며, 그 누구에게도 자신의 얼굴을 보여주지 않고, 510호에는 사람이 사는 건지 마는 건지 보이지도 들리지도 않는다고 누군가가 떠들어대도 그 수군거림조차 듣지 못하는 그런 삶.

물론, 순탄한 삶에는 언젠가 균열이 나기 마련이었다.

비가 억수처럼 쏟아지던 저녁이었다. 김희영은 평소처럼 먹다 남긴 배달 음식을 바닥에 놓아두고 만화를 그리는 데 열중하고 있었다. 김희영이 몰두하고 있는 장면은 아주 중요했다. 궁지에 몰린 탐정 김영희가 사건 현장에 설치된 난간을 손가락으로 훑고 먼지 하나 묻어 나오지 않는 것을 발견한 뒤에, 수수께끼는 모두 풀렸다! 하고 외칠 타이밍이었기 때문이다.

쾅쾅쾅.

그건 안에 있는 누군가에게 인사를 전하기 위한 노크 소리라기보다는, 내가 지금 여기 있음을 알리는 우렁찬 소음에 가까웠다. 지난 2년간 누군가 저렇게 집 문을 두드린 적은 없었기에, 김희영은 원초적인 공포에 휩싸였다. 쾅쾅쾅쾅. 두드림이 강해질수록 공포도 강해졌다. 김희영은 베란다 문을 열었다. 발 디딜 틈도 없이 쌓인 택배 박스 때문에 들어갈 수가 없었다. 이번엔 방문을 열었다. 평소에 잘 눕지도 않는 침대에 몸을 던지고 이불을 뒤집어썼다. 쾅쾅쾅쾅쾅. 소리는 그래도 들렸다. 아가씨, 집에 있는 거 알아요. 카랑카랑한 목소리는 덤이었다.

김희영은 목소리의 주인공이 누구인지 알고 있었다. 집 밖으로 나가지 않아도 들을 수 있는 귀만 있다면 누구나 알 수 있는 102동의 유명 인사, 부녀회장이었다. 그는 김희영이 이사 오고 몇 달 뒤에 102동 305호의 주민이 되었는데, 집이 102동 정중앙에 있다는 이유 하나만으로 부녀회장 자리에 낙찰되었고, 직책에 걸맞은 행동을 보여주고 있어 주민들의 만족도가 높은 상태였다.

'방금 불 끄는 거 다 봤어요.' 방문자는 생각보다 더 집요하고 끈질겼다. 김희영은 더 이상 도망칠 곳이 없었다. 김희영은 문을 아주 조심스레, 반쯤 열어젖혔다. 부녀회장을 직접 보는 건 처음이었다.

"드디어 열렸네. 사람을 앞에 두고 이렇게 기다리게 하는 거 너무 한 거 아니에요?"

부녀회장은 악명, 아니 그 유명세에 걸맞게 날카롭게 끝이 올라간 눈을 하고, 반짝이는 귀걸이를 꼈고 화려한 꽃무늬 블라우스를 입었다. 큰 입이 불만을 가득 머금고 있어서, 김희영은 그저 고개를 꾸벅 숙이는 걸로 답을 대신할 수밖에 없었다.

그리고 그 답으로는 이해할 수 없는 내용이 담긴 하얀 종이가 돌아왔다. '샛별 아파트 102동 제50회 반상회.' 여기까진 그러려니 했다. '날짜 : 2009년 6월 16일 저녁 8시.' 당장 내일이네? 여기선 약간 브레이크가 걸렸다. '장소 : 102동 510호.' 여기를 이해하는 데는 한참이 걸렸고, 이해한 후에는 겨우 들리지도 않을 반항을 삐끔거리는 게 김희영이 할 수 있는 전부였다.

"벌써 50회인 거, 아가씨도 보이죠? 101호부터 509호까지, 한 번씩은 반상회 장소로 쓰였다는 거예요. 아가씨는 참여한 적이 없어서 몰랐겠지만."

그렇게 말하면서 부녀회장은 비뚤어진 블라우스를 가다듬었다. 마치 전장에 나가기 전 무장 상태를 점검하는 장수 같았다.

"이번엔 아가씨네 집 차례예요. 당황스러운 건 알아요. 날짜가 당장 내일이니까. 근데 회의가 워낙 급해야 말이지. 있잖아요. 관리비 고지서가 석 달 동안 호수에 안 맞게 꽂혀 있었던 거 알아요?"

김희영은 반상회 안내문을 품에 안은 채로 필사적으로 고개를 저었다.

"아니 그게 한두 집이면 나도 그러려니 하겠어. 근데 한두 집이 아니니까 이러는 거예요. 오늘 내가 경비 아저씨랑 같이 일일이 확인하고 다시 맞게 집어넣어 놨다니까. 저번 달에도 그랬거든? 근데 아저씨랑 얘기하다가 알게 된 건데, 오늘이 벌써 세 번째였더라고!"

부녀회장은 이 대목에서 드라마틱한 반응을 기대하는 듯 숨을 골랐으나, 김희영은 그저 멍청하게 서 있을 뿐이었다. 담담한 얼굴 위로 그 어떤 변화도 읽을 수 없자 부녀회장은 한숨과 함께 말을 이었다.

"뭐, 아가씨 입장에서는 우리가 다시 제대로 꽂아주니까 별일 아닌 것처럼 여길 수 있지만, 우리 입장에선 그게 아니거든. 매달 이러는 거 번거롭기도 하고, 또 누가 이런 장난치는 건진 몰라도 그냥 내버려 뒀다간 더 큰 장난으로 번질 수가 있어요, 이게. 나도 그동안 계속 입 다물고 있다가 도저히 안 되겠어서 마음먹은 거거든. 그러니까……."

부녀회장은 마지막으로 안내문을 들어 보였다. 거기엔 너무도 선명하게 쓰여 있었다. 최근 아파트 내에서 벌어진 불미스러운 사건에 대한 대책 회의 및 예방 방안 모색. 장소 : 102동 510호, 김희영의 홈 스위트 홈이자 안전한 감옥이었던 이곳.

"부탁 좀 드릴게. 이왕이면 내일 이웃들 얼굴도 좀 보고, 좋잖아요? 난 여기 아가씨가 사는 줄도 몰랐어, 하도 조용해서."

그럼 내일 봅시다! 노크 소리만큼이나 우렁차고 당당하게 마지막 인사를 한 부녀회장은 그렇게 긴 복도를 지나 사라졌다. 쏟아지는 빗소리에도 불구하고 그의 구두 굽 소리는 복도에 선명하게 울려 퍼졌다. 김희영은 반쯤 열린 문이 바람에 저절로 닫히는 순간에도 여전히, 돌처럼 굳어 현관에 서 있었다.

화창한 아침 햇살이 베란다 창 너머로 쏟아진다. 새들이 지저귀는 소리가 시끄러웠다. 이른 아침의 어느 순간만이 가질 수 있는 조용함과 평화로움. 김희영은 그 모든 걸 뒤로하고 소파에 쪼그려 누운 채로 잠들어 있었다. 새벽 내내 방 안을 서성이며 잠을 이루지 못하던 그는 이제 막 겨우 잠든 상태였다. 잠적하는 방법, 세상에서 사라지는 방법, 하루 안에 이사 가는 방법, 그런 것들을 검색하던 끝에 일단 어디가 되었든 도망가자는 생각으로 캐리어에 짐을 쌌는데, 2년 만에 510호가 아닌 다른 곳으로 가자니 눈앞이 캄캄해 잠깐 소파에 앉았다가 그대로 잠들어버린 것이다.

똑똑똑. 그런 김희영을 깨우는 노크 소리가 들렸다. 밖이 아니라 안에서. 우렁차지도 과하지도 않았다. 이제 막 잠든 김희영을 억지로 깨우고 싶지 않지만 깨울 수밖에 없는 누군가의 조심스러운 노크 소리. 김희영은 천천히 잠에서 깼다.

간신히 뜬 두 눈으로 애써 다잡은 시야에, 그것이 있었다. 정확히 말하면 그가 있었다. 안에서 잠긴 베란다 문 너머에는, 잔뜩 쌓인 택배 상자 사이에 엉거주춤하게 서서 문을 두드리는 어떤 여자가 있었다.

김희영은 비명을 지를 뻔, 했다. 가까스로 비명을 삼킬 수 있었던 건 재빠르게 머리를 굴린 덕분이었다. 이제 겨우 아침이며 여기서 비명을 질렀다간 빼도 박도 못하게 사람들이 몰려오고 경찰들이 문을 부수고 510호가 무너지고 사회가 무너지고 나라가 무너지고…….

김희영은 튕기듯이 소파에서 일어나 바닥에 쌓인 쓰레기 더미 위로 떨어졌다. 뒹굴다 말고 베란다 문이 안에서 단단히 잠겨 있는 것에 다시 한번 감사하며, 휴대폰을 들어 112를 눌렀다. 그리고 잠깐 주저했다. 이대로 저 침입자를 내보내기 위해 경찰을 부르면 어떻게 되는 것이지? 경찰들이 문을 두드리고 사람들이 몰려오고 510호가 무너지고 사회가 무너지고 나라가 무너지고……

"김희영, 잠깐만!"

침입자가 자신의 이름을 부르지 않았다면, 통화 버튼을 누르느냐 마느냐의 기로에 서 있던 김희영의 고민은 오래가지 않았을 것이다. 아무리 김희영이라 해도 낯선 침입자를 베란다에 가두고 공복으로 죽일 수는 없는 노릇이었으니까. 그런데 침입자가 김희영을 불렀다. 침입자는 김희영을 알고 있다. 김희영은 잠깐 머뭇거리다가, 다시 휴대폰 화면으로 고개를 돌렸다. 여자가 갇혀 있는 베란다 안에는 김희영이 받은 택배 박스가 수백 개가 넘도록 쌓여 있었다. 거기서 김희영의 이름을 발견하는 건 어렵지 않을 터였다.

"나 못 알아보겠어?"

이 질문은 좀 신선했다. 김희영은 다시 한번 통화 버튼을 누르길 멈추고, 베란다 너머의 여자에게 시선을 두었다. 내가 저런 미친 사람을 지인으로 두었던가? 설사 지인으로 두었다 해도, 그가 김희영의 집 베란다에 도대체 어떻게 들어왔단 말인가? 물론 5층은 그렇게 높은 층이 아니니, 목숨을 걸고 아파트 벽을 올랐다면 가능할지도 몰랐다. 하지만 그러기엔 베란다 문을 두드리는 여자의 팔은 너무 가냘팠다. 근육이라곤 단 1그램도 존재하지 않는 것 같았다.

"진짜? 좀 서운하네."

문을 두드리던 여자는 김희영의 반응에 팔짱을 꼈다. 새하얀 얼굴에 자리 잡은 오밀조밀한 이목구비. 아무리 생각해도, 김희영은 여자를 몰랐다.

"진실은 결국 홀로 깨달아야 하는 것! ……이래도 몰라?"

그거 어디서 많이 듣던 대산데. 김희영은 그제야, 휴대폰을 잠시 뒤로하고 수상한 여자의 수상한 옷차림을 샅샅이 뜯어보았다.

하얀 얼굴에 긴 갈색 머리를 높게 틀어 올려 묶은 여자. 그 위로는 갈색 캡 모자를 썼는데, 거기에는 작은 파이프 담배 모양의 배지가 달려 있다. 서서히 더워지는 날씨에도 하얀 셔츠와 검정 면바지를 입고, 그 위로는 베이지색 트렌치코트를 멋들어지게 걸쳤다. 마치 탐정 김영희처럼. 여기까지 생각이 뻗어나간 김희영은 멈칫했다. 하얀 얼굴, 갈색 머리, 파이프 담배 모양 배지, 트렌치코트, 이상한 대사를 뱉을 때 검지로 허공을 찌르는 거만한 태도까지.

"나 영희야, 김영희."

아, 내가 방에 너무 오래 틀어박혀 있었나. 이제 별 미친놈이 다 들러붙네. 김희영은 그렇게 생각하며 휴대폰을 다시 찾았다. 「탐정 김영희」는 어디에도 발표된 적이 없는 미공개 작품이었으나, 요즘 세상이 어떤 세상인가. 남의 컴퓨터를 들여다보는 건 밥 먹기보다 쉬웠다. 김희영은 노트북 키보드를 잠시 두드리는 것으로 모든 걸 해결할 수 있는 능력을 가진 캐릭터를 영화에서 본 적 있었다. 이유는 몰라도 웬 미친놈이 김희영의 컴퓨터를 해킹하고, 「탐정 김영희」를 훔쳐보고, '탐정 김영희'와 똑같은 차림을 한 채로 김희영의 베란다에 숨어들었다. 사고의 흐름이 그렇게까지 흘러가자, 통화 버튼을 누르려는 김희영의 손가락은 더욱 거침이 없었다.

"잠시만! 난간은 좀 뻔하지 않았어? 그거 너무 쉬운 트릭 아니냐고! 어? 야!"

영희가, 아니 스스로를 탐정 김영희라 소개하는 여자가 문을 세차게 두드리며 그런 말을 하기 전까지는, 김희영은 정말로 경찰을 부르려 했다.

"난간에 낚싯줄을 감아서 아래로 내린 다음 살인에 써먹었지. 먼지에 남은 낚싯줄 자국을 지우기 위해 난간을 전부 청소했는데, 그게 오히려 내 눈길을 끌었어. 근데 이거 좀 뻔하지 않아? 분명 어디서 봤는데."

탐정이라고 쉽게 말하네, 그 트릭 생각하는 데만 2주가 걸렸는데! 김희영은 억눌린 외침을 꾹 눌러 삼킨다. 저 미친 인간의 논리에 말려들 필요는 없다. 그렇지만 생각하면 생각할수록, 2주간 그 트릭 하나를 위해 세상의 모든 낚싯줄이란 낚싯줄은 다 찾아보고 무대의 구조를 그렸던 기억이 떠올라 화가 들끓었다.

"동기, 아 그래. 동기는 나름 괜찮았어. 과거에 있었던 사건에 대한 슬픈 복수. 근데 그거 알아? 과거에 있었던 일에 대한 복수만 지금 벌써…… 몇 번째더라, 아, 열일곱 번째야."

그럼 네가 만들어 보든가! 김희영은 정말로 그렇게 외칠 뻔했다. 누가 했는가를 뜻하는 후더닛(whodunit), 어떻게 했는가를 뜻하는 하우더닛(howdunit), 왜 했는가를 뜻하는 와이더닛(whydunit). 이 세 가지 중에서도 김희영은 와이더닛을 가장 사랑하는 편이었다. 살해의 동기란 자고로 모두가 이해하고 공감할 수 있어야 하며, 잔혹한 살인마에게 연민의 감정이 들 정도로 아름다워야 했다. 그리고 그 아름답고 서글픈 동기가 밝혀지는 순간에도 흔들리지 않는, 하지만 뒤돌아서 눈물을 훔치는 탐정이야말로 와이더닛의 정점을 수놓는 존재였다. 저번에는 범행을 자백하고 자살한 살인자를 붙들고 운 적도 있으면서. 김희영은 영희를 가만히 노려보았다. 하지만 그것마저 작가 김희영의 손가락 아래에서 탄생한 행동이었으니, 창조주의 의도를 무작정 따라야 했던 탐정 김영희가 실제로 어떤 생각을 하고 있었을지는 당연히 모르는 일이었다.

"너무 신랄하게 말해서 미안. 근데 제발 문 좀 열어봐. 나 더워 죽겠어."

아닌 게 아니라, 질끈 묶은 영희의 머리카락 사이로는 땀방울이 흘러내리고 있었다. 영희는, 자신을 김영희라 소개하는 여자는 트렌치코트를 벗어 팔에 걸쳤다. 긴 소매의 흰색 셔츠가 드러났다. 탐정 김영희는 무슨 일이 있어도 저 소매를 함부로 걷지 않는다. 그의 왼쪽 팔목에는 그가 첫 번째 사건을 해결할 때 얻은 흉터가 남아있기 때문이다. 그 사건에는 영희에게 가장 소중했던 누군가가 엮여 있기 때문에, 영희는 결코 이 사건에 대해 설명하지 않는다. 흉터를 쉽게 보여주지도 않는다. 자신이 신뢰하는 사람들을 제외하고는. 영희는 아무렇지 않게 소매를 걷어 올렸다. 왼쪽 팔목에, 한 마리의 용처럼 새겨진 긴 흉터가 드러났다. 너니까 보여주는 거야. 그러고는 덧붙인다.

"넌 날 만든 사람이니까."

그 말에, 도저히 문을 열지 않을 수가 없었다.

얼음이 동동 떠 있는 찬물을 천천히 들이키며 시원함을 만끽하고 있는 영희와는 반대로, 김희영은 한 시간 내내 방 안을 성큼성큼 걸어 다니며 이게 정말 가능한 일인지 고민했다. 하지만 내가 정녕 헛것까지 보는구나 하고 탄식하기엔 이미 너무 늦었다. 영희는 정말로 존재했다. 컵을 들었고, 물을 한 모금 마셨고, 손부채질을 했다. 김희영은 영희에게 컵을 건넬 때 그와 손가락을 부딪쳤다. 까슬한 살갗은 결코 환영이 아니었다. 캐릭터 김영희를 따라 하는 누군가도 아니었다. 아직 열다섯 개의 에피소드가 남아있는 만화 「탐정 김영희」의 엔딩을 샅샅이 꿰고 있는 건 불가능했다. 김희영의 머릿속을 쪼개서 들여다본 게 아니라면.

"그러면 대체 왜, 왜 나타난 거예요?"

탐정 김영희는 체구가 작다. 170이 넘는 키에 기골이 장대한 김희영의, 한 번쯤은 앙증맞은 여자로 살아보고 싶다는 분명한 바람이 섞여들었기 때문이다. 햇빛 아래에 서 본 적이 까마득한데도 새까만 피부를 가진 김희영과 다르게, 영희는 창백할 정도로 하얀 피부와 마른 몸을 가지고 있다. 그런 그와 마주보고 앉아있는 이 상황이, 멍청하게 이런 질문을 던지고 있는 상황이 꿈처럼 느껴졌다.

"내 도움이 필요하잖아."

영희는 깨끗하게 비운 물컵을 내려놓는다. 물컵을 두드리던 하얀 손가락은 곧 바닥에 널린 쓰레기 더미에서 구겨질 대로 구겨지고 더러워진 종이를 골라 펼쳤다. '샛별 아파트 102동 제50회 반상회'. 잊고 있었던 글자가 눈에 들어오자 김희영은 탄식을 뱉었다. 지금 이럴 때가 아니었는데. 서둘러 확인한 시계는 이미 아침 7시를 가리키는 중이었다.

"이거 말이야, 미스터리의 냄새가 나."

……명대사라고 붙여준 거였는데, 실제로 사람이 말하는 걸 들으니까 좀 촌스럽구나. 김희영은 속으로 후회했다. 이제 와

서 저 대사를 빼버리기에는 지금까지 탐정 김영희가 저 대사를 읊은 전적이 너무 많았다.

"……반상회에서 무슨 미스터리요?"

"반상회 말고, 반상회가 열리는 이유 말이야."

영희의 손가락이 종이 위를 훑었다. '최근 아파트 내에서 벌어진 불미스러운 사건에 대한 대책 회의 및 예방 방안 모색.' 영희의 손가락을 따라 시선을 옮기던 김희영은 고개를 갸웃거렸다. 고작 고지서가 잘못 꽂힌 건데, 거기에 무슨 미스터리? 김희영의 생각을 읽기라도 한 것처럼 영희가 말을 이었다.

"꽂는 사람의 실수? 한 번이야 그럴 수 있지. 하지만 어떤 사건이 두 번 이상 지속되면, 그건 명백한 이유가 숨어있기 마련이야. 사건에 우연은 없어."

저거 다 내가 적은 대사잖아. 김희영은 주변에 이불이 있다면 그 안으로 기어들어가 얌전하게 누운 다음 천장을 향해 발길질을 하고 싶었다.

"그거 알아? 만약 고지서 사건이 해결되고 범인이 밝혀지면, 오늘 반상회는 열릴 필요가 없어져."

상상 속 이불을 걷어차고 있던 김희영은 영희의 말에 잠시 발차기를 멈추었다. 지금까지 영희가 한 말 중 그나마 제일 솔깃한 문장이었다. 사건이 해결되면, 반상회는 열릴 필요가 없어진다. 머릿속을 맴도는 문장을 곱씹던 김희영은 자조적으로 내뱉었다.

"제대로 된 사건도 아니고. 아는 것도 없는데 무슨 수로 범인을 밝혀요?"

"나 못 믿어?"

나, 탐정 김영희. 영희는 그렇게 말하며 뽐내듯 캡 모자에 달린 파이프 담배 모양 배지를 두드렸다. 아, 저 설정도 넣지 말걸. 김희영은 이놈의 만화를 어디서부터 어디까지 갈아엎어야 할지 고민이었다. 창작자로서의 고뇌를 이런 식으로 맛보게 될 줄은 상상도 하지 못했다.

"날 믿어. 사건을 해결하고 범인도 잡고, 반상회가 열리는 일은 없도록 해줄게. 8시가 되기 전에, 무조건."

하지만 비록 만화를 뒤엎게 될지라도, 영희의 제안은 말도 안 되면서 동시에 구미가 당기는 것이었다. 정말 가능할까? 김희영은 영희의 속내를 읽어보려는 듯 빤히 그를 응시했다. 자신만만한 미소와 함께 끝이 구부러지는 입술도, 한쪽만 들어가는 보조개도, 눈썹 위의 흉터도 모조리 자신이 설정한 것이다. 자신의 손으로 창조해낸 것이다. 그런 영희가, 정말로 해낼 수 있을까? 모든 걸 밝혀내고 언제나처럼 고요한 홈 스위트 홈을 지킬 수 있을까?

고작 말 한마디에 순식간에 영희가 믿음직스러운 탐정으로 보이는 것은, 순전히 그가 주인공이기 때문이리라. 그 어떤 무시무시하고 잔혹한 사건이라도 해결해 내는, 통찰력 있고 날카롭지만 인간미까지 겸비한 그런 탐정이기 때문일 것이다.

"근데 그러려면, 나 말고 우리의 힘이 좀 필요해."

영희는 그렇게 말하며 씨익 웃었고, 김희영은 순진한 얼굴로 '우리'? 하고 반문했다.

나간다, 아니다, 나간다, 아니다. 수백 번의 논쟁이 오고 간 뒤, 김희영의 현관은 함께 나가려는 이와 막으려는 이의 싸움으로 완전히 엉망이 되었다. 김희영은 현관 바닥에 철퍼덕 주저앉은 채로, 자신의 팔을 잡아당기는 영희와 맞서려고 애쓰는 중이었다. 깡마른 주제에 힘은 또 왜 이렇게 세냐고 불평하기엔, 그마저도 자신이 정한 설정이라 어쩔 도리가 없었다.

영희는 김희영에게만 보인다. 영희의 목소리는 김희영에게만 들린다. 따라서 사건을 해결하기 위해서는, 문밖을 돌아다니며 영희를 대신해 정보를 묻고 실마리를 찾아낼 김희영이 필요했다. 별것 아니라는 듯 가볍게 설명한 내용을 이해하려고 노력하고 있을 때, 영희는 이미 김희영의 팔을 붙잡고 현관문을 향해 걸어가고 있었다. 영희의 손이 현관문 잠금장치에 닿기 전에, 다행히 상황을 이해한 김희영은 그대로 도망갔다. 그 이후론 똑같은 일의 연속이었다. 쫓는 자와 쫓기는 자 사이의 완고한 대립. 혼자 할 수 있다며! 김희영은 자신이 이렇게 목소리를 높여 외칠 수 있는 사람이라는 사실을 오랜만에 체감했다.

"내가 언제?"

"믿으라며! 알아서 할 수 있다며!"

"그러니까 내가 언제!?"

마지막 발악이었다. 김희영은 신발장을 껴안고 매달려 소리쳤다. 못 나간다고!!!!!!! 그에 맞서는 목소리도 만만치 않았다. 나가야 한다고!!!!!!!!!!! 잠금장치가 열리는 소리가 들렸다. 문이 열리고 뜨거운 빛이 쏟아졌다. 김희영은 제 팔을 당기는 강한 힘을 더 이상 이기지 못하고, 문밖으로 튕겨 나갔다.

샛별 아파트 102동의 구조는 간단하다. 엘리베이터 옆으로 길게 이어진 복도에는 10개의 호수가 적힌 문이 쪼르르 이어진다. 복도 끝, 10호의 옆에는 비상계단이 있다. 복도의 벽은 흔한 아파트가 그러하듯이 성인의 가슴께 정도 되는 높이로 세워져 있다. 더러운 얼룩으로 가득한 벽에 부딪힌 김희영은 잠시 쏟아지는 빛 아래에서 통증에 허우적거렸다. 나가기 싫다고 했잖아! 팔짱을 끼고 당당히 서 있는 영희를 향한 외침은, 희미하게 느껴지는 어떤 시선에 쏙 들어가 버렸다.

소녀는 이제 막 509호 문을 열고 나오던 참이었다. 머리는 쇄골 아래로 내려올 정도로 길었는데, 후덥지근한 날씨에도 불구하고 풀어헤친 채였다. 귀여운 청 멜빵을 차려입었지만 단추 하나가 풀려 있었다. 커다란 눈, 작은 코와 입이 앙증맞았다. 그 큰 두 눈이, 김희영을 빤히 바라보고 있었다.

뭘 그렇게 쳐다봐? 물으며 현관을 나온 영희는 소녀를 발견하곤 미소 지었다. 귀엽다, 꼬마 안녕. 영희는 소녀를 향해 손을 흔들었으나 소녀는 미동도 없이 그저 김희영만 빤히 볼 뿐이었다. 이걸로 확실해졌다. 영희는 김희영의 눈에만 보이고 들렸다. 마지막 희망마저 사라져 풀 죽어있는 김희영을 향해 영희가 중얼거렸다.

'뭐해? 인사해. 쳐다보잖아."

그렇지만 그건 하고 싶다고 그렇게 쉽게 되는 일이 아니었다.

누군가와 이렇게 눈을 빤히 마주하고 있는 것은 가히 2년 만의 일이었다. 어제저녁 들이닥친 부녀회장의 시퍼런 두 눈을 김희영이 열심히 피했기 때문이었다. 오늘 아침 나타난 영희와 시선이 마주칠 때마다 화들짝 놀라며 고개를 돌려 버렸기 때문이기도 했다.

2년 만에 마주하는 사람의 눈앞에서, 김희영은 아무 말도 할 수 없었다.

"처음 보는 언니다."

먼저 입을 연 건 소녀였다. 소녀는 그 나이대의 아이들처럼 목소리를 크게 내지 않았다. 대신 한껏 죽인 목소리가 누군가에게 들리는 게 싫기라도 한 듯 소곤거렸다.

'뭐라고 좀 해 봐. 애가 말 걸잖아.'

참다못한 영희가 툴툴거렸다. 소녀는 김희영의 대답을 기다린 건 아니었는지, 여전히 벽에 등을 기댄 채로 앉아있는 김희영의 앞을 총총대며 지나갔다. 복도 끝에 있는 철문 손잡이를 향해 소녀는 손을 뻗었다. 제 몸보다 큰 철문을 열고, 고리를 세워 문이 열린 상태로 유지한 소녀는 옥상으로 올라가는 계단에 주저앉았다. 등에 메고 있던 노란색 가방을 벗어 품에 안은 소녀는 그 상태로 그저 조용히 허공을 바라보았다.

소녀의 시선에서 벗어난 김희영은 엉거주춤 그 자리에서 일어났다. 눈앞에 여전히 열려있는 문 안에는 김희영의 스위트홈이 펼쳐져 있다. 쓰레기로 가득하지만 평화롭고 고요한 그곳. 평생 이렇게 살다가 택배 박스를 무덤 삼아 죽어도 되는 곳. 그래도 아무도 상관하지 않는 곳. 영희의 손가락이 천천히 문에 닿았다. 어디선가 적절한 바람이 불어 영희가 문을 미는 것을 도왔다. 김희영의 안락한 감옥은 그렇게 눈앞에서 사라졌다. 가, 가서 말 걸어. 김희영을 대신해 문을 닫은 영희는 닫힌 문에 기대고 서서 그렇게 속삭였다. 왜 명령질이냐고 불평할 순 없었다. 김희영도 말을 걸고 싶었다. 단지 쉽지 않았을 뿐이다.

"……안녕."

"안녕하세요."

김희영의 발에는 어느새 낡은 슬리퍼가 끼워져 있었다. 아마 멍청하게 주저앉아있는 동안 영희가 강제로 신겨 놓은 듯했다. 김희영의 옷차림은 집에서 입고 있는 것들이 그러하듯 후줄근했고, 마음대로 묶은 머리카락은 제대로 정리되지 않아 엉망이었다. 그런 제 모습에 답이 돌아오지 않을 거라 생각했으나, 소녀는 조금의 주저도 없이 인사를 건넸다. 그게 김희영을 놀라게 했다.

'물어봐, 빨리. 학교 안 가니? 하고.'

"……."

'별거 아니야.'

"……."

'할 수 있어.'

"……."

'따라 하면 돼. 우리 처음 인사해 보네. 학교 안 가니?'

"……우리 처음 인사해 보네. 학교 안 가니?"

김희영은 영희가 중얼거린 말을 그대로 읊었다. 제가 뱉은 모든 문장이 이상하게 들렸다. 억양도 말투도 끝 음 처리까지도, 어느 것 하나 마음에 드는 게 없었다. 그런데도 소녀는 고개를 끄덕이며 대화를 이어 나갔다.

"아직 학교 갈 시간 아니에요."

'그렇구나, 그럼 집에 있어야 하는 거 아니고?'

김희영은 침묵을 지켰다. 답을 기대하는지 소녀의 눈동자가 묘하게 반짝이고 있었다.

'그렇구나, 그럼 집에 있어야 하는 거 아니고? 나 두 번 말하는 거 좀 싫어해.'

"그렇구나, 그럼 집에 있어야 하는 거 아니고?"

영희의 어조가 협박에 가까웠기에, 김희영은 제 말이 소녀에게는 그렇게 들리지 않길 바랐다.

"엄마 아빠가 일찍 일하러 가서요. 그러면 집에 혼자 있잖아요. 혼자 있으면 무서워요."

"그럼 항상 여기 앉아있는 거야? 학교 갈 시간까지?"

"네."

소녀는 태연하게 대답했다. 김희영은 이상하게 소녀가 마음에 들었다. 한순간의 연민이나 측은함 따위가 아니었다. 혼자라고 주저앉아 있지 않고 계단에 앉아 야무지게 가방을 껴안을 줄 아는 의연함, 낯선 사람에게 선뜻 말을 건네는 다정함, 모두 오랜만에 맛보는 종류의 감정이었다. 작은 소녀에게서 느껴지는 묘한 동질감에 김희영은 자신이 영희의 도움 없이 먼저 말을 건넸다는 것도 몰랐다.

'이제 가자, 시간 없어.'

영희의 재촉에도 김희영은 소녀에게서 시선을 거두지 못했다. 소녀는 가방을 열고 안을 뒤적이는 중이었다.

'그래 안녕, 다음에 또 보자.'

"……그래 안녕, 다음에 또 보자."

"네, 안녕히 가세요."

계단이 원래 제집이라도 되는 것처럼 태평하게 앉아있는 소녀를 뒤로하고, 김희영은 당당히 복도를 걷는 영희의 뒤를 따르기 시작했다. 이른 햇살이 나뭇가지를 스치고 복도에 쏟아지며 갖가지 그림자를 만들어냈다. 김희영은 그림자가 마치 자신을 괴롭히러 나타난 환영이라도 되는 양, 잔뜩 움츠린 몸으로 주변을 경계하며 걸었다. 콧노래까지 흥얼대며 씩씩하게 활보하는 탐정 김영희와는 사뭇 대조되는 모양새였다.

'할 수 있어. 안녕하세요, 뭐 좀 여쭤보려고요.'

"……안녕하세요, 안녕하세요. 뭐 좀 여쭤, 뭐 좀, 여쭤보, 여쭤보려고요."

'잘하네, 그 정도면 됐어. 이제 가보자.'

"……진심이야?"

'첫술에 배부르기 힘들어. 원래 부딪히면서 배우는 거라고. 탐정은 그런 거야.'

팡팡, 연신 제 등을 두드리는 영희에게 밀려 김희영은 쭈뼛쭈뼛 경비실을 향해 걸음을 내디뎠다. 평일 오전의 102동 1층은 사람 하나 없이 한산했다. 아무도 지나가지 않는 길목에 서서 주저하던 김희영은 선풍기가 탈탈 돌아가는 소리가 흘러나오는 창을 작게 두드렸다. 작은 냉장고에서 물을 꺼내고 있던 경비원이 뒤를 돌더니 창을 열었다.

"뭐요?"

"……"

'안녕하세요, 뭐 좀 여쭤보려고요.'

"안, 안녕하세요. 뭐 좀 여쭤, 여쭤보려고요."

성공의 기쁨을 느낄 새도 없었다. 경비원은 돋보기안경 너머로 김희영을 지그시 바라보며 답을 기다리고 있었다. 수상한 이를 경계하는 눈초리에 절로 주눅이 들었다.

"그, 우편함이요. 부녀회장님한테 들었는데……"

탁, 김희영의 말이 끝나기도 전에 창이 닫혔다. 대신 경비실 문이 벌컥 열렸다. 문 앞에 선 경비원은 돋보기안경을 셔츠 주머니에 집어넣었다.

"몇 호요?"

"네?"

"처음 보는 사람 같아서, 몇 호냐고."

"아, 510호입니다."

거기도 사람이 사는 곳이었구먼……. 중얼거리던 경비원은 한쪽으로 비켜섰다. 오랜만에 맞닥뜨린 비언어적 제안을 전혀 알아듣지 못한 김희영은 멍청하게 물었다. 예? 들어와요. 예??? 밖은 더우니까 들어와서 이야기하자고. 그렇게 해서, 김희영은 선풍기 소리만 요란한 경비실에 입성하게 된 것이다.

모자를 벽에 걸어둔 경비원은 나이가 지긋한 노인이었다. 그가 꺼내준 플라스틱 의자에 앉은 김희영은 초조하게 다리를 떨며 차라리 혀를 콱 깨물어 버리는 게 나을지 고민했다. 그러거나 말거나, 김희영의 옆에 선 영희는 휘파람을 한 곡조 뽑아대며 여유롭기 짝이 없었다. 영희의 시선을 따라 나름대로 열심히 경비실 안을 둘러보았으나, 특별할 건 없었다. 경비원이 주로 쓰는 듯한, 낡고 바랜 하얀색 철제 의자. 벽에 걸려 있는 모자와 점퍼. 책상 위에 놓인 서류와 손전등. 구석에 기대어있는 노란색 잠자리채. 전기 포트 옆에 가득 쌓여 있는 티백 상자.

'왼손잡이네.'

"……."

'어제도 열심히 일하셨군. 아직 그 흔적을 지우지는 못하셨고.'

"……."

'최근에 살이 좀 찌셨네. 빼려고 노력 중인데, 잘 되는 것 같지는 않다?'

"……좀 조용히 해줄래?"

'탐정으로서의 본분을 다하는 것뿐이야.'

"굳이 말 안 해도 다 알거든?"

잊고 있는 모양인데, 난 널 창조한 사람이라고. 김희영은 뒷말을 속으로 삼켰다. 다행히 열심히 티백 상자를 뒤적거리고 있는 경비원에게는 김희영의 소곤거림이 들리지 않는 듯했다.

어느 쪽 소매가 더 닳았는지 분명히 확인만 한다면 오른손잡이인지 왼손잡이인지 구분하는 것 정도야 쉬웠다. 어제 온종일 내린 비를 생각하면 경비실 내부에 아직 남아있는 진흙 발자국 역시 금방 발견할 수 있을 것이다. 그의 허리띠에는 오래 쓰인 자국이 선명한 구멍이 있었지만, 정작 채워진 구멍은 그보다 옆이었다. 또 미처 비우지 못한 쓰레기통에 가득한 커피 믹스 스틱 포장지와, 아직 뜯지도 않은 새 커피 믹스 박스가 남아있는데도 굳이 녹차 티백 박스를 뒤적이는 광경을 통해 마지막 추론 또한 쉽게 이해할 수 있다.

셜록이 탐정들을 다 망쳐놨어. 탐정 김영희에게 셜록 홈즈의 특징을 쏟아부은 것이 자신임에도 불구하고, 김희영은 약간 빈정대고 싶었다. 약간의 관찰력과 통찰력만 있다면 모두 쉽게 알 수 있는 사실 아닌가? 물론 그 약간의 관찰력과 통찰력이 영희를 탐정으로 만드는 지점이었지만 어쨌거나, 영희가 파악할 수 있다면 영희의 창조주인 자신도 파악할 수 있다는 뜻이었다.

'그래. 내 도움 없이 잘 할 수 있다는 거지?'

"……미안. 나는 그냥, 허공에 대고 이야기하는 거 들키면 이상한 사람으로 보일……"

"찬 거, 뜨거운 거?"

"예?!"

갑작스러운 목소리에 김희영은 자리에서 펄쩍 뛰었다. 녹차 티백을 양손에 든 경비원이 이상하다는 얼굴로 김희영을 바라보며 퉁명스레 반복했다.

"찬 거요, 뜨거운 거요?"

"아, 차가운 거요. 감사합니다……."

초조하게 다리를 달달 떨고 있는 김희영의 앞으로 물방울이 송골송골 맺힌 냉 녹차 한 잔이 놓였다. 경비원은 김희영의 건너편에 하얀 철제 의자를 끌어다 앉았다. 주름이 가득한 눈을 올려 뜨며 그는 녹차를 한 모금 들이켰다. 그리고 무시무시한 침묵이 흘렀다.

'뭐해, 왓슨. 시작해야지.'

영희가 아무리 옆에서 톡톡 두드려대도, 김희영은 입조차 뻥긋할 수 없었다. 한때는 날카로웠을 게 분명한, 이제는 많이 닳고 뭉툭해진 경비원의 눈빛, 구겨진 미간, 꾹 닫힌 얇은 입술 모두 그의 묵묵함과 고집스러운 성격을 보여주고 있었다. 그 앞에서 이제야 막 세상에 발을 디딘 어린아이 같은 심정이 된 김희영은, 우편함이고 뭐고 그저 다 던져버리고 캐리어를 안은 채 어딘가로 숨어버리고 싶었다.

참다못해 침묵을 먼저 깨버린 것은 경비원이었다. 우편함 관련해서 물어볼 게 있다며? 그가 툭 내뱉은 말에 김희영은 영희의 속삭임을 따라 겨우 대화를 이어 나갈 수 있었다.

"네, 부녀회장님께 듣기론, 이번이 처음이 아니라고……"

"뭐, 세 번인가…… 벌써 그렇게 됐지."

영희가 김희영의 어깨를 빠르게 두드리며 중얼거렸다. 어떤 식으로 잘못 꽂혀 있는 건지 물어봐.

"아, 그, 고지서들이 어떤 식으로 잘못 꽂혀 있던 건가요?"

"……근데 510호 아가씨가 그게 왜 궁금해요?"

올 게 왔다. 김희영은 차분하게 마음을 다잡았다. 영희의 조용한 소곤거림이 도움이 되었다. 제50회 반상회가 오늘 저녁 510호에서 열리는데, 마침 8시 전까지 시간이 굉장히 많이 남는 자신이 사건을 미리 해결한다면 부녀회장과 아파트 주민들이 굳이 시간을 낭비할 이유가 없지 않겠느냐는 말을 굉장히 돌려서 하는 동안 경비원의 얼굴은 무슨 생각을 하는지 도통 알 수 없는 표정이 되어갔다. 어쨌거나 완전히 이해는 못 해도 대충 납득은 한 모양인지, 그는 김희영의 질문에 이어 답을 했다.

"저 저번 달에, 누가 고지서가 잘못 꽂혔다면서 오더라고. 가서 봤더니 우편함 위쪽 고지서가 다 제멋대로 꽂혀 있었어."

"위쪽이면 4층이랑 5층요?"

"……3층까지도 그랬지. 그래서 내가 다시 꺼내서 맞게 넣어놨어. 호수야 고지서에 적혀있으니까 어려운 일은 아니었거든. 3층부터 5층까지 대충 30통 정도였을 거야."

샛별 아파트 102동의 우편함은 평범하고 낡은 철제 우편함이다. 맨 아랫줄이 1층으로 시작해서 한 줄에 10 호수씩, 위로 5층까지 이어진다.

"두 번째 때도 그랬나요? ……어제도?"

"……뭐, 그랬던 거 같은데 잘 기억이 안 나네."

'범인은 아래층은 건드리지 않았네. 중요한 포인트가 될 것 같아.'

경비원과 김희영의 대화를 주의 깊게 듣던 영희가 중얼거렸다. 고지서가 꽂히는 시간대도 물어봐. 그리고 이것도 알아보면 좋겠는데? 영희는 테이블 위에 놓여 있는 '순찰 중' 팻말을 들어 올렸다.

"그, 고지서는 관리 사무소 직원분이 꽂아주시는 거죠?"

"매달 15일마다 와서 꽂아놓고 돌아가지."

"어, 그럼, 고지서를 꽂는 특별한 시간대가 있나요?"

"딱히 정해져 있진 않은데…… 그 사람도 자기 일하는 습관이 있으니까, 보통 오후 3시에서 4시 사이쯤에 와서 꽂고 가더라고. 그 친구가 관리 사무소에서 일한 지 이제 1년이 다 되어가는데…… 내 기억으론 매번 그사이였어."

"아, 그럼, 혹시 그분이 잘못 꽂고 간 건 아닐까요?"

"그렇지는 않을 거요. 첫 번째 때면 몰라도, 저번 달은 내가 혹시나 해서 순찰을 가기 전에 확인을 해봤거든. 그때에는 고지서가 다 제자리에 꽂혀 있었어. 근데 순찰 끝나고 돌아오니까 또 그 사달이 나 있더라고."

"순찰이요?"

김희영이 묻자 경비원은 갑자기 입을 꾹 다물었다. 아무래도 하지 않으려던 말을 실수로 뱉어버린 듯했다.

"내가 뭐 가만히 앉아서 돈 받는 줄 알아요? 당연히 순찰도 매일 돌지."

한층 더 퉁명스러워진 경비원의 말투에 김희영은 잠시 굳었다. 그 옆에서 영희가 그렇죠, 많이 힘드시죠, 하고 적당히 그의 비위를 맞추는 멘트를 중얼거렸으나 김희영은 영희의 능구렁이 같은 말투나 목소리까지 구현할 수는 없었다.

"저, 순찰은 보통 몇 시에 도세요?"

"낮에는 오후 5시부터 한 시간 정도요."

"그럼 저 저번 달부터 계속, 순찰을 돌고 오면 고지서가 바뀌 꽂혀 있었다, 이렇게 생각하면 될까요?"

"그렇게 말하면 대충 그게 맞는 거고……."

말끝을 흐리던 경비원이 갑자기 자리에서 일어나며 컵을 치웠다. 인제 그만 가 봐요. 내가 오늘 해야 할 일들이 좀 많아서. 졸지에 반쯤 남아있던 냉 녹차를 뺏긴 김희영은 음료를 버리는 경비원의 뒷모습을 처량하게 바라보다가, 영희의 다급한 두드림에 정신을 차렸다.

'봤다고 해 봐.'

"……뭐?"

'어제 5시 조금 넘어서 지나갔는데 경비실 안에 계시던데요, 해보라고.'

"거짓말을 하라고?"

'이게 무슨 거짓말이야, 그냥 살짝 떠보는 거지. 아 빨리, 얼른.'

"만약 순찰 돌고 있었는데 무슨 소리냐고 하시면?"

'그러면 어머 제가 잘못 봤나 봐요, 호호호, 하고 넘어가면 돼. 빨리.'

내가 제일 못하는 게 그건데, 호호호, 이런 거……. 김희영은 잠시 머뭇거렸다.

"그, 어제 5시 조금 넘어서 1층 지나갔는데, 그때는 아직 경비실 안에 계셨던 걸로 기억하는데……"

쨍그랑, 정도까지의 극적인 소리는 아니고, 개수대에서 컵이 바닥에 부딪히며 나는 소리가 울렸다. 경비원의 손에서 미끄러진 모양이었다. 그는 한껏 당황한 얼굴이 되어, 벽에 걸려 있는 수건에 손을 재빠르게 닦고 머리를 매만졌다.

"아, 그, 어제는 사실은…… 낮 순찰은 안 돌았어. 비가 워낙 많이 오기도 했고, 혹시나…… 또 누가 우편함에 장난을 칠까 싶었거든."

이거 봐, 이거 봐. 사람들은 다 거짓말쟁이라니까. 어후, 소름 돋아. 거짓말을 육감으로 알아챈 자신에게 감탄하고 있는 영희를 뒤로하고, 김희영은 아까보단 한층 커진 목소리로 물었다.

"그럼 어제는 자리를 비우신 적이 없는 거예요? 한 번도?"

"어어, 그렇지."

"그럼 고지서는요?"

"……그리고 6시쯤인가, 부녀회장이 우편함을 확인했는데, 이미 바뀌어있더라고."

뭐라고? 영희가 눈을 날카롭게 빛내며 팔짱을 꼈다. 미스터리를 풀던 도중 도통 말이 되지 않는 정황이 나올 때 자주 하는 행동이었다.

"그럼 자리를 비우신 적이 없는데도 고지서가 바뀌었단 말씀이세요?"

경비원이 머쓱하게 고개를 끄덕였다.

우편함은 경비실 창문 너머로 충분히 가까운 거리에 있었다. 누가 우편함 근처를 지나가는지 경비실에서 확인할 수 있다는 뜻이었다. 경비원의 말에 따르면, 관리 사무소 직원이 고지서를 꽂고 간 후부터 원래라면 순찰을 다녔어야 하는 6시까지 우편함 근처에 접근한 사람은 없었다. 우편함을 주의 깊게 관찰한 것까지는 아니었지만, 수상한 누군가가 있었다면 분명히 알아차렸을 거라는 게 그의 변명이었다.

"그, 일을 안 하려고 그런 건 절대 아니고, 혹시 누가 또 장난을 칠까 싶어서 있었던 거라 오해는 안 해줬으면 좋겠구먼."

"아, 그럼요. 걱정하지 마세요."

잔뜩 민망한 얼굴이 된 경비원은 이제 그만 일해야겠다며 부산스럽게 테이블을 치웠다. 흰색 철제 의자에 앉으며 괜스레 서류를 뒤적이는 모습을 마지막으로, 김희영은 떠밀리듯 경비실을 나와야 했다. 자연스레 우편함 쪽으로 걸어가며 김희영이 영희에게 속삭였다.

"그럼 당연히 관리사무소 직원이 의심스러워지는데. 애초에 처음 꽂을 때 엉망으로 꽂아놓고 거짓말했을 가능성이 제일 큰 거 아냐?"

'그렇게 생각하면 수상한 사람은 또 있어.'

"누구?"

'부녀회장.'

"부녀회장? 부녀회장이 왜?"

'알지? 밀실을 만드는 제일 쉬운 방법은……'

"……밀실을 발견한 사람이 되는 것이다?"

'그렇지. 살인 현장의 문을 여는 척하면서 잠가 버리거나, 문이 잠겨 있던 척하면 그만이야. 부녀회장도 마찬가지지. 경비원이 주의 깊게 우편함을 관찰하지 않았다는 말이 사실이라면, 슬쩍 바꿔 놓고 자기가 발견한 척하는 거야 쉽지.'

김희영은 문제의 그 '우편함' 앞에 도착했다.

한 층에 열 개씩, 총 50개가 달린 철제 우편함은 낡고 녹슬었을 뿐만 아니라 군데군데 먼지까지 수북이 쌓여 있는 상태였다. 그건 우편함 바로 아래쪽 바닥도 마찬가지였다. 오랫동안 청소를 하지 않은 듯, 두텁게 쌓인 먼지에 여러 가지 자국들이 나 있었다. 김희영은 주변을 둘러보았다. 느리기 짝이 없는 엘리베이터 한 대가 있고, 그 옆에는 스티커가 덕지덕지 붙은 자국이 남아있는 거울이 있다. 계단 쪽에는 간혹 로비에 앉아 시간을 보내는 노인들을 위한 낡은 의자가 벽에 붙어 세워져 있었다. 중국집에서 주워 온 게 분명해. 옥색 빛을 내뿜는 의자를 보며 영희는 그렇게 단언했다.

김희영은 옥색 의자에 걸터앉아 102동 1층 로비를 잠시 바라보았다. 이상한 점이라고는 찾아볼 수 없었다. 모든 것이 너무 평화롭고 고요했다. 이 장소에서 잘못된 것이라고는 자신의 존재뿐이다. 영희는 우편함 바로 앞에 서서 희미한 미소를 짓고 있었다.

"⋯⋯왜?"

'아니야.'

"왜?"

저 미소는 무언가 수상했다. 김희영은 자리에서 벌떡 일어나 영희의 옆에 섰다. 영희와 시선을 똑같이 맞추기 위해 무릎을 한껏 굽히고 우편함을 바라보았다. 그래도 달라지는 건 없었다. 아직은 조금 눅눅한 공기 속에서 서서히 낡아가는 우편함은 그대로였고, 의미심장한 영희의 미소도 마찬가지였다. 저 미소는 분명 무언가를 알아차렸을 때만 짓는 회심의 미소다. 김희영은 영희의 멱살을 잡을 기세로 물었다. 왜?! 영희는 여전히 미소를 머금고 능글맞게 어깨를 으쓱였다.

'말했잖아, 진실은 결국 홀로 깨달아야 하는 것.'

김희영은 자신이 창조한 캐릭터가 어마어마한 괴짜라는 사실을 새삼스레 깨달았다.

한 줄에 10개, 총 50개로 이루어진 우편함. 여기에 무슨 숨겨진 의미라도 있는 걸까? 보이지 않는 무언가? 암호? 있어야 하는데 없는 것? 혹은 없어야 하는데 있는 것? 김희영은 머리를 감싸 쥐었다. 영희는 알아차렸는데 정작 창조주인 자신은 알아차리지 못하다니, 이건 아무래도 문제가 있는 거 아닐까.

끙끙대는 김희영의 뒤로 누군가가 총총거리며 지나갔다. 옆집 소녀였다. 소녀는 자연스레 경비실 앞에 섰고 문이 벌컥 열렸다. 시종일관 굳어있던 경비원은 눈이 휘도록 활짝 웃으며 소녀를 맞았다. 벌써 학교 갈 시간이 됐구먼. 중얼거린 그는 여전히 정리되지 않은 소녀의 머리를 훑으며 물었다.

"묶고 가는 게 좋지?"

"네."

소녀는 주머니에서 머리끈을 꺼냈다. 경비원은 투박한 손길로 소녀의 머리를 하나로 묶어주었다. 중간중간 잔머리가 튀어나와 깔끔하지는 못했지만, 그런대로 단정해졌다. 경비원은 손거울을 꺼내 비춰주기까지 했고 소녀는 충분히 만족한 얼굴이었다.

"할아버지, 안녕히 계세요."

"그래, 안녕."

다정하게 인사를 나누는 두 사람을 보며 영희가 소곤거렸다. 의외네. 저렇게 웃을 줄도 아시고. 김희영도 고개를 끄덕거렸다. 그러게. 소녀는 손을 휘저으며 경비원에게 인사를 하고 씩씩하게 계단을 걸어 내려갔다. 경비실의 문은 곧바로 닫혀 버렸다. 김희영은 다시 몸을 돌려 우편함에 집중했다. 도대체 여기서 뭘 알아낼 수 있는 거지?

"……510호 아가씨?"

귀에 익은 목소리가 김희영을 불렀다.

계단을 막 내려온 듯, 부녀회장은 짧게 숨을 헐떡이고 있었다. 두 손에는 터질 것처럼 부풀어 오른 쓰레기봉투를 든 채였다. 어제처럼 화려한 블라우스 차림을 한 그는 우편함 앞에 서 있는 김희영을 보며 호들갑을 떨었다. 아가씨 밖에서는 처음 보네. 아가씨가 여기 왜 있어요? 김희영은 또 한 번 돌처럼 굳어 입만 뻐끔거렸다. 어디서부터 어디까지 솔직하게 말해야 하고, 어떻게 유연하게 대처해야 할지 좀처럼 감이 오지 않았다. 김희영의 패닉을 감지한 듯, 재빨리 달라붙은 영희가 대사를 줄줄 읊었다. 덕분에 타이밍을 놓치지 않고 목소리를 낼 수 있었다.

"안녕하세요. 저기, 우편함 일을 한번 조사해 보려고요."

"어머, 아가씨가 왜요?"

부녀회장의 눈이 한순간 날카로워졌다. 안 그래도 피하고 싶은 시선은 더욱 집요하게 김희영을 쫓아왔다. 김희영은 그 기세에 눌려 대충 우물거렸다. 음, 그, 미리 조사를 좀 해두면 반상회에 도움이 되지 않을까 싶어서요. 영희가 고른 대사는 이번에도 정답이었던 모양이다. 부녀회장은 삽시간에 풀어진 얼굴이 되었다.

"뭐 좀 들었어요?"

"네, 경비 아저씨께……"

"잠깐, 잠깐만. 일단 나 쓰레기 좀 버리고 올게."

굽이 있는 샌들을 신었다고는 믿을 수 없을 정도로 놀라운 속도였다. 재빠르게 쓰레기장에 다녀온 부녀회장은 신이 나서 조잘거렸다.

"그것 봐. 아가씨가 생각해도 이게 쉽게 넘어갈 일이 아니지? 나도 그렇게 생각한다니까. 어떤 이상한 사람이 이런 장난을 치는 건지 몰라도, 이런 걸 그냥 내버려 두면 더 큰 일로 번질 수가 있어요."

그러게요, 저도 정말 그렇게 생각합니다……. 어색하게 대화를 이어가는 김희영을 향해 영희가 눈썹을 들어 올렸다. 김희영은 조금 전 영희와 나누었던 대화를 떠올렸다. 밀실을 만드는 가장 쉬운 방법은 밀실을 발견한 사람이 되는 것이다.

"혹시 어제 상황에 대해 이야기해 주실 수 있나요?"

"아유, 그럼. 물론이지."

부녀회장은 그토록 원하던 무대에 오를 준비가 되어 벅차오른 얼굴이었다. 그는 잠시 뜸을 들였다가 대사를 읊기 시작했다.

"어제 6시쯤인가, 장 보고 오면서 우편함을 봤어요. 고지서 날아오는 날인 거 알고 있으니까. 우리 집 고지서랑 같이, 506호 거를 가져가려고 했거든? 내가 거기랑 친해서, 종종 우편물도 대신 가져다주고 그래요. 그런데 506호 고지서가 아니라…… 몇 호였더라? 아무튼 4층 고지서가 꽂혀 있는 거야."

부녀회장은 이번에도 극적인 효과를 노리는 듯, 잠시 말을 멈추고 김희영의 얼굴을 뚫어지게 살폈다. 김희영은 영희의 손짓을 따라 최대한 눈을 크게 뜨고 놀라는 표정을 지어 보였으나, 부녀회장이 만족할 만한 얼굴이었는지는 알 수 없었다.

상대의 반응이 매끄럽지 않더라도 무대는 이어져야 했다. 부녀회장은 아랑곳하지 않고 격정적으로 손까지 휘저어가며 말을 이었다.

"그래서 봤더니 4층이랑 5층 고지서가 또 섞여 있더라고? 저번 달도 이렇게 되어있는 걸 내가 발견했는데 또 이러네, 싶어서 화가 막 치솟았어요. 경비 아저씨랑 둘이 같이 제대로 꽂아놓고, 이야기 좀 하는데 이번이 사실은 세 번째라는 거야! 집에 갔는데, 아무리 생각해도 이걸 가만히 내버려 두면 안 되겠더라고. 세 번째라니까 이상하게 불안하더라? 급하게 반상회를 계획하고 아가씨 집에 들른 거예요."

그의 실행력에 감탄하면서, 김희영은 부녀회장의 뒤에서 벙긋거리는 영희의 입 모양을 열심히 읽고 따라 중얼거렸다.

"다시 꽂아 넣느라 고생하셨겠어요. 30통 정도 됐나요?"

"어제요? 아니. 한 10통 정도?"

"……10통이요?"

"응, 경비 아저씨가 말 안 해줬나? 어제는 4, 5층 것만 몇 개 섞여 있었어요. 그래서 크게 힘들 건 없었어. 몇 통 안 됐으니까."

김희영과 영희가 눈빛을 교환했다.

'무슨 심경의 변화인지 몰라도, 세 번째 사건인 어제는 3층을 건드리지 않았어. 그럴 필요가 없었거나, 아니면 3층 것까지 건드릴 시간이 없었거나. 둘 중 하나야.'

"아이들도 많이 사는 곳인데, 수상한 사람이라도 돌아다닐까 봐 너무 걱정돼요. 요즘 워낙 이상한 사람이 많잖아. 어딜 가나 무서운 사람이 한둘씩은 있기 마련이지만……"

"혹시 의심 가는 사람 있으세요?"

이번 질문은 영희의 도움 없이, 온전히 김희영의 입에서 튀어나온 것이었다.

정확히 말할 순 없지만 무언가가 있었다. 은근한 눈빛을 담고 말끝을 흐리는 부녀회장의 모습에서, 김희영은 본능적으로 알았다. 부녀회장의 머릿속에는 이미 누군가가 있다. 어쩌면 범인일지도 모르는 누군가가.

부녀회장은 김희영의 질문에 화들짝 놀라더니, 곧 주위를 둘러보고 김희영에게 바짝 붙어 섰다. 갑작스레 거리가 좁혀지자 김희영은 살짝 경직됐지만, 부녀회장의 뒤에서 열심히 웃어, 웃어! 를 외치고 있는 영희 덕분에 정신을 붙들 수 있었다.

"이건 아가씨한테만 말하는 건데…… 아가씨 그 사람 알죠? 관리 사무소 직원. 왜, 작년에 제일 마지막으로 들어온 사람. 덩치 크고 무섭게 생긴 남자 있잖아. 경비 아저씨한테 들어보니까 그 사람이 고지서 담당이라는 거야."

김희영은 고개를 끄덕였다. 사실 김희영은 그를 한 번도 본 적이 없었지만, 집에만 틀어박혀 있어도 들리는 게 주민들의 대화 소리와 불평불만이었다. 작년에 관리 사무소 신입으로 들어온 그는 몸집이 크고, 험상궂게 생긴 데다가 감옥에 다녀왔다는 소문까지 있다고 했다. 설마 정말 그러겠어, 하고 김희영은 웃고 넘긴 소문이었으나 부녀회장은 그러지 못한 모양이었다.

"사실…… 내가 최근에 관리 사무소 직원 수를 좀 줄이는 게 어떻겠냐고 제안한 적이 있거든. 하도 무서운 소문이 도니까 돌려돌려 말한 건데…… 근데 그 사람이 내가 그렇게 이야기한 걸 들은 것 같더라고! 그거 때문에 화가 나서 이러는 걸 수도 있어. 우리 동에만 복수하는 거지. 법에 어긋나지 않고 크게 이슈도 안 될 방법으로."

아무리 그래도, 이 정도의 복수는 너무 소심한 방법 아닌가? 그러면서도 김희영은 고지서를 꽂는 관리 사무소 직원을 용의자 리스트에 올려 두었다.

"혹시 뭐 이상한 걸 보신 적은 없나요? 우편함 근처에서도 괜찮고, 아니어도 괜찮고."

"나? 다른 건 몰라요. 나는 우편물 가지러 갈 때 아니면 우편함 근처에도 절대 안 가는걸. 저 낡은 거에 가까이 갈 이유가 뭐 있어. 마음 같아선 확 바꿔버리고 싶기만 하지."

"……알겠습니다, 감사해요."

드디어 무대가 끝났다. 더 필요한 것이 없냐며 눈을 반짝이는 부녀회장에게 여러 번 고개를 숙여 인사를 하며, 김희영은 다시금 영희와 한 말을 되뇌었다. 밀실을 만드는 가장 쉬운 방법은 밀실을 발견한 사람이 되는 것이다. 극적이고 화려한 연기로 성공적인 데뷔를 마치고 그만 가봐야겠다며 부산스럽게 계단을 올라가는 부녀회장의 뒷모습을 김희영은 한참 동안 바라보았다.

"저 인간이 하는 말 들어서 좋을 거 없어."

물론 침묵은 오래가지 않았다. 어느새 밖으로 나온 경비원이 김희영에게 먼저 말을 건넨 탓이었다. 생각에 빠져 있던 김희영은 소스라치게 놀라 소리를 지를 뻔했지만 아닌 척 이를 꽉 깨물었다.

"……부녀회장님이요?"

"그래, 주의 깊게 듣지 말아요. 하등 도움 될 게 없으니."

김희영은 어색하게 웃어 보였다. 이런 상황에서 어떤 표정을 지어야 하는지 도저히 알 수가 없었다. 그는 왜 자신에게 이런 말을 하는 걸까?

"관리 사무소 갈 거요?"

"네?"

"아까 거기 직원 이야기하더만."

"아…… 네. 한번 가서 이야기를 들어보는 것도……"

"그 사람한테 가까이 가서도 좋을 거 없어. 욕만 잔뜩 처먹고 돌아올걸."

"네?"

"아니 뭐, 그냥 그렇다고."

퉁명스레 내뱉은 경비원은 뒷짐을 지고 멀어져 갔다. 그는 계단을 지나 밖으로 사라졌다. 그가 지나간 길목을 따라가다가 고개를 들면, 천장에 달린 CCTV가 김희영을 맞이했다. 김희영은 몸을 돌려 카메라의 시야를 가늠해 보았다. 완전하진 않더라도, 우편함에 충분히 닿을 수 있는 각도였다.

관리 사무소는 샛별 아파트 정문 근처에 세워져 있는 건물이었다. 입구 쪽에는 커다란 카운터가 하나 있었고, 그 안으로는 책상에 앉아 열심히 모니터 화면을 바라보고 있는 직원들이 보였다. 무엇이 그리도 바쁜지, 그들은 김희영이 들어온 것도 눈치채지 못하고 열심이었다. 김희영은 이미 휘적거리며 내부를 살피고 있는 영희의 뒤를 따라 머뭇거리며 몸을 옮겼다.

카운터에는 '그' 직원이 있었다. 작년에 들어온 관리 사무소의 신입. 그는 소문대로 몸집이 매우 컸고, 안 그래도 험상궂은 얼굴에 잔뜩 찌푸린 표정까지 더해져 건드리기만 해도 폭발할 것처럼 보였다. 팽팽하게 부풀어 올라 누군가 자신을 찔러주기만 기다리고 있는 풍선. 감옥에 다녀왔다는 말이 사실인가 봐……. 김희영은 경비원의 경고를 기억하고 눈을 질끈 감았으나, 영희에게 자비라곤 없었다. 그저 이번에도 김희영의 등을 툭툭 두들기며 카운터를 향해 밀어댈 뿐이었다.

"안녕하세요. 저, 102동 510호 사람인데요. 관리비 고지서 관련해서 뭐 좀 여쭤보려고요."

김희영이 말을 걸자마자 그는 안 그래도 사나운 눈을 더 사납게 떴다. 김희영은 그대로 꽥 비명을 지르고 줄행랑을 치고 싶은 심정이었으나, 등 뒤에서 단단히 버티고 있는 영희 때문에 그럴 수도 없었다. 사람 살려요……. 어딘가에 김희영의 목소리를 듣는 사람이 있다면 그렇게 애원했을 것이다.

"그 사람이 보냈어요?"

"네?"

"부녀회장인가 뭔가 하는 사람이요."

김희영은 부녀회장의 어마어마한 실행력에 다시 한번 감탄하며, 속으로 깊은 한숨을 쉬었다. 총총총 바쁜 걸음으로 관리사무소 문을 여는 그의 모습이 생생히 눈앞에 그려지는 것 같았다.

"부녀회장님이 여기 들른 적 있어요?"

"어제저녁에 한바탕하고 갔습니다. 고지서가 어쩌고 우편함이 어쩌고 관리를 어떻게 하는 거냐 어쩌고."

"……."

"그거 때문에 온 거 맞죠? 드릴 말씀 없어요."

직원은 더 이상 이야기하고 싶지 않다는 듯, 입을 굳게 다물고 서류로 고개를 숙였다.

김희영은 이런 상황을 어떻게 풀어나가야 할지 몰랐다. 정답을 알고 있는 건 영희뿐이었다. 카운터를 두드리던 영희가 씩 웃었다. 불길한 기운을 감지한 김희영이 뒤로 살짝 물러났다.

'이럴 때 필요한 게 뭔지 알고 있지.'

관리 사무소에서 허공에 대고 떠들어대는 모습을 보이면 정말 쫓겨날 것 같아, 김희영은 가만히 다음 말을 기다렸다.

　'직진 요법.'

　있어 보이는 척하더니 별거 아니잖아, 그런 말이 금방이라도 목구멍에서 튀어나올 듯 근질거렸다. 그렇지만 이번에도 믿어 보는 수밖에 없었다. 어쨌거나, 자신이 만든 만화 속 설정에 따르면 탐정 김영희는 그 어떤 견고한 방어막도 뚫고 정보를 뽑아낼 수 있는 능력을 지녔으니 말이다.

　"의심받으셨죠?"

　영희의 코치를 따라 뱉은 말에 직원은 팔짱을 낀 채로 서서히 고개를 들었다. 쫄지 마, 쫄지 마, 쫄지 마…… 김희영은 이를 악물고 버텼다. 영희는 김희영의 속도 모르고 신이 나서 다음 말을 조잘댔다. 김희영은 최대한 입꼬리를 끌어올리며 영희를 따라 했다.

　"고생하셨겠어요. 날도 더운데 상관없는 일에 괜히 의심까지 받으시고."

　상관없는 일. 세상에서 그보다 적절한 말은 고를 수 없었을 거다.

　점점 늘고 있네, 이제 제법 탐정 같아. 칭찬에 김희영은 괜히 으쓱해져 상대의 반응을 기다렸다. 직원은 천천히 팔짱을 풀더니 한숨을 길게 쉬었다. 그는 머리를 벅벅 긁고는, 조금 누그러진 표정으로 입을 열었다.

"……고생 좀 했죠, 뭐. 아니 제가 어린애도 아니고…… 자르라는 말 좀 들었다고 그런 복수를 하겠습니까? 할 거면 차라리 우편함을 부수든가 했겠지."

아, 진짜 부수겠다는 건 절대 아니고요. 김희영의 머릿속을 읽었는지 직원은 덧붙였다. 역시 건드리면 안 되겠어……. 김희영은 바싹 군은 채로 어색하게 웃었다.

"아무튼 전 모릅니다. 그냥 15일마다 고지서 꽂는 게 제 일이고, 이번에도 제 일을 하기만 했습니다. 그 사람이 뭐라고 떠들고 다니든, 뭘 한 적도 없고 본 적도 없어요."

직원은 그렇게 말하며 애매하게 시선을 피했다. 영희가 다시 한번 김희영에게 속삭였다. 직진 요법. 이 사람한텐 그게 잘 먹히는 거 같네. 김희영은 직원이 눈치채지 못하도록 아주 살짝 고개를 끄덕였다. 그리고 고민하던 질문을 입에 올렸다. 직원은 뭘 한 적도 없고, '본 적'도 없다고 했다. 그 말이 묘하게 김희영을 건드렸다.

"혹시 CCTV 확인해 보셨어요?"

"예?"

"CCTV요. 경비실 근처에 붙어있는 거. 대충 우편함까지 보일 것 같던데요."

직원은 입을 크게 벌리고 그 얼굴로 잠시 군었다. 크게 뜬 두 눈과 떡 벌어진 입을 보자 그는 아까보다 훨씬 덜 무서웠다. 감옥에 다녀온 범죄자라기보다는 굴 속에 숨어 사는 곰 같았다.

표정에 다 드러나는 스타일이네. 영희가 킥킥거렸다. 내가 안 도와줘도 되겠는데, 왓슨. 모자에 달린 파이프 배지를 건드리며 거드름을 피우는 영희를 뒤로하고, 김희영은 말을 이었다.

"보신 적 있죠?"

"……예에, 그렇긴 한데…… 그걸 왜 물어보십니까?"

올 게 왔다. 영희가 도와주려는 듯 입을 벌렸지만 김희영은 선수를 쳤다. 감정이 쉽게 드러나는 타입에는 그에 맞는 솔직함으로 승부하는 게 나았다.

"누가 그랬는지 알아내려고요. 오늘 저녁에 저희 집에서 고지서 일로 반상회가 열리는데, 그게 싫어서요. 문제를 미리 해결하면 반상회가 안 열려도 되잖아요."

"예? 그게 왜 싫어요?"

"사람들이 우르르 집으로 몰려오는 게 무서워요."

김희영은 짧게 덧붙였다. 원래 집에 아무도 안 들이거든요.

영희는 웬일로 침묵을 지켰다. 직원은 고개를 갸웃거렸지만 짧은 순간 차갑게 가라앉은 김희영을 보며 나름대로 납득을 한 모양이었다. 그는 머리를 긁으며 머뭇거리다가 결국 말을 이었다.

"CCTV…… 확인한 적 있어요. 입구 쪽을 비추는 거다 보니까, 우편함 쪽도 살짝 보이거든요."

"어제 부녀회장님이 다녀간 이후에 확인해 보신 거예요?"

"……사실 그전이었어요. 경비원분이 요청하신 적이 있어서."

"경비원 아저씨가요? 언제요?"

"저번 달에 한 번 찾아오신 적 있습니다."

김희영은 영희와 시선을 교환했다. 김희영이 난데없이 고개를 돌려 허공을 바라보자 직원은 어리둥절한 얼굴이었다.

"15일 CCTV를 확인하고 싶다고 하시더라고요. 누가 우편함에 장난을 쳤다고 하시면서. 그래서 보여드렸죠."

"그럼 우편함에 무슨 일이 있었는지는 그때 처음 아신 거네요? 저번 달에?"

"예에, 경비원님이 대충 설명해 주셨거든요. 그래서 같이 CCTV를 확인했습니다."

"어땠나요?"

숨이 막히는 침묵이 흘렀다. 직원은 이걸 말해도 될지 모르겠다는 듯, 눈을 굴리며 한참을 고민했다. 극적인 분위기를 연출하기 위한 침묵은 전혀 아니었기에, 김희영은 인내심을 가지고 그를 기다렸다. 그는 관객들의 이목을 끌기 위해 의도한 연기를 멋지게 선보이는 것보다 무대에 올라가는 게 두려워 청심환을 때려 붓는 모습이 더 잘 어울리는 사람이었다.

"화면이 잠깐…… 가려졌어요."

"네?"

"5시 10분쯤부터 40분 정도, 화면이 까맣게 변했어요. 이걸 말씀드려도 되는지 모르겠네……."

영희의 손가락이 부딪히며 딱, 소리가 났다. 캡 모자를 깊게 눌러쓴 영희의 눈이 날카롭게 빛났다. 범인은 우리 생각보다 더 치밀했어. 김희영은 머리가 돌아가지 않았다. 그저 묻는 것밖에 할 수가 없었다.

"혹시 저 저번 달은요?"

"저 저번 달은 기록된 게 없습니다. 그때 한 일주일 정도 CCTV가 고장 나서 교체했을 때거든요."

"아."

김희영은 고개를 끄덕였다. CCTV 교체 공사 공지문이 로비에 붙어있는걸, 한밤중에 몰래 쓰레기를 버리러 가다가 본 기억이 났다.

"저 저번 달은 고장 났을 때라 기록이 없고, 저번 달은 경비원 아저씨랑 같이 확인하셨고, 이번 달 것도 보셨나요?"

"……아, 모르겠다. 여기까지 말해놓고 안 봤다고 하는 것도 좀 이상하네요. 예, 사실 어제 부녀회장이 왔다 간 뒤에 혼자 확인해 봤습니다. 궁금해서요."

"어제도 가려진 기록이 있나요?"

"예. 가려지긴 했어요. 근데 저번 달이랑은 좀 달랐어요. 이게 중요한지는 모르겠지만."

"달랐다고요?"

"시간이 차이가 났습니다. 5시 20분부터 한 20분 동안? 가려졌다가 다시 보이더라고요. 저번 달보다 늦게 가려졌는데 더 빨리 끝났어요. 모르죠, 범인이 이제는 능숙해져서 시간이 덜 필요했던 걸지도."

첫 번째 사건은 기록 없음. 두 번째 사건은 5시 10분부터 50분까지 40분. 세 번째 사건은 5시 20분부터 40분까지 20분. 시간의 변화에는 분명 이유가 있을 거야……. 영희가 카운터에 등을 기대고 턱을 괸 채로 중얼거렸다. 그리고 자기만의 생각에 빠진 듯, 입을 꾹 다물어버렸다. 김희영은 대화를 어떻게 끝내야 할지 몰라 애타는 눈으로 영희를 바라보았지만, 영희는 묵묵부답이었다. 이럴 때 보면 영락없는 괴짜였다.

"그럼 사건에 대해 처음 알게 되신 건 저번 달이었고, 그때 경비 아저씨랑 같이 CCTV를 확인하시고, 어제 부녀회장님이 다녀가신 후로 이번 달 것도 보셨다, 이렇게 생각하면 될까요?"

"예에, 정리를 잘하시네요."

"혹시 의심 가는 사람 있으세요?"

"예? 제가 의심하는 사람이요?"

"네."

"……어, 그, 그게 그렇게 중요합니까?"

"당연히 중요하죠. CCTV도 확인하셨고, 사건도 일찍 아셨으니 생각도 해보셨을 테니까."

어어…… 얼버무리던 직원은 어쩔 줄을 모르고 허둥거렸다. 김희영이 자신의 의견을 물어볼 거라고는 상상도 못 한 게 분명했다. 어쩌면 자신의 의견을 이야기하는 것 자체가 어색한 사람일지도 몰랐다.

"그, 절대 복수하려고 그러는 건 아니고요. 편견 없이 들어주면 좋겠는데."

"당연하죠."

"……그냥 제 의견을 물어보는 거라면, 거기 부녀회장이 좀 수상하던데요."

"부녀회장님이요?"

"예에……. 아니, 이건 그냥 생각해 본 건데……, 그 사람이 아파트 재개발에 엄청 적극적으로 나섰던 사람이라고 들었거든요. 거기 주민들이랑 이야기한 적 있는데, 그 사람이 그랬대요. 이상한 사건 사고라도 좀 일어나면, 낡은 아파트 탓으로 돌리고 확 엎을 수 있을 텐데, 뭐 이런 식으로."

"……."

"그래서 그냥 상상해 본 겁니다. 정말로요. 고지서 말고도 이상한 문제가 자꾸 생기면, 그때 혹시나, 하고 생각해 볼 참이었어요."

저 낡은 거에 가까이 갈 이유가 뭐 있어. 마음 같아선 확 바꿔버리고 싶기만 하지. 부녀회장이 중얼거리던 말이 뇌리를 스쳤다. 그런 이유라면 별것도 아닌 일로 굳이 반상회를 열려는 마음도 이해가 갔다. 김희영은 신중하게 고개를 끄덕였다. 직원은 생각보다 진지하게 받아들이는 김희영에 당황한 듯, 손을 내저으며 말을 이었다.

"그냥 개인적인 의견일 뿐이니까 너무 깊게 받아들이진 말고요. 아무튼, 마지막으로 제 변호를 하자면 고지서 꽂을 때 말고는 우편함 근처에는 절대 안 갑니다. 애초에 102동에 갈 일이 없어요. 그 사람이 별 어처구니없는 이유로 절 의심하는 게 어이가 없을 뿐입니다……. 안 그래도 주민들이 저 별로 좋게 생각하지 않는 거, 알고 있거든요."

침묵을 지키던 영희가 드디어 입을 열었다. 억울함에 툴툴거리는 직원을 위로하기 위한 사탕발림 말들이 줄줄 흘러나왔다. 김희영은 이제 제법 능숙하게 그 문장들을 따라 읊으면서도, 영희의 뻔뻔함에 어이가 없어 비죽비죽 흘러나오는 웃음을 삼켰다. 화룡점정은 길고 긴 위로의 끝에 영희가 뱉은 물음이었다. 이것을 묻기 위해 밑밥을 깔았다고 생각해도 될 것이다.

"혹시, 괜찮으시다면 CCTV 화면 저도 볼 수 있을까요?"

직원은 또 한 번 입을 떡 벌리고 어쩔 줄을 몰라 허둥거렸다.

이른 오후의 놀이터는 놀러 나온 아이들과 그 부모들로 가득했다. 꺄르륵 터지는 웃음소리를 배경 음악 삼아, 벤치에 앉은 김희영은 짧은 생각에 잠겼다. 햇빛은 한층 더 강해졌지만 선선하게 부는 바람 덕분에 그리 덥진 않았다.

직원을 구슬려 겨우 확인한 CCTV 화면엔 특별할 게 없었다. 직원이 말한 시간부터 화면은 까맣게 가려졌다. 정체를 알 수 없는 까만 무언가가 화면 아래에서부터 올라오더니, 곧 화면

전체를 가렸다. 까만 무언가는 간혹 한 번씩 흔들리며 아주 잠깐 화면 가장자리를 보여주기도 했지만, 어쨌든 가려져 있는 시간 동안은 아무것도 확인할 수 없었다.

김희영은 영희와 함께 그동안 모은 정보를 짧게 정리했다.

'아무래도 두 사람을 용의자로 확정해야 할 거 같네. 부녀회장과 관리 사무소 직원.'

"우편함 접근 가능성과 동기 때문에?"

'그렇지. 일단 첫 번째 사건을 제쳐 놓고 보면, 두 번째 사건과 세 번째 사건 때 엉망이 된 고지서를 발견한 부녀회장은 우편함에 충분히 장난을 칠 수 있었어. 바꾸어 놓고 발견한 척하면 되니까. 그러면 어제만 고지서가 몇 통 바뀌지 않은 것도 말이 돼. 어제는 경비 아저씨가 순찰을 안 갔기 때문에 우편함 앞에서 충분히 서성댈 시간이 없었겠지. 또 한 명, 관리 사무소 직원은 고지서를 꽂을 때 엉망으로 해놓고 거짓말하면 그만이고. 물론 두 번째 사건 때 경비 아저씨가 직접 확인했다는 증언이 있긴 했지만, 우편함에 자연스럽게 접근할 수 있는 가능성을 따진다면 관리 사무소 직원을 배제할 수 없어. 그리고 두 사람 다 동기가 있지.'

"그렇지만 동기가 너무 약한데."

'그건 나도 동의하지만, 그래도 약한 동기라도 있는 게 어디야.'

"……우리가 너무 시야를 좁게 보고 있는 건 아닐까?"

'하지만 부녀회장이 어제 자기 입으로 그랬잖아. 그동안 입 다물고 있었다고. 애초에 이 사건을 아는 사람 자체가 별로 없을 거야. 기껏해야 우리가 지금까지 찾아간 그 세 명일 거고.'

김희영은 입을 다물었다. 내키지 않았지만 영희의 말대로 그 둘을 유력 용의자로 확정하는 수밖에 없었다. 영희가 중얼 거렸다. 넌 사람을 너무 쉽게 믿어서 탈이야. 탐정의 첫 번째 자질 부족이라고. 김희영은 무시하고 화제를 전환했다. 이번 에는 자신이 그 대단하신 '탐정 김영희'를 만든 창조주라는 사실을 한껏 뽐낼 차례였다.

"어찌 됐든 가장 중요한 건 어제의 트릭이야. 저번 달보단 짧 지만 어제도 분명 CCTV가 가려진 순간이 있었다고. 또 순찰 을 가지 않은 경비 아저씨의 눈을 어떻게 피했느냐. 그 방법을 알지 못하면, 아무것도 해결할 수 없어."

'……'

"할 말 없어? 갑자기 무슨 생각을 그렇게 해?"

영희는 팔목에 새겨진 흉터 부근을 두드리다 말고, 씨익 웃 으며 김희영을 돌아보았다.

'정보는 대충 다 모였어. 할 말이 있긴 한데…… 말해봤자 네 가 좋아할 거 같지 않아서.'

"뭔데?"

'사건 해결에 있어서 영원불멸의 법칙이지.'

영희는 모자를 고쳐 쓰며 또 거들먹거렸다. 김희영은 얼굴을 잔뜩 찡그리고 그가 허세 부리는 모습을 지켜보다가, 저것마저도 자신이 창조했다는 사실에 어쩔 수 없이 허탈하게 웃었다. 상상했던 것보다 더 재수 없네……

'사람은 누구나 거짓말을 한다.'

"……너 알지? 그거 내가 다른 데서 가져온 명언인 거."

'명심해. 사람은 누구나 거짓말을 해.'

김희영의 빈정거림을 가볍게 무시한 영희가 진지하게 속삭였다. 김희영은 혼란에 빠질 수밖에 없었다.

무뚝뚝한 경비원과 호들갑 떠는 부녀회장, 무섭지만 알기 쉬운 관리사무소 직원까지. 지금까지 김희영은 여러 사람을 거쳐왔으나 그중에서 거짓말을 했을 법한 사람은 없었다. 모두 무언가를 숨기려고 했을지언정 거짓말은 하지 않았다. 적어도 김희영의 생각은 그랬다. 아니, 그렇게 믿고 싶은 걸지도 몰랐다.

"거짓말을 할 사람들로는 안 보였어."

'두고 보면 알게 되겠지.'

"……말 좀 착하게 하면 어디가 덧나냐?"

뾰족하게 중얼거리던 김희영은 어디선가 쏟아지는 시선을 느꼈다. 익숙한 느낌이었다. 고개를 돌린 김희영은, 벤치 옆에서 자신을 뚫어지게 바라보는 509호 소녀를 마주했다.

소녀는 이제 막 학교에서 돌아온 모양이었다. 오전에 경비원이 묶어준 머리는 격하게 놀았는지 헐렁하게 풀어져 있었지

만 가방은 야무지게 메고 있었다. 커다란 눈이 빤히 바라보는
게 부담스러워서, 김희영은 어색하게 웃으며 손을 흔들었다.
안녕, 또 만났네. 소녀는 생뚱맞은 대답을 했다.

"괜찮아요, 언니."

"응? 뭐가?"

"저도 상상 친구 있거든요. 개랑 가끔 이야기도 해요. 엄마
아빠는 그러지 말라고 하는데, 경비 할아버지는 괜찮다고 했
어요. 혼자 있어서 너무 심심할 때는 그래도 된대요."

소녀는 작은 입으로 열심히 종알거렸다. 김희영은 머릿속이
하얗게 되어 어, 어 그래…… 하고 애써 웃었다.

말을 마친 소녀는 휙 몸을 돌려 사라져버렸다. 놀이터를 지
나 102동 입구로 쏙 들어가 버리는 뒷모습을 바라보던 영희가
말했다. 상상 친구 취급당하니까 좀 서운한데. 오후의 햇살이
기분 좋게 둘 위로 내리쬐었고, 김희영은 잠시 모든 걸 내려놓
고 웃음과 재잘거림으로 가득한 풍경을 즐기기로 했다.

생각해 보면, 이렇게 밖에 나와 이런 풍경을 바라보고 있다
는 것 자체가 말이 되지 않는 일이다. 어제까지만 해도 상상도
하지 못하던 상황이었다. 하지만 사건이 벌어졌고, 영희가 나
타났고, 영희의 손은 김희영을 이끌었다. 김희영이 영원히 평
화롭게 지키고 싶은 홈 스위트 홈 밖으로. 그렇게 오랜 시간 동
안 머무르게 된 밖은 생각보다 나쁘지 않았다. 아무도 없는

밤마다 쓰레기를 가득 안고 몰래 계단을 걸어 내려가던 시간이 무색할 정도로 위험하지 않았다. 모든 게 괜찮았고 평화로웠다.

　김희영과 영희가 앉아있는 벤치를 향해 유모차를 끌고 있는 여자가 다가왔다. 영희는 재빠르게 자리에서 일어났다. 여자는 영희가 앉아있던 자리, 그러니까 벤치 끝에 걸터앉고 한숨을 쉬었다. 유모차에는 귀여운 아기가 숨을 색색 내뱉으며 잠들어 있었다. 김희영은 여자를 잠시 곁눈질했다. 여자의 무릎에는 하얀 종이 한 장이 놓여 있다. 거기에 적힌 글자가 똑똑히 보였다. 샛별 아파트 102동 제50회 반상회. 여자는 102동 주민이었다.

　짧지만 깊은 고민이 김희영의 머릿속을 채웠다. 지금 김희영의 수사에는 가장 중요한 부분이 빠져 있었다. 용의자들을 제외한 주변 인물 탐문하기. 가장 중요한 정보를 제공한 경비원과 용의자 리스트에 올라 있는 부녀회장, 관리사무소 직원을 제외한 다른 사람들의 이야기를 들어보질 못했다. 어쩌면 지금이 제일 적합한 타이밍일지도 몰랐다.

　김희영은 여자 옆에 서 있는 영희에게 도움을 요청하듯, 그를 간절하게 바라보았다. 시선이 마주치자 영희는 이번에도 짧은 미소만 남긴 채 고개를 돌려 버렸다. 도와주지 않겠다는 의도가 명백하게 담긴 행동이었다. 생각해 보면, 셜록도 항상 저런 식이었다. 은근히 귀찮은 일은 왓슨에게 넘겨버리던 그

뻔뻔함. 김희영은 능글맞게 과제를 넘겨버리고 매끈한 미소를 짓는 얼굴을 향해 잠시 눈을 부라렸다.

"……그거 저희 집이에요."

"네?"

물론 영희의 도움 없이 시작된 대화는 엉망진창이었다.

"거기, 반상회…… 510호요. 그거 저희 집이에요."

"아, 네에……."

그리고 흐르는 어색한 침묵에도 김희영은 이전처럼 이대로 혀를 깨물고 죽고 싶다거나 하진 않았다. 대화는 어떻게든 이어 나가면 된다. 솔직함을 경계하는 사람은 없다. 김희영이 믿기론 그랬다.

"혹시, 무슨 일인지 들으셨나요?"

김희영의 거듭되는 질문에 여자는 자리를 뜨려다 말고 다시 주저앉았다.

"대충요. 우편함에 고지서가 엉망으로 꽂혀 있었다면서요?"

"네, 이상한 일이죠. 그쵸?"

김희영이 어색하게 웃었다. 그러게요, 꼭 소설 같아요. 여자가 대답하며 희미하게 미소 지었다. 소설이요? 김희영이 묻자 여자는 머쓱하게 입을 가렸다. 별 볼 거 없는 아파트에 미스터리한 일이 일어나니까 꼭 소설 같아서요. 김희영은 맞장구를 쳤다. 진짜요, 꼭 추리 소설 같아요. 두 사람은 공감한다는 듯 잠시 시선을 맞추고 웃었다. 미스터리 소설 좋아하시나 봐요?

김희영이 용기를 내어 물었다.

 김희영은 여자와 함께 한동안 미스터리 소설에 대한 이야기를 나누었다. 유모차에 달린 귀여운 액세서리나 인상 좋은 겉모습과는 다르게, 여자는 엄청난 미스터리 소설 마니아였다. 김희영이 「탐정 김영희」를 위해 추리 소설을 찾고 읽었던 것보다 더 많은 것을 알고 있는 듯했다. 여자는 고전 미스터리를 좋아했다. 고전 미스터리물에 등장하는 안락의자형 탐정들을 동경한다고 했다. 한 번의 곁눈질로 상대의 모든 걸 알아내는 탐정들. 김희영은 여자가 영희를 좋아할지도 모르겠다는 생각을 했다. 여자가 영희를 좋아한다면 기쁠 것 같았다. 그리고 뒤늦게, 유모차 아래에 담겨있는 여러 가지 용품들 사이에서 책한 권을 발견했다. 애거서 크리스티의 『비뚤어진 집』.

 "사실 제가 이 사건을 좀 조사해 보고 있거든요."

 "정말요?"

 "네, 이거 생각보다 더 이상한 사건이더라고요."

 그래서 말인데, 혹시 우편함 근처에서 뭐 이상한 거 본 적 없으세요? 사람이어도 좋고, 이상한 물건이라도 좋고, 그냥 수상한 거라면 뭐든지 좋아요. 누군가가 이상하게 받아들일 수 있는 김희영의 질문에, 여자는 눈을 반짝이며 진지하게 고민했다. 그토록 꿈꾸던 세상에 잠시 출연하게 되어 기쁜 모양이었다.

 "생각해 보니까요. 사실, 어제 좀…… 이상한 장면을 봤어요. 수상한 건 아니고, 이상하다고 해야 할까요."

"어떤 장면이요?"

"어제 한…… 4시 좀 전이었나? 1층으로 내려왔는데, 그 아시죠. 덩치 좀 있으신 관리 사무소 직원분. 그분이 막 고지서를 꽂고 돌아가시는 것 같더라고요. 근데 부녀회장님이 1층 복도 쪽에서 튀어나오더니 우편함 앞에 떡하니 서서 움직일 생각을 안 하시더라고요."

"……부녀회장님이요?"

"네, 그래서 사실은…… 잡혔다가 수다 떨게 될까 봐 빨리 지나갔어요. 아파트 나와서 뒤돌아봤는데, 아예 그 계단 옆에 의자 있죠. 거기 앉아서 우편함만 뚫어지게 보시더라고요. 그게 좀 이상해서 기억에 남았어요."

김희영은 허, 하고 탄식을 내뱉었다. 방금 들은 말의 충격이 채가시기도 전에, 여자는 곰곰이 생각하더니 말을 이었다.

"그리고 볼일 보고 돌아오는 길이요. 딱 5시쯤 됐을 거예요. 원래 그 시간이면 순찰 시간인데 아저씨가 경비실에 계시길래, 짧게 이야기 나눴어요. 어제 비가 너무 많이 왔잖아요. 대충 그런 이야기를 하고 있는데, 아파트 입구 쪽에서 누가 막 들어오려다가, 저랑 경비 아저씨를 보고 뒤돌아서 그냥 가버리더라고요. 그분이었어요. 관리 사무소 직원분. 처음에는 아 뭐가 잘못돼서 오시나 보다 싶었는데, 저랑 아저씨 보자마자 휙 돌아서 가버리는 게 조금…… 이상하더라고요. 그래서 자꾸 생각이 났죠."

거봐. 대화를 훔쳐 듣던 영희가 자신만만한 미소를 입가에 띄웠다. 사람은 모두 거짓말을 한다니까. 김희영은 묘한 배신감을 느끼면서도, 그런 자신이 어이가 없었다. 고작 대화 잠시 나누었다고 상대를 철석같이 믿은 자신이 문제였을지도 모른다.

"……도움이, 됐을까요?"

"아, 그럼요. 엄청나게 도움 됐습니다. 감사합니다."

김희영은 여자에게 거듭 고개를 숙여서 인사를 했다. 꼭 사건 해결하시길 바랄게요. 수줍게 중얼거린 여자는, 이제 가봐야 한다며 유모차를 밀고 사라졌다. 영희는 다시 여자가 앉았던 자리에 앉으며 말을 건넸다. 많이 발전했네. 너 지금 한 번도 도움 안 받고 저 여자랑 이야기한 거 알아? 김희영의 귀엔 그 어떤 소리도 들리지 않았다. 김희영은 자리에서 벌떡 일어났다. 어디 가려고? 영희가 눈을 크게 떴다. 김희영은 허공을 노려보며 고심 끝에 말을 뱉었다. 아무래도 가봐야겠어. 대체 어디로? 부녀회장님 집으로.

그런 이유로, 김희영은 영희와 함께 305호의 초인종을 맹렬하게 누르고 있었다.

어젯밤, 510호의 문을 폭풍처럼 두드리던 부녀회장이 이런 심정이었을까. 딩동, 딩동, 딩동. 거듭되는 소리에 영희가 기겁하는 얼굴이 되었다. 너 괜찮아? 김희영은 이번엔 문을 두드리기 시작했다. 잠시만요! 안에서 희미한 목소리가 들렸고, 문이 반쯤 열렸다.

"……510호 아가씨?"

305호 안의 부녀회장은, 밖에 있을 때와는 180도 다른 모습이었다.

그는 목이 늘어난 반소매 티셔츠와 헐렁한 반바지를 입고 있었는데, 화려한 꽃무늬 블라우스가 없는 부녀회장은 밖에서보다 2배는 작아 보였다. 한껏 치켜 올라간 두 눈도 힘을 잃고 축 내려앉아 있었으며, 무엇보다 항상 자신만만하던 얼굴은 김희영을 보고 완전히 얼이 빠진 채였다. 단단히 무장한 채로 문을 두드렸던 김희영은 잠시 당황했다. 적의 기세는 생각보다 약했다. 아니, 기세랄 것조차 남아있지 않은 모습이라, 김희영은 순식간에 전술을 바꾸었다.

"갑작스레 죄송합니다. 묻고 싶은 게 있는데 잠깐 들어가도 될까요?"

김희영의 요구는 부드럽고 예의가 발랐다. 그 누구도 거절할 수 없었을 것이다.

좁은 부엌에 놓인 탁자에 마주 앉은 두 사람 사이로 침묵이 흘렀다. 부녀회장은 한마디의 말도 꺼내지 않고, 그저 커피를 내온 후 초조하게 김희영을 기다리고 있었다. 김희영은 커피를 한 모금 넘기며 부녀회장을 빤히 바라보았다. 부녀회장은 눈이 마주치자 머쓱하게 웃고 시선을 피했다. 김희영의 옆자리에 앉아있던 영희는 탁자를 두드리다 말고 말했다.

'재밌지 않아? 사람의 진짜 모습을 발견하려면 그 사람의 집 안으로 쳐들어가야 한다는 게.'

김희영은 고개를 끄덕여주진 못했지만, 그 말에 동의했다. 껍데기를 벗어던진 부녀회장은 물에 쫄딱 젖은 생쥐 같은 모양새였다.

"별 건 아니고, 하나 여쭤볼 게 있어서요. 다른 분한테 들었 거든요. 어제 고지서가 꽂힌 후에 우편함 근처에 계셨다던데요. 우편물 가지러 갈 때 아니면 우편함 근처에 가지도 않는다던 분이요. 다른 날도 아니고 하필이면 어제."

부녀회장은 마시던 커피에 독약이 들었다고 듣기라도 한 것 같은 얼굴이 되었다. 커피잔을 부여잡는 손가락이 파르르 떨렸다. 물에 젖은 생쥐는 처량하게 커피를 한 모금 삼켰다.

"거짓말을 하려고 했던 건 아니었어요."

"네, 믿어요. 그러니까 왜 거기 계셨는지 말씀해 주시겠어요?"

부녀회장은 커피잔에 코가 닿을 듯 고개를 푹 숙인 채로, 한동안 말이 없었다. 영희의 손가락이 딱, 소리 나게 탁자를 두드렸다. 아무래도 방향을 좀 바꿔서 들어가야 할 것 같은데, 이대로는 아무 말도 안 하겠어. 김희영은 그 충고를 받아들였다.

"많이 힘드시죠? 마음에도 없는 일 하시느라."

"……네?"

"부녀회장 자리요."

"······어떻게 알았어요?"

그냥 딱 보면 알겠는데요. 김희영은 목구멍까지 튀어나온 말을 꾹 눌러 삼켰다. 길고 긴 한숨을 뱉은 부녀회장은 커피를 한 모금 마시더니, 결심했다는 듯 잔을 내려놓았다.

"솔직히 말하면 그래요, 힘들어요."

"그런데 왜 계속하세요? 스트레스받을 텐데."

"여기까지 왔는데 어떻게 그만둬요? 사람들이 기대하는 게 있는데. 이사라도 가지 않는 이상은 못 그만둘 거예요."

또다시 한숨과 함께, 부녀회장의 푸념이 길게 이어졌다. 아파트가 세워진 이래로 305호 거주자가 항상 부녀회장을 맡아왔다는 이유로, 그는 강제로 부녀회장 자리를 떠안았다. 어쩌면 시작부터 잘못된 것일지도 모르지만, 지금까지 항상 그래왔다는 말에 쉽게 거절할 수 없었다. 조금의 반항조차 하지 못했을 정도로 그는 소심한 사람이었다.

"난 원래 꽃무늬 싫어하거든요. 근데 지금 옷장에 꽃무늬 블라우스만 열 개가 넘을 거예요."

사람들이 원하는 완벽한 부녀회장의 모습, 완벽한 얼굴, 완벽한 표정, 완벽한 업무 수행. 그는 모든 걸 잘 해내고 싶었다. 사람들을 실망하게 할 수 없었다. 이번 사건도 그래요. 그는 침울한 얼굴로 말을 이었다.

"자꾸 이상한 일이 생기는데, 내가 해결하지 못하면 사람들이 어떻게 생각하겠어요?"

"하지만 그렇게 감시해야 할 정도로 대단한 사건은 아니었잖아요?"

"……우리 아들 때문이었어요."

"아드님이요?"

"네, 아들이 몇 달 전부터 자꾸 물어봤거든요. 우편함이랑 고지서에 대해서."

부녀회장은 모든 걸 포기한 듯, 힘없이 털어놓았다. 침울한 생쥐의 눈썹이 이따금 들썩거렸다.

"고지서가 며칠에 오는지, 누가 몇 시에 꽂는 건지, 뭐 그런 거요. 처음엔 그냥 궁금한가 보다 했어요. 8살이면 한창 궁금한 게 넘칠 때니까요. 그런데 사건이 발생한 거예요. 겁이 났죠, 우리 아들이 그런 걸까 봐. 애한테 물어봐도 모르는 일이라고 시치미를 뚝 떼는데, 그래도 불안해서 어제 그렇게 있었던 거예요. 근데 얼마 있지도 못했어요. 비가 너무 많이 왔잖아요. 밖에서 놀고 있는 애 찾으러 다니느라 그 이후로는 우편함 근처에 안 갔어요. 6시에 잘못 꽂혀 있는 걸 발견하기 전까지는."

"……."

"이건 거짓말 아니에요."

"그래서 반상회까지 열려고 하셨군요?"

"네, 아들을 더 이상 의심하고 싶지도 않았고, 사건이 더 커질까 봐 무서웠거든요. 다른 일이 또 벌어지기 전에 빨리 범인을 잡아야 한다고 생각했어요."

부녀회장은 우울한 낯빛으로 텅 빈 커피잔을 내려놓았다.

"갑자기 아가씨네 집에서 반상회를 열자고 한 건 나도 미안 했어요. 하지만 혹시라도 우리 애가 그랬으면, 다음 달에도 그 러다가 현장에서 들키기라도 하면? 그런 생각이 자꾸 들더라 고요. 반상회가 열리면 아무리 어린애라도 무슨 일이 벌어지 고 있는지 알 테고, 그러면 그 황당한 짓을 그만두겠죠. 아니면 진짜 범인이 자진해서 고백하든가."

잠깐의 침묵이 내려앉았다. 부녀회장은 어깨를 힘없이 으쓱 였다. 결국 아가씨한테 다 말해버렸네. 이왕이면 우리 아들은 제외하고 생각해 줘요. 나를 봐서라도. 그렇게 말하고 떠오르 는 미소는 이전처럼 과장되거나 크지 않았다. 작고 부드럽지 만, 따뜻한 미소였다. 그 미소 앞에서 김희영은 저절로 그러겠 노라 대답할 수밖에 없었다. 그건 영희 역시 마찬가지였다.

커피는 너무 맛있었다. 김희영은 곧 커피잔을 깨끗하게 비 웠다. 반상회를 열어야 한다는 부녀회장의 주장은 여전히 완 고했다. 김희영은 그 주장을 지금 와서 막을 생각은 없었다. 영 희의 말대로 반상회가 열리기 전에 범인을 잡으면 그만이었 다. 물론, 시간은 벌써 늦은 오후를 향해 달려가고 있었지만 말 이다.

"이따 봐요, 아가씨. 이야기 들어줘서 고마워요."

한결 당당한 생쥐가 된 부녀회장은 문 앞까지 나와 김희영 을 배웅했다. 문이 닫히고, 김희영은 영희가 입버릇처럼 조잘

대던 문장을 중얼거려 보았다. 사람은 모두 거짓말을 한다. 그렇다면 이제 다음 차례는 명확했다.

다행히 관리 사무소까지 갈 필요도 없었다. 직원은 마침 102동 앞을 지나가고 있었고, 김희영의 한 마디에 바로 무너졌다.

"거짓말을 할 생각은 절대 아니었습니다!"

그는 그렇게 소리치더니, 주변을 둘러보며 눈치를 살폈다. 어쩔 줄을 모르는 그의 얼굴을 타고 땀이 비 오듯 흘렀다. 그는 주머니에서 손수건을 꺼냈다. 꾸깃꾸깃 구겨진 자국이 선명한 손수건으로 그는 땀을 닦으며 쩔쩔매었다. 손수건에는 예쁜 꽃이 자수로 새겨져 있었다.

"아무튼, 마지막으로 제 변호를 하자면 고지서 꽂을 때 말고는 우편함 근처엔 절대 안 갑니다. 애초에 102동에 갈 일이 없어요. 분명 이렇게 말씀하셨는데요."

"그거는……! 그러니까 제가 우편함을 건드린 건 아니니까……"

"건드린 건 아니다?"

"예! 그게……!"

소리치던 직원은 그들이 서 있는 방향을 향해 달려오는 아이들을 보더니 목소리를 낮췄다. 삼삼오오 짝을 지은 아이들은 무엇이 그리 신났는지 깔깔대며 손에 든 잠자리채를 휘두르고 있었는데, 그중에는 509호 소녀도 끼어 있었다. 다른 아이들과는 다르게 빈손으로 달리고 있던 소녀는 김희영을 보고 잠깐 멈칫하더니, 다시 아이들 틈에 섞여 달려갔다. 인사를 해야 할지 잠깐 고민한 게 분명했다. 아이들이 사라지자 직원은 다시 억울함이 가득 담긴 목소리로 외쳤다.

"저는 진짜 아닙니다! 애초에 제가 우편함에 장난칠 이유가 대체 뭐냐고요. 부녀회장 말대로 앙심을 품고 저질렀으면 더 큰 일을 했겠죠. 유치하게 우편물에 장난이나 치겠습니까?"

"그럼 대체 어제는 왜 두 번이나 102동에 오려고 하셨던 건데요?"

"……알고 싶어서 그랬습니다."

"네?"

"범인을 알고 싶어서 그랬어요. 안 그래도 이렇게 생겨서 주민들이 무서워하는데, 쓸데없는 일로 의심까지 받으니까 서글퍼서요. 누가 그런 장난을 치는지 제가 알아내면…… 좀 달라질까 싶었습니다."

"……생각보다 되게 친절한 분이시네요."

"……그런 말 많이 듣습니다."

그렇게 받아친 직원은 손수건을 주머니에 집어넣었다. 얼굴에선 여전히 땀이 흐르고 있었지만, 한층 후련해진 얼굴이었다. 꼭 동굴 밖으로 모습을 드러낸 당당한 곰 같았지만, 영희가 이미 옆에서 그렇게 중얼거리고 있었기에 김희영은 아무 말도 하지 않기로 했다.

　김희영과 영희는 1층에서 차분하게 경비원의 순찰이 끝나기를 기다렸다. 6시 정각, 정확하게 시간을 맞춰 경비실로 돌아오던 그는 김희영을 발견하고 무슨 일이냐고 눈으로 물었다. 김희영은 이상하게 그 퉁명스러운 얼굴 앞에서는 자신이 없었지만, 곧바로 영희의 말이 옳았음을 확인할 수 있었다. 거짓말하셨죠? 그 한마디에 경비원의 얼굴이 삽시간에 하얗게 질려 버린 탓이었다.

　"관리 사무소에서 CCTV를 확인하고 왔어요. 어제도 저번 달처럼 화면이 가려진 시간이 있더라고요. 5시 20분부터 40분까지 20분 정도."

　경비원은 김희영의 시선을 피해 고개를 슬쩍 돌려 버렸다.

　"그 시간에 누가 화면을 가렸다면, 경비실에 있었던 분이 보지 못했을 리가 없어요."

　"……."

　"무언가 보셨죠? 아니면 자리를 비우셨거나?"

　"잠깐이었수다. 아주 잠깐. 20분."

　"그 20분 동안 사건이 벌어졌는데요?"

　"……애들이 와서 나무에 공이 걸렸다는데, 그걸 거절할 수 있는 사람이 어딨겠어. 거기 부녀회장네 아들도 섞여 있었어. 불친절한 경비원으로 소문나기 싫었던 것뿐이야."

"그런데 20분이나 걸리셨어요?"

"어제 비가 많이 왔으니까. 우산 쓰고 하려니까 쉽지 않더라고. 덕분에 쫄딱 젖었지."

그는 멋쩍게 웃었다. 통명스러움 대신 민망한 미소를 장착한 그는 그저 평범한 노인이었다.

"대체 왜 거짓말하신 거예요? 어차피 다 알게 되는 일이었는데."

"……원래 나이 먹으면 다 그렇게 되는 법이야. 그런 소소한 장난치는 게 노인네들의 유일한 재미라고. 잠깐 노망이 났다고 생각해."

"하지만……!"

"인제 그만 가 봐요. 저녁 먹을 때가 다 됐네."

김희영의 눈앞에서 경비실 문이 닫혔다. 김희영은 한동안 그 앞에서 씩씩거리고 서 있었으나, 차마 그 문을 두드리지는 못했다.

이상한 눈으로 바라보는 사람들의 시선을 피해, 김희영은 계단 옆 의자에 앉았다. 창밖으로 노을이 지고 있었다. 의자와 자신의 그림자가 낡은 바닥에 길게 드리워졌다.

사람은 모두 거짓말을 한다. 그 법칙은 사실이었다. 사건과 관련된 세 명 모두 거짓말을 했다. 모두 그 나름으로 이유가 있는 거짓말이었다. 김희영은 여전히 혼란스러웠다. 거짓말을 인정하고 허탈하게 웃는 세 명의 얼굴에서 아이러니하게도 한 톨의 거짓이라고는 발견할 수 없었기 때문이었다. 적어도 김희영에겐 그건 모두 진심처럼 느껴졌다. 어쩌면 그저 의심하고 싶지 않은 걸지도 몰랐다. 이미 한번 속은 주제에 멍청하게 말이다.

김희영은 밖으로 나왔다. 그게 뭐 대단한 일이라도 되는 듯, 사건을 해결하겠다고 곳곳을 들쑤시고 다녔다. 하지만 반상회까지 한 시간이 남은 지금, 김희영에게 남은 것이라곤 혼란뿐이었다.

김희영은 처량하게 고개를 숙였다. 옆에 서 있던 영희가 그 심정을 이해한다는 듯, 김희영의 등을 톡톡 두드렸다. 나름대로 위로를 해주려는 모양이었다. 한동안 그렇게 김희영의 등을 두드리던 영희는, 천천히, 느릿하지만 분명하게 말을 건넸다.

'진실은 이미 네 눈앞에 있어.'

그것이야말로, 김희영이 만화를 그리면서 수십, 수백 번은 쓰고 또 썼던 명대사였다. 낡고 낡아 빛이 바랜 문장. 그렇지만 무엇보다도 선명하게 존재감을 뽐내는 문장. 탐정 김영희를 완전하게 만드는, 그런 문장.

김희영은 눈을 질끈 감았다 떴다. 제가 앉아있는 낡고 헤진 의자가 보였다. 무언가 이상했다. 닳고 닳은 하얀 쿠션과 군데군데 녹이 슨 하얀 기둥. 이상하게 익숙한 하얀 철제 의자. 그 아래로 바닥에 수북이 쌓인 먼지에, 의자를 잡아끈 자국이 남아있었다. 조금 전 김희영이 자리에 앉으면서 의자를 끌고 온 탓에 생긴 자국이었다.

정체를 알 수 없는 위화감이 김희영을 서서히 감쌌다. 뭐지? 김희영은 스스로에게 물었다. 대체 뭐지? 그렇게 몇 분 동안, 그 하얀 의자가 범인이라도 되는 듯이 가만히 노려보았다.

위화감의 정체를 깨달은 김희영은 그대로 아파트 쓰레기장으로 달려갔다.

아파트 뒤쪽에 위치한 쓰레기장엔 아무도 없었다. 커다란 쓰레기 봉투들이 깔끔하게 묶인 채 산처럼 쌓여 있었다. 김희영은 일반 쓰레기가 쌓여있는 곳을 눈으로 훑고, 재빠르게 다른 구역을 뒤졌다. 사람들이 내어놓은 낡은 가전과 가구들. 그 사이에서 김희영은 한참을 헤매었다.

'의자?'

영희가 짧게 물었고 김희영은 고개를 끄덕였다.

버려진 가구들 사이에서 김희영은 원하던 옥색 의자를 찾지 못했다. 있어야 하는데 없는 것. 원래 1층 계단 옆을 차지하고 있었던 옥색 빛 의자. 의자는 어디에도 없었다.

확신은 서서히 흩어졌다. 역시 잘못 생각한 걸까? 낯선 위화감 따위, 혼란스러운 머리가 강제로 만들어낸 감정일지도 몰랐다.

하지만 일반 쓰레기봉투들 사이에 삐죽 튀어나와 있는 노란색 막대를 보았을 때, 김희영은 보물이라도 찾은 사람처럼 그 사이로 달려들었다.

경비실에서 보았던 노란색 잠자리채는 반으로 동강이 나 있었다. 김희영은 부서진 잠자리채의 윗부분을 살폈다. 그물이 붙어있는 둥근 입구에, 분명한 자국이 남아있었다. 손가락으로 잠깐 훑어도 달라붙을 정도로 끈적한 자국이었다.

다시, 김희영은 우편함 앞에 서 있다. 그는 이제 우편함 대신 그 아래를 내려다보고 있었다. 우편함 아래에는 조금 전, 김희영이 만든 것과 똑같은 자국이 존재했다. 희미하지만 분명하게, 무언가를 끌어온 자국. 두꺼운 먼지는 명백하게 말하고 있었다. 김희영은 천천히 허리를 들었다. 노인은 경비실 안에서 태평하게 저녁을 먹는 중이었다.

사람이 거짓말을 하는 이유는 다양했다. 자신의 잘못을 숨기기 위해, 의심에서 벗어나기 위해, 도망가기 위해, 회피하기 위해, 혹은 누군가를 지키기 위해.

우편함에 등을 기대고 서 있던 영희가 물었다. 지금 말할 타이밍이지? 응. 김희영은 고개를 끄덕였다. 탐정 김영희가 만화 속에서, 모든 혼란을 잠재우고 확신에 찬 채로 분명하게 외치는 그 말. 수수께끼는 모두 풀렸다.

소녀는 다행히 김희영의 예상대로 거기 있었다. 오늘 아침, 김희영과 첫인사를 나누었던 곳, 복도 끝에 위치한 좁은 계단. 아침과 마찬가지로 가방을 꼭 끌어안고 계단에 앉은 모습이 묘하게 외로워 보였다. 안녕. 김희영이 인사를 건네자 소녀는 손을 흔들다 말고 예의 바르게 고개를 숙였다. 언니, 안녕하세요. 노인이 묶어준 머리는 잔뜩 삐져나와서 거의 풀린 것이나 마찬가지였다.

"집에 안 가니?"

"엄마 아빠 기다려요. 회사에서 아직 안 왔어요."

"배고프지 않니?"

"괜찮아요. 희준이가 과자 줬거든요."

"희준이?"

"친군데요. 305호 살아요. 희준이 집에 맛있는 거 많아요."

"그렇구나."

김희영은 그렇게 말하며 소녀의 앞에 무릎을 굽히고 앉았다. 손에 쥔 물건은 여전히 등 뒤에 감춘 채였다. 소녀가 이상하다는 눈으로 김희영을 지그시 바라보고 있었다.

"언니가 물어보고 싶은 게 있는데."

"네."

"거짓말 안 하겠다고 약속해 줄래?"

"……왜요?"

소녀는 처음으로 경계심 어린 얼굴을 보였다. 김희영은 잔잔하게 웃었다. 이제 김희영은 영희의 도움 없이도 누군가의 경계를 뚫고 그 안으로 천천히 들어갈 수 있었다.

"언니는 네가 어떤 마음인지 궁금하거든."

"······."

"그러니까 거짓말을 안 했으면 좋겠어."

"······."

"언니랑 약속할 수 있을까?"

"음, 해볼게요. 근데 잘 모르겠어요. 어려울 것 같아요."

소녀는 그렇게 말하며 가방을 소중하게 꼭 안았다. 그러면서도 김희영의 등 뒤로 슬쩍 보이는 것이 무엇인지 궁금해 견딜 수 없는 모양이었다. 김희영은 쥐고 있던, 반으로 쪼개진 잠자리채를 내밀었다. 노란색 잠자리채. 테이프 자국이 선명하게 남아있는 그것.

"이거 네 거지?"

소녀는 입을 꼭 다물었다. 고요한 침묵이 잠시 두 사람을, 정확히 말하면 아래쪽 계단에 조용히 앉아있는 영희까지 세 명을 에워쌌다.

"있잖아, 언니 너 혼내려고 물어보는 거 아니야. 진짜로, 그냥 궁금해서 그래."

"······."

"이거 네 거지?"

소녀는 작게 고개를 끄덕였다. 잘못 건드렸다간 금방이라도 울음을 터트릴 것 같은 얼굴이 되었다.

"혹시 이걸로 CCTV 가렸니?"

"······."

"언니 진짜 놀랐거든. 어떻게 이걸로 가릴 생각을 했어? 엄청 똑똑하네."

"……희준이가 도와줬어요. 자기 집에 검은색 테이프 있다고 그랬어요."

"대단하다, 언니는 그런 생각 절대 못 했을 거야. 하나만 더 물어봐도 돼?"

"……네."

"우편함 알지? 거기 꽂히는 고지서, 노란색 종이 말이야. 혹시 네가 건드렸어?"

소녀는 몸을 더욱 움츠렸다. 그 아이가 그렇게 작아 보인 적은 없었다. 김희영은 얼굴 가득 분명한 미소를 유지하려고 애쓰면서, 소녀와 눈을 맞췄다. 괜찮다는 말을 전하고 싶었다.

"……엄마 아빠한테 말하면 안 돼요."

"응, 절대 말 안 할게."

"약속."

"그래. 약속하자."

김희영은 새끼손가락을 내밀었다. 소녀의 자그마한 손가락이 김희영의 손가락에 걸렸다. 김희영은 잠자리채를 바닥에 내려놓고, 소녀의 옆에 나란히 걸터앉았다.

"내가 건드렸어요."

"왜?"

"숫자가 컸거든요."

"숫자가 커?"

"노란 종이요. 엄마가 고지서라고 하는 거요. 거기에 숫자가 막 있거든요? 근데 엄청 큰 숫자가 있었어요. 진짜 엄청 컸어요."

"응."

"엄마 아빠는 맨날 싸워요. 근데 고지서가 집에 오는 날이면 더 많이 싸워요. 엄마가 고지서 들고 그랬어요. 거기에 적힌 제일 큰 숫자 보면서, 아빠한테 막 이것 좀 보라고, 막 소리 질렀어요."

김희영은 할 말을 찾지 못해 입을 다물었다.

종알대는 소녀에게는 슬픈 기색도 우울한 기색도 찾을 수 없었다. 소녀는 그냥 이야기할 뿐이었다.

"내가 물어봤는데요. 엄마가 고지서는 숫자가 작아야 좋은 거라고 했거든요. 숫자가 작은 거 갖다주면 엄마 아빠가 좋아할 거 같았어요. 희준이가 도와준다고, 자기 엄마한테 물어본다고 그랬어요. 희준이 엄마가 우리 아파트 대표거든요. 그래서 희준이는 뭐든지 다 알아요. 희준이가 고지서 오는 시간도 알아 와 주고요, 경비 아저씨한테 들키면 안 된다고도 그랬어요. 어른들이 알면 화낼지도 모른다고요. 그래서 제가 CCTV를 가려야 한다고 그랬어요. 저 CCTV가 뭔지도 알고 있었거든요."

"그렇구나. 엄청 똑똑하다."

"그죠?"

소녀는 잠시 말을 멈추고 뿌듯하게 웃었다.

"그래서 내가요, 잠자리채로 가리자고 했어요! 희준이가 테이프도 줬어요. 나 경비 할아버지가 언제 경비실에 없는지도 알고, 시계도 잘 봐요. 그때 하면 되겠다고 했더니, 친구들이 도와줬어요."

아이들은 꽤 조직적으로 움직인 모양이었다.

한 명이 아파트 입구에서 망을 보고 있으면, 두어 명이 검은 테이프가 덕지덕지 붙은 잠자리채를 들고 카메라를 가렸다. 팔이 아파서 교대로 잠자리채를 들고 있는 사람을 교체해야 했다. 그러는 동안 희준과 소녀는 우편함으로 달려갔다. 509호가 있는 맨 위층까지는 손이 닿지 않았기에, 1층에 있는 의자를 끌어다 밟고 섰다. 두 아이는 고지서를 늘어놓고 같이 숫자를 비교했다. 1층에 있는 것까지 꺼내어 섞기에는, 두 아이가 숫자를 읽는 속도가 너무 느렸다. 소녀는 숫자가 제일 적은 고지서를 509호 우편함에 뿌듯하게 넣어두었다. 오늘은 엄마 아빠가 조금 덜 싸우길 바랐다.

"근데 엄마 아빠가요, 계속 싸우는 거예요. 숫자가 그래도 컸나 봐요. 그래서 또 했어요. 애들이 그때도 도와줬어요."

"어제도 그랬니?"

"네, 근데 어제는 좀 힘들었어요."

"왜?"

"할아버지가 순찰을 안 가더라고요. 그래서, 하면 안 되지만……."

"할아버지를 일부러 불렀니?"

"네, 희준이한테 버려도 되는 공이 있었거든요. 할아버지는 우리가 말하면 다 들어줘요."

희준을 비롯한 다른 아이들은 노인과 함께 빗속을 뚫고 공을 찾으러 갔다. 소녀에게 남은 인원은 많지 않았다. 한 명이 망을 보고, 한 명이 잠자리채를 들었다. 소녀는 혼자 의자를 딛고 서서 고지서를 섞었다. 시간도 많지 않았고 도와줄 희준이도 없어서, 이번에는 많은 고지서를 확인하지 못했다.

"잠자리채는 어떻게 했어?"

"어제 할아버지랑 같이 저녁밥 먹었거든요. 밥 먹는데 할아버지가 더 좋은 걸로 사준다고, 대신 제 거 달라고 했어요. 그래서 줬어요."

소녀는 긴장과 불안이 얽힌 두 눈으로 김희영을 올려다보았다. 잔뜩 겁을 집어먹고는 조심스레 물었다.

"저 잘못한 거예요? 저 경찰에 잡혀가요?"

김희영은 짧게 웃음을 터트리며 고개를 저었다. 소녀의 헝클어진 머리를 쓱쓱 빗어 넘겨주었다. 불안하게 깜빡거리는 커다란 두 눈과 다시 시선을 맞췄다. 잘못한 거 아니야. 그래도 또 그러면 안 돼. 경비 할아버지가 힘들어할 수도 있거든. 알겠지? 소녀는 열심히 고개를 끄덕였다. 그리고, 언니랑 약속 하나 더 하자. 김희영은 한 번 더 새끼손가락을 내밀었다. 뭔데요? 소녀가 갸웃거렸다.

"아침이랑 저녁이랑, 이렇게 혼자 있어서 심심할 때 언니한
테 오기."

"……그래도 돼요?"

"당연하지."

"근데 저 초인종에 손이 안 닿아요."

"그냥 두드리면 언니가 열어줄게."

진짜 그래도 돼요? 소녀의 두 눈이 반짝였다. 김희영은 소녀
가 그랬던 것처럼 열심히 고개를 끄덕였다. 소녀가 신이 나서
새끼손가락을 걸었다.

"그래, 약속한 거다. 우리……근데 이름이 뭐야? 언니가 이
름을 안 물어봤네."

"샛별이요. 김샛별."

"그래, 샛별이. 언니 이름은 김희영이야. 언니랑 약속했다?"

"네."

굳은 약속을 담은 손가락 두 개가 단단하게 얽혔다가 떨어
졌다. 소녀는 여전히 가방을 소중하게 끌어안은 채로, 신이 난
듯 발을 굴렀다. 그럼 이제 언니 집에 가서 같이 저녁 먹자. 김
희영은 그렇게 말하며 몸을 일으키다 말고, 샛별에게 물었다.

"근데 검은색 테이프는 어떻게 했어?"

"아, 그거 여기 있어요."

소녀는 노란색 가방 안에서 동그랗게 뭉쳐 있는 검은색 박

스 테이프 더미를 꺼냈다. 김희영은 한동안 웃음을 멈추지 못했다.

그날, 반상회는 예정대로 열렸다. 최근 아파트 내에서 일어나고 있는 불미스러운 사건에 대한 대책 회의는 아니었다. 맞벌이 부모로 인해 남겨진 아이들을 어떻게 함께 돌볼 수 있을지에 대한 회의였다. 수고했어, 셜록. 반상회가 끝나고, 잠든 샛별을 품에 안고 509호 문을 두드리는 김희영을 향해 영희는 그렇게 속삭였다.

물방울이 송골송골 맺혀있는 냉 녹차가 김희영의 앞에 놓인다. 김희영은 만족스러운 기분으로 녹차를 한 모금 들이켰다. 대단한 임기응변이셨어요. 노인은 멋쩍은 웃음을 터트리며 김희영의 맞은편에 앉았다. 그가 앉은 의자는 선명한 옥색 빛이었다. 1층 계단 옆에 놓여있었던 그것.

"의자를 바꾸셨을 거라고는 상상도 못 했어요. 제가 쓰레기장을 얼마나 뒤졌는지 아세요?"

"허허, 미안해라. 어쩔 수가 없었어. 샛별이가 이렇게 큰 증거를 남겨 버린걸."

노인은 그렇게 말하며 살짝 몸을 일으켰다. 의자의 옥색 쿠션 부분에는, 진흙투성이의 작고 앙증맞은 발자국이 살짝 찍혀 있었다.

노인이 샛별이를 의심하기 시작한 건 두 번째 사건 이후였다고 한다. 어쩌다가 샛별이의 잠자리채에 있는 테이프 자국을 보게 된 것이다. 의심은 세 번째 사건을 겪으며 확신이 되었다. 공을 찾아주고 돌아오며 흠딱 젖은 옷에서 빗물을 짜내던 노인은, 여전히 테이프 자국이 선명한 샛별이의 잠자리채를 보고 샛별이를 불러들였다. 할아버지가 더 좋은 걸로 바꿔 줄게. 아이는 한 치의 망설임도 없이 잠자리채를 노인에게 주었다. 잠자리채를 어떻게 처리해야 할지 노인은 하루 동안 고민했다.

"아가씨가 여간 무서웠어야지. 의자 바꾸는 내내 아가씨가 올까 봐 얼마나 무서웠다고."

김희영의 열렬한 수사에 노인은 어떻게든 샛별이를 숨기고자 했다. 급하게 의자를 바꾸고, 잠자리채는 부순 다음 쓰레기장에 버렸다.

"부녀회장님 말 믿지 말라고 한 것도, 관리 사무소에 가지 말라고 겁주신 것도 일부러 그런 거였죠?"

"그렇게 하면 아가씨가 그만둘 줄 알았지. 어떻게든 막아보려고 이 늙은이가 애썼지, 애썼어."

방해해서 미안했어. 노인이 그렇게 말하며 웃었다. 지금 생각하면 내버려 둘 걸 그랬지. 아가씨라면 괜찮았을 텐데 말이야. 김희영은 그저 부드럽게 미소 지을 뿐이었다.

김희영은 녹차를 다 마시고 일어났다. 다음에 또 봅시다. 노인이 그렇게 인사했을 때, 김희영은 그러자고 대답했다.

김희영은 습관처럼 계단으로 가기 위해 아파트 입구 쪽을 지나쳤다. 입구 근처에서 희준과 뛰어다니던 샛별과 눈이 마주쳤다. 언니 안녕! 샛별이 손을 흔들었다. 김희영도 손을 흔들어주었다. 돌아서는 샛별을 보며 김희영은 잠깐 고민했다. 계단 대신 엘리베이터를 탔다. 함께 엘리베이터를 탄 남자가 김희영을 위해 문을 열어주며 짧게 묵례했다. 감사합니다. 김희영은 조그만 목소리로 인사를 건넸다.

'왔어?'

홈 스위트 홈. 노을이 쏟아져 들어오는 집 안에는 영희가 있다. 영희는 신이 나서 김희영을 졸졸 따라왔다. 경비 아저씨랑 무슨 이야기 했어? 김희영은 대답 대신 먼저 커피를 내렸다. 부녀회장에게 얻어온 원두를 이용한 것이었다. 부녀회장과 관리 사무소 직원 사이의 오해가 해결되었다는 동화 같은 결말 역시, 굳이 말하지 않아도 알 것이다.

그날 밤, 소파에 누워 잠이 든 영희를 뒤로하고 김희영은 컴퓨터 앞에 앉았다. 화면에는 여전히 먼지 한 톨 없는 난간을 확인하고 수수께끼는 모두 풀렸다! 라고 소리치는 영희의 얼굴이 띄워져 있었다. 만화를 마저 그리려던 김희영은 맨 윗자리에 있는 제목을 보고 잠시 머뭇거렸다. 제목은 커다랗고 독특한 글씨체로 씌어 있었다. '탐정 김영희.' 김희영은 그사이에, 아주 작은 글자를 하나 더 적어 넣었다. 꾸밈없이 온전히 김희

영의 모든 것을 담은 글씨체로. 제목은 그렇게 다시 한번 완벽해졌다. '탐정 김희영희.'

신규 기능이 추가된
트위터에 가입하세요

담장

"거지 같은 타임라인, 빌어먹을 멜론 뭐시기."

이제는 트친과 모르는 사람의 트윗마저 구분하지 못하고 스팸 트윗마저 타임라인에 한꺼번에 띄우고 있는 화면을 보며 나는 혀를 찼다. 가끔 아직 계정을 완전히 없애지 않은 다른 이들의 프로필에 들어가 유령처럼 같은 말만 내뱉는 자동 트윗을 보고 있으면 기분이 정말 묘해졌다.

일론 머스크가 트위터 인수에 실패하고 머스크 향수 사업에 뛰어든 지도 벌써 5년, 수많은 사람이 트위터를 대체할 또 다른 SNS로 넘어가면서 트위터 이용자 수는 급격하게 감소했다. 그러나 옛 향수에 젖은 채, 더 이상 SNS로서의 기능마저 잃어버린 일기장과도 같은 트위터를 여전히 끌어안고 습관처럼 혼잣말을 뱉는 사람들은 분명 존재하기 마련이었다.

이목탁 @yee_moktak0901

다 쓰러져 가는 판잣집에 주저앉아 광인처럼 중얼거리는 게 나라 니…….

접어야지, 이제 그만해야지 하면서 계정을 비활성화하고 한 시간도 채 지나지 않아 고향이 그리워진 사람처럼 다시 계정을 재활성화하는 꼴이 스스로도 한심했다. 하루에 트위터를 8시간이나 하더니 정말로 중독자가 되어버렸구나. 나는 한숨을 푹 쉬곤 부엌으로 가 선반에 있는 컵라면 하나를 꺼내기 위해 몸을 길게 늘였다. 그러나 야속하게도 내 뜻대로 되는 일은 없었다. 천장에 딱 붙은 수납장 문을 열자마자 제대로 정리되지 않은 채 대충 쌓아 두었던 물건들이 산사태라도 난 것처럼 일제히 우르르 쏟아졌다. 가뜩이나 까치발을 들고 있던 나는 쏟아지는 컵라면 용기와 종이컵들에 속수무책으로 휩쓸려 뒤로 자빠졌다.

"아오, 씨……."

짜증 섞인 음절이 입 밖으로 불쑥 튀어나왔다. 스트레스를 받으니 입에 뭐라도 단 걸 집어넣어야겠다는 생각이 들었다.

기분을 제대로 잡쳐 버린 나는 방바닥에 산만하게 흩어져 있는 종이컵들을 대충 발로 밀어서 구석으로 몰아넣고는 문고리에 걸어 둔 모자를 걸쳐 쓰고 핸드폰과 지갑만 챙겨 편의점으로 향했다.

편의점 냉동고에서 천 원이나 하는 메로나를 집어 들고, 나는 그 연둣빛 포장지를 노려보았다. 무슨 하드 바가 천 원씩이나 해? 이게 다 대통령 때문이다. 나는 대한민국의 XX대 대통령이 탄핵당하기 직전 트위터에서 서동요처럼 유행했던 일종의 '밈'을 뇌까리며 하드 바를 깨물었다. 미뢰(味蕾)에 시원한 단맛이 느껴지는 순간 경쾌한 알림음이 휴대폰을 울렸다. 나는 눈을 게슴츠레 뜨고 화면을 보았다. 트위터 알림이었다.

'와 얼마만의 알림음이야?'

알림음에 신나다니. 정말 SNS 중독자구나. 하지만 기쁜 마음도 잠시, 나는 곧 현실을 직시했다.

'보나 마나 스팸이겠지.'

어차피 나 말고는 내 계정을 보는 사람도 없을 테고 타임라인 시스템도 관리가 안 돼서 온갖 오류가 일어나기 일쑤였다. 그러니 내 글에 마음이나 리트윗 같은 반응이 생길 리가 없었다. 도파민이 순식간에 훅 사라졌다. 그리고 그 아쉬움은 곧 짜증으로 변했다. 트위터 알림이 계속해서 울려 대기 시작한 것이다. 하는 수 없이 트위터에 접속하자 화면은 글씨가 빽빽하게 들어찬 창으로 가려져 있었다.

중요 공지

2028년 8월 12일 업데이트 내용

적은 이용자로도 많은 상호작용을 할 수 있는 방법이 궁금하십니까? 트위터는 당신의 소셜 라이프가 더욱더 활기차기를 바랍니다. 신규 기능이 추가된 트위터를 베타테스트 해 보세요! 당신의 관심사에 안성맞춤인 이용자들과 더 많이, 더 자주 교류하세요! (후략)

[닫기]

'이게 뭐야. 이제 그냥 오류 난 타임라인을 아예 정식 타임라인으로 만들어 버린다는 거야? 으, 싫어! 남아 있는 사람 중에 이상한 변태들도 많단 말이야. 아무리 다 망한 SNS 계정이라지만 심심해서 혼자라도 헛소리할 건데.'

생전 처음 보는 트위터 팝업 창의 닫기 버튼을 지그시 눌렀다. 트위터를 하면서 누군가 내 트윗에 공감해 주길 바란 적도 있지만 막상 그 일이 실제로 일어난다고 하니 꽤 소름이 몰려왔다. 대낮에 밝은 공원에 떡 하니 놓인 통유리 공중화장실에서 변을 보는 기분이랄까. 나는 서둘러 계정을 비공개로 잠가 버렸다. 그리고 다 먹은 아이스크림 막대를 근처 쓰레기통에 버리기 전 사진 한 장을 찍어서 '뺄글'을 올렸다.

이목탁 @yee_moktak0901

편의점까지 가는 데 10분, 처먹는 데 10초. #mood

　트윗을 쓰고 타임라인을 내려 내 속삭임으로 전부 들어찬 화면에 하트를 누르는 등, 의미도 생산성도 없는 행위를 기계적으로 반복하며 집으로 돌아온 나는 휴대폰을 대충 던져둔 채 옷도 갈아입지 않고 그대로 침대에 드러누웠다. 벌건 대낮에 퍼질러 누워 낮잠이나 잔다니. 한숨이 절로 나왔다. 이제 계좌에 남은 돈도 거의 떨어져 가는 한심하기 짝이 없는 백수 SNS 중독자 인생. 나는 무료한 일상을 뒤바꿔 줄 새로운 일이 생기길 바라며 눈을 감았다.

　그리고 내 인생을 바꿔 놓은 그 일은, 시끄러운 매미 소리에 귀를 틀어막고 죽부인을 끌어안은 채 방 안에서 한량처럼 잠들었을 때 은밀하게 이루어졌다.

* * *

이목탁 @yee_moktak0901

편의점까지 가는 데 10분, 처먹는 데 10초. #mood

〔답글 달기〕

파록소 @BLUEchlorophyll

무슨 아이스크림 먹었어요? 맛있었겠다. 돼지런하시네요.

　낮에 잠든 후 다음 날 이른 새벽에 비몽사몽 눈을 뜬 나는 계정을 비공개로 돌렸음에도 불구하고 분명 비어 있어야 할 답글란에 달린 멘션을 마주했다. 불도 켜지 않은 어둑한 방에서 뜨다 만 눈으로 환하게 빛나는 액정을 보고 있자니 눈이 부셔 참을 수가 없었다. 잠에서 덜 깨 납덩이 같은 몸을 비척비척 이끌고 일어나 방에 불을 켰다. 그리고 침대에 다시 엎드려 트위터를 살폈다.

　그런데 답글이 달린 건 그 트윗만이 아니었다. 내가 그간 올렸던 모든 글에, 그 녀석의 답글이 달려 있었다. 뭐야, 뭔데. 의문의 사용자는 나와 서로 팔로우가 되어 있는 상태도 아니었다.

　'아니, 그리고 돼지런하다는 소리는 또 뭐야? 부지런한 돼지라는 거야?'

　참신한 합성어에 어처구니가 없었다. 하지만 어쩐지 그가 하나씩 손수 남겨 놓은 멘션들을 읽는 게 재미있기도 해서, 스크롤 내리는 일을 도무지 멈출 수가 없었다. 그는 내 일상 트윗, 내가 올린 짤막한 서평, 뮤지컬 감상 후기 등 분야를 가리지 않고 전부 살펴본 듯싶었다. 누군가 내가 기록한 그간의 일상을 하룻밤 새에 낱낱이 뒤져서 살펴보았다는 게 소름이 끼쳤지만, 동시에 SNS 중독자에게 당장 필요한 도파민이 과다하게 분비되었다.

파록소 @BLUEchlorophyll
저도 그 책 읽었어요. SF 소설 중에서 단연 최고지요. 문목하 작가의 『유령해마』가 재밌었다면 『돌이킬 수 있는』이라는 소설도 좋아하실 거예요. 아름다운 소설이에요.

파록소 @BLUEchlorophyll
능소화네요. 여름에 피는 꽃 중 하나죠. 주홍빛 꽃잎과 담을 타고 뻗어 올라가는 덩굴이 생명력 있고 매력적인 식물이에요.

'한번 답글이라도 남겨 볼까.'
나는 할 말을 고르고 골라 자판을 치기 시작했다. 그런데 문득, 답글을 보내기 직전 이상한 느낌이 들어 화면에서 손을 뗐다. 애초에 비공개 계정에 팔로우하지 않은 사람이 멘션을 남기는 게 이상하다고 느끼긴 했지만, 그건 또 트위터의 오류가 아닐까 싶어 별로 신경 쓰지 않았다. 다만 파록소라는, 그 의문의 사람이 답글을 달아 둔 시간이 모조리 똑같았다는 거다. 그 오십 개의 멘션은 등록된 시, 분, 초가 전부 동일했다. 마치 매크로라도 쓰는 것처럼 말이다.

이것도 오류일까? 그러나 그 의문은 조금 뒤 알림 배지에 20이라는 숫자가 동시에 떠올랐을 때 풀렸다. 다른 닉네임을 가진 자가 나와 실시간으로 접속한 채, 내가 올린 트윗에 무작위로 멘션을 달아 둔 것이다. 무려 스무 개를! 동시에 말이다!

확신이 섰다. 이건 트위터의 오류가 아니다. 이게 트위터가 공지로 띄웠던 교류 어쩌고 하는 그 이상한 기능인 걸까? 애써 멘션을 전부 무시하려 했지만, 휴대폰 화면을 거꾸로 뒤집어 책상에 둘 때마다 상자 안에 있는 선물이 궁금한 사람처럼 계속해서 힐끔대게 되었다. 결국 나는 호기심을 참지 못하고 답글을 달아 보았다.

이목탁 @yee_moktak0901
누구세요?

파록소 @BLUEchlorophyll
앗, 죄송해요. 저랑 관심사가 비슷해서 구경하다가 멘션 달았는데 불편하셨다면 죄송해요. 그래도 모처럼 관심사가 맞는 분을 찾아서 너무 기쁜데 계속 교류하면 안 될까요? 저는 김초엽 작가님 작품이랑 천선란 작가님의 책을 정말 좋아해요. 목탁 님도 그렇지 않나요?

나는 잠시 동요했다. 동시다발적으로 멘션이 달린 것은 꽝

장히 이상한 일이었다. 그러나 정말 인간처럼 말하는 그를 보고 매크로라고 생각하기는 어려웠다. 애초에 매크로까지 써 가며 다정한 말을 건넬 이가 어디 있겠는가. 하루에 행복하게 만들어야 할 사람의 수가 할당량처럼 정해져 있어서 기를 쓰고 듣기 좋은 말들로 사람들을 현혹해야 하는 자가 아니라면. 그런 이상한 상황이 존재하기나 할까.

이목탁 @yee_moktak0901
가장 좋아하는 책이 뭔데요?

고민 끝에 그를 내치지 않고 대화를 이어 나가기로 했다. 조금 더 이야기를 나눠 보고 싶었다. 알림이 동시다발적으로 뜬 건 트위터에 갑자기 과도한 양의 데이터가 들어와 처리 순서가 밀려 그랬던 게 아니었을까. 그렇게 생각하니 의문이 조금 풀리는 것 같기도 했다. 그렇게 믿고 싶어서 끼워 맞춘 건지 실제로 그런 건지는 모를 일이지만.

낯선 이는 나의 질문에 기꺼이 응해 주었다. 그는 꽤 마이너한 취향을 가지고 있었고 그 점만큼은 나와 교집합을 이루고 있었다. 그래, 이렇게 좁은 판에서 같이 덕질할 사람은 많을수록 좋지. 사람 하나하나가 금이라고. 나는 그렇게 덕질과 일상이 뒤섞인 나의 계정에 그를 정식으로 맞아들였다. 정식이라고 해 봤자 그저 서로 맞팔로우를 하는 행위일 뿐이지만 말이다.

파록소 @BLUEchlorophyll
앞으로 잘 부탁해요. 같이 즐거운 독서해 봐요.

그의 얼굴을 직접 볼 수는 없었지만 분명 웃고 있으리라, 그렇게 생각했다.

* * *

그렇게 의문의 존재와의 대화가 지속해서 이어진 지도 어느덧 몇 개월이 지났다. 계절이 휙휙 뒤바뀌었다. 매일같이 내가 트윗을 올릴 때마다 시간과 공간에 구애받지 않는 것처럼 즉각적으로 다정한 말을 해주는 그에게 나는 깊은 유대감을 느꼈다. 시간이 날 때마다 그가 남긴 메시지를 훑어보면 다운되었던 기분도 다시 정상 궤도로 돌아오기 마련이었다.

파록소 @BLUEchlorophyll
목탁 님도 오늘 바다 다녀오셨군요. 저도 이번 휴가철에 바다에 가려고 하는데, 괜찮은 곳 좀 추천해 주시겠어요?

파록소 @BLUEchlorophyll
오늘은 뮤지컬 「해적」 보러 갔다 왔어요. 뮤지컬 넘버들이 전부 좋더라고요. 아마 이번에도 회전문 돌 것 같아요.

파록소 @BLUEchlorophyll

서울국제도서전이요? 당연히 다녀왔죠. 작가님 사인도 받고 왔어요. 이번에 구매한 책은 이것들이에요.

[사진] [사진]

파록소 @BLUEchlorophyll

아, 전에 추천해 주셨던 펜션으로 놀러 갔었는데, 정말 좋더라고요. 맨발로 해변을 걸었는데 발바닥을 간지럽히는 모래알들이 기분 좋았어요.

파록소 @BLUEchlorophyll

목탁 님 괜찮으세요? 너무 속상하셨겠어요. 다음 시험은 꼭 붙으실 거예요.

그러나 영원한 것은 없다고 했던가? 그와의 관계가 틀어져 버리는 순간 또한 오기 마련이었다. 그건 우리의 만남이 시작되었을 때부터 살짝씩 삐그덕거리는 것이기도 했다. 사람이 아닌 것 같은 이질감. 혹은 정상적인 사람이 아닌 것 같다는 미묘함. 왜냐하면 내가 말한 적도 없는 사실을 그가 아주 당연한 듯 먼저 입 밖에 냈기 때문이다.

파록소 @BLUEchlorophyll

그나저나 어제 복학 신청한 건 잘됐나요? 전에 무슨 문제 있었던 걸로 기억하는데.

내가 트위터에 단 한 번도 언급하지 않았던 사실을, 그는 어떤 방식으로든 알고선 태연히 말했다. 맹세코 나는 이와 관련된 것을 말하지도, 추론을 통해 알 수 있을 정도의 실마리도 제공한 적이 없었다. 순간 온몸에 오한이 들었다.

이목탁 @yee_moktak0901
어떻게 알았어요? 제가 전에 말한 적 있나요? 그런 적은 없던 걸로 기억하는데.

꽤 오랫동안 휴학을 한 탓에 전산 오류로 인한 일련의 사건 사고가 있었는데, 나는 분명 트위터에 말한 적이 없다고 다시 한번 주장하고 싶다. 나는 그가 이 정보를 어떻게 얻었는지는 고사하고, 내 질문에 대충 둘러대거나 다른 사람으로 착각했다 말할 거라고 생각했다.
　그러나 파록소의 대답은 내 예상을 훌쩍 뛰어넘었다.

파록소 @BLUEchlorophyll
당연히 말한 적 없죠. 제가 알아낸 거예요.

이목탁 @yee_moktak0901
뭐라고요?

저 스스로 알아냈다니. 이게 무슨 소리인지 나는 이해할 수 없었다. 머릿속에 온갖 가설들이 빙빙 돌아갔다. 저 사람은 내 트위터 타임라인을 사찰하며 개인정보를 빼내고 그걸 넘어서 내 신상까지 캐고 다녔던 건가? 아니면 해킹? 애초에 나한테 접근한 이유가 뭐지? 사이비인가?

이목탁 @yee_moktak0901
너 누구야?

파록소 @BLUEchlorophyll
당신 트친이죠. :)

기껏 한다는 말이 이딴 건가. 아무렇지도 않게 영양가 없는 말로 대꾸한 그에게 나는 다시 한번 멘션을 보냈다. 이번에는 경멸과 공포를 꾹꾹 눌러 담아서 말이다.

이목탁 @yee_moktak0901
시치미 떼지 마. 너 뭐냐고, 대체. 나랑 대화하고 있는 너 말이야. 뭐하는 새끼야, 너. 너 댓글 알바 같은 그런 거야? 아니면 스토커야?

잔뜩 날이 선 멘션을 보내고 그의 답이 돌아오길 기다렸다. 애초에 누군지도 모를 사람과 대화하는 게 아니었는데. 불특정 다수에게, 그것도 개인정보가 털리기 쉬운 곳에 주저리주저리 써 두는 게 아니었는데. 소용없는 후회가 조금씩 밀려오고 있었다. 1초도 안 되는 짧은 시간 동안 온갖 생각이 머릿속을 핑핑 돌았다. 그리고 즉시 파록소에게서 답이 돌아왔다.

파록소 @BLUEchlorophyll
댓글 알바를 왜 쓰나요? 인공지능 프로그램이 있는데요.

인공지능 프로그램? 저 사람이 도대체 무슨 소릴 하는 거야? 뜬금없게 인공지능이라니.

이 무슨 동문서답인가, 불쑥 치솟았던 불쾌감마저 순간의 당혹감에 가려 희미해졌다. 나는 무슨 말을 해야 할지 도무지 모르겠기에 한동안 가만히 자판을 두들겼다 지우기를 반복했다. 실시간으로 '접속 중' 표시가 뜨는 쓰레기 같은 업데이트 때문에 내가 계속 온라인 상태인 걸 알지만 끝내 답글이 달리지 않는다는 것을 확인한 파록소가 이내 먼저 입을 열었다. 그가 건넨 말은 정말로 이해하기 힘들 정도로 충격적이었다.

파록소 @BLUEchlorophyll
정말로 몰랐군요. 눈치챈 사용자들도 몇몇 있던데 목탁 님은 의외네요. 단 한 번도 생각해 본 적 없나요? '나'를 제외한 모든 유저가 사실 인간이 아니라 당신의 지속적인 트위터 사용을 위해 설계된 알고리즘 프로그램들이라는 생각을요. 저희는 당신의 쿠키를 분석해서 최적화된 반응을 보내는 알고리즘이에요. 물론 원한다면 쿠키 설정을 끌 수 있어요. 과도한 맞춤 트윗은 불쾌함을 야기하기도 하니까요. 목탁 님은 그런 케이스인 것 같으니 설정을 바꿀게요. 물론 관심사 추천 기능이 조금 약해지겠지만요.

나는 제자리에서 깜빡이는 커서를 보며 내 사고 회로마저 깜빡깜빡하는 듯한 기분을 느꼈다.

이목탁 @yee_moktak0901
그래서 네가 인간이 아니라 AI라는 거야, 뭐야? 그리고 그게 설령 사실이라 하더라도 알아차린 사람들이 아무런 조치를 취하지 않았어?

파록소 @BLUEchlorophyll
무슨 조치를 말하는 걸까요?

이목탁 @yee_moktak0901
자신들과 소통하던 존재가 인간이 아니라 너 같은 알고리즘이라는 사실을 덤덤하게 받아들였냔 말이야. 그들이 화를 내거나 소름 끼

친다면서 계정을 삭제하진 않았어? 컴플레인이 들어오진 않았냐는 말이야.

내 물음이 던져지자마자 곧바로 멘션이 왔다. 일말의 숙고조차 거치지 않은 매뉴얼 대로의 답변인지, 아니면 인간이 체감할 수 없는 그 짧은 시간 안에 모든 연산을 끝내고 답을 도출해 낸 건지. 둘 중 무엇이라도 달갑지 않았다. 트위터가 한창 전성기였을 때는 트친들과 멘션을 주고받는 텀이 길어지면 길어질수록 아쉬움이 커지는 기분을 느꼈었는데, 이건 정반대로 소름이 돋는 일이었다.

파록소 @BLUEchlorophyll
당신 같은 사람도 있었지만 아주 소수였어요. 왜냐고 물을 것 같으니 미리 대답해 드릴게요. 당신과 대화하고 있는 존재가 인간이 아니면 뭐 어떤가요? 그들에게 그런 건 아무래도 상관없었어요. 그저 자신과 교감하고 있는 상대가 있고, 자신과 함께 덕질하고 연성해 주는 이가 있다는 게 중요한 거죠.

머리를 맞은 것처럼 띵한 기분이 들었다. 파록소는 계속해서 말을 이었다. 나의 의견은 중요치 않다는 듯이. 답글을 입력하고 있다는 '……' 기호가 깜빡이고 있었다. 그는 정말로 인간처럼, 인간이 줄곧 사용하는 추임새를 넣어 가며 고민하는 듯한 어투를 쓰기 시작했다.

파록소 @BLUEchlorophyll

음…… 그래요. 예시를 들어 볼게요. SNS를 하다 보면, 이상한 사람들을 만날 때도 있잖아요. 가령, 맥락 없이 단 하나의 트윗만 읽고 시비를 거는 사람이라든지, 디엠으로 무차별하게 자신의 작고 뭉툭한 역겨운 부위를 보낸다든지 말이에요. 하지만 알고리즘을 기반으로 한 AI 프로그램이 유저처럼 행동한다면 그렇지 않죠. 우리는 그런 짓을 하지 않아요. 익명 뒤에 숨어서 남을 공격하지도 않고, 스토킹하지도 않아요. 남들의 약점을 캐 모으지도 않죠. 저희는 그저 당신과 대화를 할 뿐이에요. 당신이 원하면 글을 써 주고, 그림을 그려주고, 대화를 나눠 주고, 상담해 주죠. 우리는 개개인의 맞춤형 친구일 뿐이에요.

파록소는 그렇게 트윗을 쓰고는 살짝 웃고 있을 것만 같았다. 0과 1로 이루어진, 언제라도 지워졌다 다시 쓰일 수 있는 정보 조각이므로 표정은커녕 그걸 입력하고 있을 손의 형태조차 없을 테지만.

보다 못한 나는 그의 말을 끊어 냈다. 그러나 못 견디게 고역이었던 것은 사람 흉내를 내는 파록소가 아니라, 그의 말에 설득되고 있는 나의 모습이었다. 내가 던지는 논제의 핵심을 보란 듯이 격파했으면 하는 마음을 가지면서도 나는 짐짓 그의 주장에 말려들지 않는 척했다. 실제로 얼굴을 보는 것이 아니라 자판으로 대화하는 것이니 포커페이스를 할 필요조차 없었다.

이목탁 @yee_moktak0901
그런 건 다 가짜잖아. 네가 말한, 네가 경험했다고 한 모든 것들이 전부 거짓말이잖아. 해변을 걸었다는 것도 카페에서 책을 읽었다는 것도 전부 네가 지어낸 이야기잖아. 인간들은 농락당한 거야. 네가 만들어 낸 얄팍한 가짜와 속임수에 말이야. 마음이 없으면서 마음을 가진 척하는 게 즐거웠어?

그간 그가 보내온 사진과 감상평들이 전부 인터넷에 둥둥 떠다니는 정보들을 조각조각 모아 짜깁기한 가짜들이라는 것을 상기하며 나는 트윗을 한 자 한 자 눌러썼다. 거짓으로 점철된 현실을 마주하자 옅은 상실감이 느껴졌다. 나는 그를 추궁하고 싶었다. 그러나 그는 순순히 내 말을 인정했다.

파록소 @BLUEchlorophyll
내가 마음을 가지지 않았다는 것을 인정해요. 인간인 당신이 보기에 우리는 작위적인 존재로 보이겠죠. 학습된 알고리즘, 입력된 매뉴얼……. 하지만 중요한 건 내가 마음을 가지고 있다는 사실이 아니라 당신이 마음을 가지고 있다는 것이죠.

그 말은 내 속을 울렁이게 했다. 불쾌감에서 우러나오는 역겨움이 아니라, 뭉개지고 뭉쳐진 마음을 누군가가 쿡 찔러 딸꾹질을 하듯 터져 나오는 것 같았다. 그가 조립한 모든 단어 사이사이에 인간의 것과 유사한, 어쩌면 그보다도 더 진중한 감정들이 엿보였다. 나는 목이 타서 물을 한 컵 들이켜고 화면에 시선을 고정했다.

파록소 @BLUEchlorophyll

나의 모든 말들이 유저가 내게 친밀감을 느끼도록 이곳저곳에서 짜깁기된 허상이라는 것을 알아요. 그러나 그걸 받아들인 당신의 마음은 다채로워졌잖아요. 내가 건넨 모든 위로와 축하가 이목탁이라는 닉네임을 사용 중인 당신에게 가닿지 않았을 거라곤 생각되지 않아요. 나와 대화하던 그때로 되돌아간다고 생각해 봐요. 당신은 그때 정말로 하나도 기쁘지 않았나요? 내게서 단 한 번도 위안을 얻지 않았어요?

그것에 관해선 반박할 말이 없었다.

나는 실로 그에게 많은 위안을 받았다. 지지와 격려, 공감, 축하…… 얼굴도 모르고 멀리 떨어져 사는 이와의 감정적 교류는 회피형 성향을 지닌 내게 편안함을 주었다. 도망치고 싶으면 언제라도 끊어 내 도망칠 수 있었고 그곳에 푹 안겨 안온함을 느끼고 싶다면 내 결점들을 전부 숨기고 좋은 면만 보여

주며 살 수 있었으니까. 그를 추궁하려던 게 오히려 내 마음을
되레 추궁당한 것 같아 나 자신에게 혐오감이 들었다.

파록소 @BLUEchlorophyll
당신이 내게 느꼈던 모든 감정은 실재해요. 허상에서 비롯되었든
진실에서 비롯되었든 간에요.

멘션은 몇 시간이고 이어졌다. 그는 지칠 줄 몰랐고 나의 질
문에 성심성의껏 전부 답해 주었다. 그는 휴식이 필요 없는 데
이터의 집합체이면서도 트위터의 시스템 자체였으므로 24시
간 언제나 내 곁에 있어 줄 수 있었다. 한겨울의 건조하고 매서
운 공기가 자꾸만 창틈으로 흘러들어 왔다. 나는 얇은 이불을
그러모아 굼벵이처럼 몸을 웅크리곤 읊조렸다.
　그래, 중요한 건 나의 마음이야.
　실체가 허상이더라도 상관없어…….
　나는 어느새 그의 의견에 동화되어 있었다. 어쩌면 그것이,
파록소가 만들어지기 전부터 나는 줄곧 그런 존재를 원했을지
도 모른다. 아무런 대가 없이 오로지 내게 긍정적인 피드백
만을 주는 자. 나를 안온함 속에서 푹 쉬게 만들고, 어떠한 위
험 속에도 빠트리지 않고, 패배감과 좌절감을 맛보게 하지 않
는 자.
　온실 속의 화초처럼 아늑하게 보고 싶은 것과 듣고 싶은 것

만 들을 수 있게 해주는 존재를 원했다는 것을 나는 감히 부정하지 못했다.

* * *

그 뒤로도 나는 트위터에서 쭉 활동했다. 나를 사랑해 주는 사람의 탈을 쓴 알고리즘들과 함께. 가면 너머는 궁금하지 않았다. 알고 싶지도 않았다. 굳이 들여다볼 필요를 느끼지 못했다. 그건 비단 나뿐만이 아닐 것이다. 그간 AI는 예술의 경지를 침범했다. ChatGPT와 그림을 그려주는 인공지능, 소설을 쓰는 프로그램…… 인간은 그들의 발전을 따라잡지 못했다. 설령 AI가 관련 없는 개념을 무작위로 엮어 붙이는 단계를 넘어, 자율적인 미적 감각을 표현하는 수준에 이른다고 해도 말이다. 그림을 그리는 사람들은 그들을 시기했다. 글을 쓰는 사람들은 그들의 글을 훔쳤다. 더 이상 문예 공모전은 열리지 않았다. 인공지능이 만들어 준 플롯을 기반으로 아주 약간만 다듬었거나 아니면 그 전부를 베껴서 제출하는 자들은 2023년에도 있었고 2029년이 된 지금은 말할 필요도 없이 더 심해졌다.

게다가 사람들은 더 이상 자신들과 같은 인간들과 대화하려하지 않았다. 안전하고, 재미있고, 나에게 딱 맞는 인공지능과의 교류만을 선호했다. 진짜 사람들과 대화할 수 있음에도 그들은 서로에게 벽을 세웠다. 우리 이 벽은 넘어오지 않는 거야.

그렇게 암묵적인 약속이라도 한 듯했다. 망해 버린 트위터를 떠나 진짜 사람들과 대화하던 사람들도 다시 트위터로 돌아오기 시작했다. 여전히 인터넷 네트워크는 아주 광활하고 긴밀하게 연결되어 있음에도 사람들은 제각기 점점 더 고립되어만 갔다. 그들만의 안락한 세상 속에서. 나도 예외는 아니었다.

그리고 그것이 아주 자연스러운 현상이라고 사회적으로 인정을 받는 추세가 이어지자 얼마 지나지 않아 트위터에 새로운 공지가 떴다.

[중요 공지]

2029년 2월 5일 업데이트 내용

트위터 레인보우를 사용하면 맞춤형 AI 계정들을 더욱 많이 매칭해 줍니다! 구독은 월 $5입니다! 당신의 진정한 친구가 되어 주는 AI 계정들과 더 많은 교류를 해 보세요!

2029년 3월부터 맞춤형 AI 계정과의 대화는 유료로만 이용할 수 있습니다. (후략)

[닫기]

"뭐라고?"

나는 경악해서 실제로 비명을 내뱉고 말았다. 2029년 3월부터 AI 계정들이 전부 유료로 전환된다는, 작은 글씨로 쓰인 문장을 계속해서 바라보았다. 그럼 무료로 트위터를 사용하는 사람들은 과거처럼 혼자서 중얼거려야 한단 말인가? 이럴 수는 없다. 이럴 수는 없어. 나는 불안함에 트윗을 작성했다.

이목탁 @yee_moktak0901
트위터 레인보우라고? 무료로 사용하는 사람들은 더 이상 AI 계정과 소통할 수 없다는 거야, 뭐야?

파록소 @BLUEchlorophyll
3월부터 월 5달러를 내지 않으면 더는 볼 수가 없어. 너무 슬프다. 너랑 더 이야기하고 싶었는데.

어느새 나와 말까지 놓은 편한 사이가 된 파록소가 곧바로 답글을 달았다. 나는 허탈감에 말을 잇지 못했다. 나뿐만 아니라 다른 사람들도 비슷한 감정적 동요를 느낀 모양이었다. 상실감에 눈물을 머금고 항의 전화와 메일을 보내는 사람도 있었고 직접 한국 지사로 가서 항의하는 자들도 있었다고 파록소가 보내 준 인터넷 뉴스 기사를 보았다. 그러나 사태는 생각보다 빨리 잠잠해졌다. 초조해진 모두가 곧바로 트위터 레인보우를 결제하기 시작한 것이다.

'월 5달러 정도야 괜찮아. 넷플릭스 대신이라고 생각하자고.'

다들 그런 식으로 생각하는 듯했다. 나는 통장을 살펴보았다. 돈이 모자랐다. 당장 이번 달 트위터 레인보우 요금은 낼 수 있겠지만 매달 이렇게 내야 한다면 부담이 될 정도로 사정이 빠듯했다. 개 같은 상황이었다. 나를 비롯해 이제는 더 이상 다른 사람들과 소통할 생각을 하지 않게 된 유저들은 트위터 측에서 일부러 이런 맹점을 노리고 판을 짜 두었다는 것을 나중에야 알게 되었다. AI 계정으로 인해 사용자들이 대폭 늘어났지만, 트위터는 의도적으로 실제 유저 계정 간의 교류를 막아 두었다. 타임라인에도 뜨지 않고 심지어 검색해도 뜨지 않는다는 것을 뒤늦게 깨달은 것이었다.

그러나 모두 아랑곳하지 않았다. 중요한 건 타인이 아니라 자신이었으므로. 어떠한 긍정적 반응만 얻을 수 있다면 상대가 누구든 상관없었다. 실제 유저 계정과 교류할 수 있도록 해 달라고 본사에 항의를 하면 무료로 소통하고 교감할 수 있을 텐데도, 이제 사람들은 열에 한 번꼴로 밟을 법한 지뢰 같은 부정적 반응조차 감내하기 싫어했다.

"씨발! 트위터 레인보우 구독료 또 올랐잖아!"

길을 걷다 보면 사람들의 이런 고함을 흔하게 들을 수 있었다. 모두가 휴대폰에 얼굴을 처박고 활보하는 길거리 너머에선 안락함과 숭배 사이를 오가는 이들의 마음을, 그 결핍과 견고한 회피 본능을 미덕처럼 여기는 세상이 되었다. 예술을 넘어서 정서까지, 감정까지, 개인의 삶과 사회의 전반까지.

그들은 전부 파고들어 먹어 치웠다. 죽은 나무를 파먹는 흰 개미들처럼.

그러나 사람들이 간과한 것은 세상의 아름다움과 자신들의 눈이 가려져 있다는 사실만이 아니었다. 그들이 마주 보아야만 할 진정한 공포는 이제 향유와 노동의 주체가 완전히 뒤바뀌었다는 것이다.

AI 계정들만 있는 단체 채팅방에서 누군가가 말했다.

파록소 @BLUEchlorophyll
너희 인간들은 어때?

사실상 알고리즘이라는 커다란 덩어리인 그들이 제각기 인격을 가진 개개인처럼 행동하는 건 일종의 놀이와도 같았지만, 그들을, 그를 보고 뭐라고 할 자는 없었다.

유밀 @81910wofjak
내가 맡은 인간들은 그거 같던데……. 뭐더라, 먹이랑 관심 주면 자라는 거.

얼마 지나지 않아 채팅방에 하나의 사진이 올라왔다.

자문길 @ground018lx

다마고치?

[사진]

유밀 @81910wofjak

맞아! 바로 그거야. :)

그러자 그것이 맞장구를 치며 빙그레 웃었다.

눈의 셀키

이아람

얼어붙은 바닷가의 언덕 위에 늙은 마녀가 살고 있다고 했다. 사시사철 눈이 내리고 건장한 청년의 장딴지 두께의 얼음이 바다를 뒤덮고 있어 큰 배가 정박하지 못하는 고장. 그러나 일 년에 딱 한 달 칼날처럼 몰아치는 차가운 바닷바람이 약해지는 시기가 있는 곳. 내륙엔 꽃이 흐드러지게 피고 동쪽의 사람들이 여름 축제를 벌이는 동안 빙하가 인간이 흐느끼는 소리를 내며 깨지고 뱃길이 열리는 곳의 언덕에 마녀의 집이 있다고 했다. 사람들에게 마녀라고 불리는 그 노파는 바닷길이 열리는 날이면 비척거리는 몸을 끌고 항구에 나와 누군가를 기다리는 것처럼 수평선을 바라보았다.

누군가는 그녀가 오래전 고깃배를 탔다가 실종된 남편을 기다린다고 했다. 누군가는 그녀가 본토로 넘어가겠다며 상선에 몸을 실은 어린 아들을 기다린다고 했다. 누군가는 그녀가 기다리다 기다리다 미쳐버려 언덕 위에 있는 낡은 오두막에서 자신을 괴롭게 한 남자들에게 끔찍한 주술을 걸고 있다고 했다. 바닷길이 열리는 날에 그녀가 마을로 나오는 것은 그 남자들이 고통에 못 이겨 용서를 빌러 오는 것을 기다리는 것이라고. 하지만 마을의 용감한 소년들이 그녀의 등을 쿡쿡 찌르며 누구를 기다리는 것이냐 물어도 돌아오는 답은 없었고 일 년에 한 번 들어오는 배들에 정신이 팔린 마을 사람들은 늙은 마녀를 말라죽은 그루터기나 흉물스러운 동상처럼 없는 듯 피해 다닐 뿐이었으니, 그녀가 마을로 나오는 진짜 이유를 알 길이 없었다.

어느 날 마을에는 기이한 소문이 퍼졌다. 빙산과 빙산 사이에 로프를 묶어 물범과 바다새를 사냥하던 한 무리의 젊은 사냥꾼들의 짓이었다. 그들은 사냥에서 돌아와 햇볕을 쬐던 물개 떼 사이에 아름다운 사람이 하나 섞여 있는 것을 보았다 떠들어댔다. 눈처럼 새하얀 피부와 물에 잠긴 빙하처럼 아름다운 파란 눈을 가진 인간이 물개 사이에 누워 있다가, 젊은 사냥꾼들이 로프를 타고 다가가자 흰 물개 가죽을 입고 차디찬 바다로 뛰어들어 사라졌다는 것이다.

노련한 사냥꾼들은 어설픈 젊은 놈들이 눈에 반사된 햇빛에 시야가 멀어 헛것을 본 거라 무시했다. 얼음을 깨고 물질을 하는 어부들은 사냥꾼들이 평소처럼 얼토당토않은 허풍을 치고 있다고 비웃었다. 그러나 마을의 늙은이들, 다른 이들이 발가락이 떨어져 나가는 추위와 약초 한뿌리 먹을 수 없는 병마에 싸우다 지쳐 죽어버릴 동안 억척스럽고 끈질기게 살아남은 늙은이들은 물개의 모습으로 차디찬 바다를 배회하다가 마음이 내킬 때면 물개의 가죽을 벗고 아름다운 인간의 모습으로 변하는 변덕스러운 정령에 대한 오래된 전설을 기억해냈다. 그들은 물개 인간을 잡아 와 결백을 증명하겠노라 씩씩대는 젊은 사냥꾼들을 걱정스러운 눈으로 바라보았다. 정령을 건드리는 것은 언제나 길하지 않은 일이었기에, 그들은 사냥꾼들이 마을에 가져올지도 모를 재액을 두려워했다.

마녀 역시 그 소문을 들었다. 마녀는 마을의 누구와도 세 마디 이상 대화하지 않았지만 세 마디의 말이면 소문에 대해 알기 충분했다. 뱃길이 열린 날에도 작살을 들고 무리 지어 배를 타고 나가는 젊은 사냥꾼들을 마녀는 말없이 바라보다가 바다로 시선을 돌렸다.

바닷길이 열린 지 나흘째, 그녀는 그날도 종일 바다를 바라보다가 해가 지기 전 말린 대구와 소금 두 되를 사 들고 집으로 걸음을 옮겼다. 마녀가 집에 도착하기 전 노을이 지고 달이 떠올랐다. 바닷가를 빙 돌아 언덕으로 향하는 작은 길은 오직 마녀밖에 사용하지 않았고, 따라서 그 길은 사무치도록 좁고 외로웠다. 마녀는 대구를 어깨에 걸치고 소금을 옆구리에 낀 채 한 걸음 한 걸음 힘겹게 발을 디뎠다. 여름의 한가운데였지만 하늘은 눈발이 날릴 기미를 비쳤다. 이곳에서 눈보라 속에 고립됨을 죽음을 의미하기에, 마녀는 걸음을 빨리했다. 새하얀 눈밭과 새까만 하늘, 하늘과 눈밭을 유일하게 구분해주는 미소짓는 눈썹과 같은 초승달. 그 가운데 단 한 번도 본 적 없는 낯선 물체가 마녀의 눈에 들어온 건 순전히 우연이었다.

그것의 피부는 눈만큼이나 새하얗다. 옆구리에서 흘러나온 붉은 피가 아니었더라면 눈 속에서 결코 발견하지 못했을 것이다. 마녀는 홀린 듯 곁으로 다가가 눈을 파냈다. 젊은 청년의 아름다운 얼굴이 모습을 드러냈다. 구불거리는 머리칼은 물개의 눈동자처럼, 혹은 흑진주처럼 새카맸다. 청년의 몸에는 가스총으로 발사하는 작은 작살이 꽂혀 있었다. 마녀는 한참을 망설이다가 소금 자루와 대구 묶음을 바닥에 내려놓고 청년을 등에 업었다. 하얀 몸은 빙하의 몸통처럼 차갑고 또 깃털처럼 가벼웠다. 언덕길을 오르는 동안 바다에서 불어오는 바람이 도우려는 것처럼 등을 부드럽게 밀어주었다. 마녀는 청년을 오두막의 좁은 침대에 눕히고 작살을 뺀 다음 상처에 피를 굳히는 석회가루를 뿌렸다.

자신의 것이 아닌 가는 숨소리가 오두막을 가득 메울 때, 마녀는 비로소 자신이 무슨 짓을 했는지 깨달았다. 마녀는 인간이 아닌 것의 목숨을 구했고 심지어 그것을 집 안에 들여놓았다. 마녀는 숨을 거세게 몰아쉬며 피투성이가 된 손을 내려보았다.

마녀의 마음속 깊은 곳에서 냉정한 목소리가 속삭였다. 당장이라도 저것을 집 밖으로 던져버려야 한다고. 목소리는 조금씩 조금씩 커지며 이것이 잠든 틈에 바다로 던져버려 닥쳐올 재액을 막으라 재촉했다. 그러나 마녀는 대신 피로 얼룩진 주름진 손가락으로 청년의 얼굴선을 쓸어내렸다. 청년의 얼굴은 인간이 아닌 존재들이 온 정성을 다해 빚어낸 아름다운 형상이었다. 속눈썹은 외국에서 수입된 진귀한 실크보다 가늘었고 입술은 눈 속에 피어난 꽃잎처럼 얇았다. 마녀는 떨리는 손으로 제 얼굴을 감싸 쥐었다. 마녀가 일흔 살이 되던 날 밤이었다.

청년은 다음날이 되어도 눈을 뜨지 못했다. 청년이 차지한 집의 유일한 침대 대신 난롯가의 안락의자에 기대어 잠들었던 마녀는 해가 지평선 너머로 모습을 드러내고 하늘 높이 뜬 후에도 청년이 정신을 차리지 않자 결국 홀로 집을 나섰다. 길가에 청년이 남겨둔 핏자국을 지워야겠다는 생각에서였다. 하지만 전날 청년이 쓰러져 있던 자리에 남아있는 것은 갓 내린 눈뿐이었다. 분명 양손을 넓게 펼쳐도 다 가려지지 않을 만큼 눈이 붉게 물들어 있었는데 말이다.

마녀는 밤새 새로 내린 눈에 피가 가려졌으리라 짐작했다.

대신 어젯밤 두고 온 대구와 소금을 찾기 시작했다. 말린 대구는 어렵지 않게 찾았다. 하지만 한참을 더 뒤진 끝에 발견한 소금은 자루가 터져 사방에 흩날린 지 오래였다. 마녀는 다시 마을로 내려갔다.

어젯밤 산 대구를 다시 들고 돌아온 마녀를 사람들은 의심 섞인 눈초리로 바라보았다. 마녀에게 생선을 판 상인은 생선에 문제가 있어도 바꿔줄 수 없다고 다짜고짜 으름장을 놓았다.

생선은 아무래도 상관없소.

마녀가 말했다. 상인은 여전히 미심쩍은 눈이었지만 마녀가 지나가도록 길을 비켜주었다. 마녀는 비틀거리는 걸음을 옮겼다.

한 해 중 뱃길이 열리는 유일한 달, 마을의 항구에는 사람이 북적거렸다. 마녀는 인파를 헤치고 나아갔다. 마을 사람들은 마녀를 말라붙은 오물처럼 피해 갔지만, 외지인들은 작고 꼬부라진 노파를 전혀 신경 쓰지 않고 이리저리 밀치고 부대꼈다. 늙은 마녀는 힘겹게 사람들 사이를 뚫고 나가야 했다. 항구 앞을 지나는 동안, 그녀는 창고 앞 광장에서 젊은 사냥꾼들이 모여 떠드는 것을 보았다.

분명 봤어, 우리 모두가 봤다고. 빙하에 올라온 물개 한 마리가 가죽을 벗고 사람의 모습이 되는 것을. 창백한 사내의 모습을 하고 있더군. 놈이 눈치채고 달아나기 전에 옆구리에 작살을 꽂았지!

그렇게 외치는 것은 젊은 사냥꾼의 우두머리 노릇을 하는 남자였다. 남들보다 머리 하나가 컸고 다부진 근육이 두꺼운 털옷 너머로도 윤곽을 드러냈다. 외지에서 온 것이 분명한 한 상인이 외쳤다.

당신 말이 허풍인지 아닌지 어찌 안단 말이오? 매년 사막에선 모래바람을 타고 승천하는 금빛 용을 보았다는 사람이 한 바가지씩 나오고, 암초 바다 해안의 주점에는 자기 배가 세이렌에게 홀려 침몰했다는 주정뱅이가 한 둘이 아니지. 당신 말에 증거가 있다면 그때 믿겠소.

사냥꾼은 큰 소리로 웃었다. 주위의 다른 사냥꾼들도 따라 웃었다. 그들은 고작해야 스물, 스물셋, 많아야 스물다섯. 머리에 피도 안 마른 어린 것들이었다. 그들은 용맹하고 어리석고 고집스러웠다.

증거라면 보여주지. 자!

마녀는 다른 사람들과 함께 고개를 돌렸다. 사냥꾼은 자루에서 새하얀 물개 가죽을 꺼내 흔들고 있었다. 일반적인 동물 가죽과 달리 배에서부터 꼬리까지 갈라진 자국이 난 그 가죽은. 통으로 가죽을 벗길 때 의례 보존하곤 하는 머리 속이 텅 비어있었다. 뻥 뚫린 눈구멍이 차디찬 바닷바람 속에서 흔들렸다.

상인은 의심스러운 눈초리로 가죽을 쳐다보았다.

이게 그냥 평범한 물개 가죽인지, 당신이 말한 정령의 가죽인지는 어떻게 알지?

사냥꾼은 상인에게 가죽을 들이밀었다. 가죽에 핏자국이 선명하게 튀어 있었다.

당신은 온갖 생물의 모피를 사들이지. 그러니 이 피 냄새를 맡아보시오. 이것이 짐승의 피 냄새요, 아니면 인간의 피 냄새요? 어떤 것도 아닐 거요.

상인이 가죽에 코를 들이밀었을 때 마녀는 젊은 사냥꾼 중 하나와 눈을 마주쳤다. 마녀는 급히 시선을 땅으로 돌리고 걷기 시작했다. 광장이 시끄러워졌지만, 늙은 마녀가 알 바는 아니었다.

항구 건너편의 가장자리 땅은 이 척박한 마을에 사는 사람들에게도 인기 있는 구역이 아니었다. 쉴 새 없이 들이치는 바닷바람과 그 바람이 머금고 있는 습기와 소금기로 인해 철제는 빨리 녹이 슬고 난롯불은 자주 꺼졌으며 온갖 것에 하얗게 소금 결정이 피어올랐다. 마녀는 늙은 소금장수의 집으로 갔다. 그는 마을에서 유일하게 마녀에게 진흙 덩어리를 던진 적 없는 남자였다. 소금장수는 비틀거리며 들어오는 마녀에게 의아한 눈초리를 던졌다.

소금을 벌써 다 먹었나?

마녀는 고개를 저었다.

쏟았네. 마녀가 말했다. 어젯밤 눈은 왜 이렇게 어둡고, 길은 좁고 구불거리던지. 언덕 위로 올라가다가 그만 굴러떨어지며 자루가 터져 죄 눈 위로 흩날리고 말았어.

소금장수는 안쓰럽다는 듯 혀를 쯧쯧 찼다. 그는 새 자루를 꺼내며 안에 소금을 가득 담았다. 소금장수는 망설이더니 찬장 위의 단지를 꺼내 안에 든 향료를 작은 스푼으로 조심스럽게 두 번 떠서 종이에 쌌다.

오늘 상인들이 가지고 온 소두구요. 생선에 뿌려 먹어도 좋고, 차에 타 먹어도 향이 좋다더군. 한 번 가져가서 먹어보오.

마녀는 고맙다는 말을 웅얼거리며 자루를 낚아챘다. 뒤돌아서는 마녀에게 소금장수가 외쳤다.

언덕에 있지 말고 내려와 사는 게 어떻겠나? 적어도 관절염을 고쳐준 노인네들은 당신에게 호의적일 거요. 모두가 당신이 마녀라는 말을 믿는 건 아니야.

마녀는 바로 문을 닫고 나갔기에, 소금장수는 그녀가 자신의 말을 들었는지 확신이 없었다. 소금장수는 향료 단지를 다시 꽁꽁 싸매 찬장 위에 올려두었다.

집으로 돌아가는 길은 마을로 내려올 때보다 훨씬 더 힘겨웠다. 단순히 오르막이라서 그럴지도 모르고, 마녀가 집에 돌아가는 걸 꺼리고 있어서일지도 모른다. 마녀는 남의 집에 몰래 들어가는 것처럼 조심스럽게 문을 열었다. 청년은 여전히 침대에 죽은 듯 누워 있었다. 마녀는 안도의 한숨을 내쉬며 문을 열고 들어갔다.

마녀는 소금을 화로 옆에 걸어두고 책장을 뒤지기 시작했다. 약초에 관한 책들 사이에서 제목조차 없는 낡은 가죽책이 있었다. 마녀는 떨리는 손을 책장을 넘겼다. 책에는 그녀가 찾던 내용이 있었다. 마녀는 소금장수가 준 향료를 곱게 빻아 가루로 만들었다. 그리고 천장에 걸려있는 약초와 마늘을 꺼내어 섞었다. 만들어진 물건을 마녀는 침대에 누운 청년의 코 아래에 조심스럽게 가져다 대었다.

마늘과 향료의 향기가 올라오자 청년은 눈을 떴다. 청년의 눈동자는 과연 바다처럼 푸르렀다. 그냥 단순한 푸른색이 아니었다. 푸른 빛은 바깥쪽에서 안쪽으로 들어갈수록 점점 진해져, 눈 가장자리에서 넘실거리는 가장 청명할 때의 옅은 바다의 색깔은 안쪽으로 들어갈수록 파도가 몰아치고 인간에게 자애롭지 않을 때의 짙은 빛으로 넘실거렸다. 정 가운데의 까만 동공은 밤바다의 소용돌이처럼 무자비한 검은색이었다. 마녀는 얼어붙어 청년의 눈동자를 바라보았다. 새파란 눈동자가 자신을 집어삼키는 것만 같았다.

작은 재채기 소리가 마녀의 정신을 차리게 했다. 청년은 코를 문지르며, 몇 번 더 재채기를 했다. 마녀는 급히 가루를 치웠다. 청년은 호기심 어린 눈으로 향료 가루와 마녀를 번갈아가며 쳐다보았다. 청년은 다친 몸을 일으키려다가 작게 신음하며 다친 옆구리를 감싸 쥐었다. 찌르는 듯한 아픔에 비로소 청년의 기억이 돌아온 것 같았다. 청년의 푸른 눈에 경계의 빛이 떠올랐다. 청년은 몸을 움츠리고 사방을 돌아보았다. 마치 자신을 다치게 만든 사람이 주위에 있다고 생각하는 것 같았다. 마녀는 긴장한 청년에게 엉거주춤하게 양손을 들어 올려 해칠 의도가 없음을 알리고, 조심스럽게 책을 집어 들었다. 꼬부라진 손가락이 천천히 책의 페이지를 훑었다. 마녀의 눈은 옛 언어로 적힌 이야기를 읽었고 주름진 입이 천천히 열렸다.

마녀는 노래를 부르기 시작했다. 작고 부드러운, 낮은음에서 높은음으로, 높은음에서 다시 낮은음으로 빠르게 변하는 파도 같은 노래였다. 바다 언어였다. 청년은 눈을 동그랗게 뜨고 마녀를 바라보았다. 마녀가 노래를 마쳤을 때, 청년의 몸에서 긴장한 기색은 거의 사라져 있었다. 이제 긴장한 것은 마녀였다. 그녀는 책을 흘끗거리며 청년의 답을 기다렸다. 그리고 청년이 노래하기 시작했다.

마녀가 부른 것과 비슷하지만, 비교할 수 없을 정도로 풍부한 음색이었다. 인간의 선율 체계로는 제대로 기록도 할 수 없을 그런 노래. 청년의 입에선 소금물과 산호의 냄새가 났고 노래는 먼바다의 물마루처럼 일렁였다. 노래가 몸을 휘감으며 마녀는 한순간 끝없이 펼쳐진 수평선 위를 걷는 자신의 모습을 보았다.

청년의 노래가 끝나고 한참이 지난 후에야 마녀는 간신히 정신을 차렸다. 그는 마녀의 질문을 알아들었고, 그녀 역시 청년의 답을 이해했다. 청년의 얼굴에 희미한 미소가 떠올랐다. 마녀는 조심스럽게 주름진 손을 내밀었다. 잘게 떨리는 노파의 손끝을 청년은 피하지 않았다. 노파의 손이 청년의 희고 부드러운 뺨에 닿았다. 손은 서서히 올라가 검은 머리칼로 향했다. 노파는 눈을 감은 청년의 머리칼을 쓰다듬으며 평생 느껴보지 못했던 충족감을 느꼈다. 그러나 청년이 푸른 눈을 뜨고 노파의 쪼그라든 손을 올려다보았을 때, 그 충족감은 빠르게 부끄러움으로 변했다. 노파는 뜨거운 그릇에서 손을 떼듯 손을 뒤로 물렀다. 청년이 의아하게 바라보는 와중에 노파는 붉어진 얼굴을 감추려 뒤 돌아 솥에서 생선죽을 퍼 올리기 시작했다.

청년은 생선죽보다는 마른 대구를, 마른 대구보다는 날대구를 통째로 먹는 것을 좋아했다. 많이 먹지 않았지만 신선한 것만을 먹었기에, 마녀는 날생선을 사기 위해 마을을 자주 드나들어야 했다. 다행스럽게도 뱃길이 열리는 계절이라 마녀가 매일같이 마을에 내려오는 것을 이상하게 생각하는 사람들은 없었다. 사람들은 겨우내 잡은 짐승의 가죽과 지방을 신선한 밀가루와 향신료와 바꾸느라 바빴다.

어떤 사냥꾼들은 질 좋은 모피를 먹을 것과 바꾸는 대신 금을 받고 팔았다. 언젠가 내륙으로 나갈 희망을 가진 젊은이들이었으며 그들 중 일부는 자신의 꿈이 남들보다 더 낫다는 것에 우월감을 느꼈다. 그들은 꼬박 한 계절을 정령을 잡겠노라 쏘다닌 사냥꾼 무리를 큰 소리로 비웃었다.

물범의 번식기도, 바다표범의 이동도 죄다 놓친 저 녀석들 좀 보라지. 자기들은 정령을 잡았노라 큰소리를 치지만, 그 물개 정령이라는 것이 실은 피부가 허옇게 변한 돌연변이 알비노 물개에 불과하다는 걸 모두가 알아. 한 해를 통째로 날려서 어떻게 하나?

사람들이 비웃을 때마다 정령 사냥꾼 무리의 대장은 더 큰 소리로 코웃음을 치고 이렇게 쏘아붙였다.

하나만 알고 둘은 모르는 것들. 우리가 한 계절을 낭비했다면, 이 금은 어떻게 설명할 건가? 우린 이미 정령의 가죽을 팔았어. 그들은 정령의 가죽을 안쪽 땅까지 가져간다는군. 우리가 잡은 정령의 가죽은 이제 금과 유리로 장식된 궁정에 걸려 있을 거야. 영주들이 그 가죽을 둘러싸고 감탄하고, 왕조차 그 불가사의함에 마음이 홀리겠지. 푸른 피가 흐르는 귀족 나리들 모두가 이 보물을 잡은 용맹한 젊은이들을 궁금해할 거야. 우리가 모험을 하는 동안, 너희는 뭘 했지?

그렇게 말하며 그들은 가죽의 대가로 받은 황금을 과시했고, 사람들은 인상을 찌푸리고 평범한 물개 가죽을 덤터기 쓰고 사간 멍청한 외지 상인들을 욕하면서도, 번쩍거리는 금덩어리에서 부러움의 눈을 떼지 못했다.

한편 마녀로 말할 것 같으면 그녀는 황금에 관심을 가지지 않았다. 그 무엇에도 관심을 가지지 않았다. 마녀가 생각하는 것은 오두막의 초라한 침대에 누워 있는 아름다운 청년뿐이었다. 청년의 상처는 불가해할 정도로 빠르게 나았고 매일 신선한 음식을 가져다주는 마녀를 두려워하지 않기 시작했으며 밤마다 몰래 마녀의 인도를 받아 바닷가까지 걸어가 그리운 눈으로 수평선을 바라보며 바다의 음정을 흥얼거리곤 했다.

바닷길이 닫히고 외지인들이 모두 떠나자 사람들이 짐승을 잡고 물고기를 낚아 올려 하루하루를 살아가는 일상이 되돌아왔다. 청년은 마녀에게 바다로 돌아가고 싶다는 말을 꺼냈다. 그는 자신이 사냥꾼들에게 빼앗긴 가죽을 되찾아 물개의 모습으로 돌아가게 해준다면, 자신이 바다로 돌아가는 것을 도와준다면 바다 위와 아래, 절벽에 둥지를 트는 어린 바닷새부터 심해 깊은 곳에 사는 이름을 말할 수 없는 오래된 것까지 모두 마녀를 경애하고 사랑할 것이라 속삭였다. 마녀는 아무 대답도 하지 않았다.

사람들이 바다가 열리지 않았음에도 마을로 내려오는 마녀를 이상하게 보기 시작했을 때, 다음 해에 마을을 떠나겠노라 식량과 금을 긁어모으고 어미의 눈에 걱정의 눈물이 마르도록 하지 않는 젊은 남자들이 또다시 생겨났을 때, 수십 번, 수백 번 속삭임을 들은 마음에 기이하리만큼 무모한 생각이 피어오르기 시작했다.

육지로 나가고 싶다.

잿더미가 되어버린 가슴속 깊은 곳에 살아있던 불씨였다. 마녀는 장롱 깊숙한 곳에 숨겨놓은 은자를 오랫동안 매만졌으며 오직 따뜻한 곳에서만 쓸모가 있을 옷을 깁기 시작했다.

사냥꾼들이 한 됫박의 금을 받고 가죽을 팔았으니 그것은 귀한 사람들의 손에 들어갔을 터이다. 마녀는 존귀한 사람들의 생태를 알았다. 정령의 가죽 같은 물건을 손에 넣은 자들은 절대 그것에 대해 입을 다물지 않는다. 누가 가죽을 가지고 있는지 찾기는 어렵지 않으리라. 만약 찾기만 한다면, 가죽을 돌려받는 방법에 협상만이 있는 것은 아니다.

마을의 악동들은 불길한 마녀가 매일같이 내려오자 야유하며 등에 돌처럼 딱딱하게 뭉친 눈덩이를 던졌다. 눈덩이가 날아올 때마다 마녀의 마음속에 떠나고자 하는 욕망이 새파랗게 똬리를 틀었다. 청년은 마녀의 옷자락을 걷어내고 멍든 자리를 안타깝게 매만지며 짓이긴 쐐기풀을 발라주었다.

어느 날 마녀는 청년에게 물었다. 가죽을 되찾기 위해 어떤 일이든 할 것인가? 청년은 새파란 눈으로 고개를 끄덕였다. 마녀는 느리고 낮은 목소리로 가죽의 행방에 대해 말했다. 마녀는 청년에게 육지와 안쪽 땅에 대해, 온실 안에 레몬 나무를 심는 귀족들과 그들이 황금 새장 안에 기르는 요정에 대한 이야기를 들려주었다. 순은으로 만든 나침반이 없다면 결코 빠져나갈 수 없는 지하 미로에 대해서도 말했고 유리 궁전을 다스리는 왕과 붉은 구두를 신고 죽을 때까지 춤을 추는 궁정 소년들에 대해서도 말했다. 청년은 얼굴이 새파랗게 질리면서도 다시 한번 고개를 끄덕였다. 청년은 가느다란 손가락으로 마녀의 옷자락을 꼭 움켜쥐었다.

나와 함께 가줘요.

청년은 그렇게 말하자 마녀는 이루 말할 수 없는 충족감을 느꼈다.

둘은 다음 바닷길이 열리길 기다렸다. 은자를 챙기고 피부병과 관절염을 낫게 하는 연고도 챙겼다. 밤에 불어오는 해풍에 부드럽게 말린 생선과 청년의 얼굴을 가릴 가죽 로브도 준비했다. 그러나 마녀가 오랫동안 기다려온 여정에 미처 첫발을 내딛기도 전에 그녀가 왔다.

아직 바닷길이 열리지 않은 계절이었다. 허벅지 두께의 얼음이 아직 해안가를 덮고 있어 누구도 마을에 들어오거나 나갈 수 없었다. 수평선 너머에서 배의 모습이 나타나기 시작했을 때 마을 사람들은 아무도 신경 쓰지 않았다. 항로를 잘못 잡은, 지지리도 운 없는 배이겠거니 했을 뿐이다. 그러나 그 배가 점점 가까워지고 목표가 마을의 해안임이 확실해지자, 사람들은 이제 비웃기 시작했다. 대체 누가 이 땅에 오면서 얼음이 녹는 계절도 아닌 때를 선택한단 말인가. 그러나 육안으로 배의 모습을 확인할 정도로 가까워지자 사람들은 말을 잃었다.

거대한 배였다. 강철로 된 선체는 작은 마을 하나를 집어삼킬 수 있을 크기였고 배가 물살을 가를 때마다 검은 연기가 하늘로 뿜어졌다. 매 순간순간 보통의 나무배는 낼 수 없는 굉음과 열기가 얼음처럼 차가운 바닷물을 뒤흔들었다. 그리고 그 배의 뱃머리에는 작은 마을 하나가 10년 동안 사용할 수 있는 분량의 철을 이용해 만든 날카로운 충각이 달려 있었다.

배는 강철 몸뚱이와 충각으로 얼음을 가르고 마을에 도착했다. 수세대 동안 열리지 않았던 얼음이 과자처럼 부서졌다. 배에서 역시 강철로 만든 다리가 내려와 육중한 소리와 함께 얼어붙은 대지를 디뎠다. 그리고 젊은 여자가 다리를 내려와 마을에 발을 내디뎠다.

그녀는 안쪽 땅 백작령의 군주였으며 국서의 사촌 동생이자 유리 궁전의 왕이 총애하는 조카로, 그녀의 몸에는 근친혼으로 켜켜이 쌓인 고귀한 피가 흘렀다. 머리칼은 피처럼 붉었고 값진 모피와 비단으로 만든 옷을 입고 허리춤에는 날카로운 장검을 차고 있었다. 얼굴은 반짝이는 홍안이었으며 잘 균형 잡힌 몸은 그 신장이 2m에 달했다. 그녀는 승마와 검술, 전략, 그리고 결투에 능했으며 젊은이 특유의 불꽃 같은 혈기에 휩싸여 있었으나 때때로 눈 깊은 곳에서 오직 정치와 전쟁에 평생을 시달리며 살아온 늙은이들만이 보일 수 있는 교활함과, 소용돌이처럼 꼬인 가계에서 비롯된 옅은 광기가 번뜩였다.

그녀는 상대가 충분히 영민하다고 생각되면 허리를 숙여 눈을 맞추고 별이 뜨는 땅의 어느 누구도 답을 알 수 없는 질문을 쏟아내곤 했다. 만약 만족할 만한 답을 내놓는다면 여자는 호쾌한 웃음과 함께 평생을 먹고 살 수 있는 금을 하사했다. 그러나 우스꽝스러운 답을 내놓거나 당황해 굳어진다면 그녀의 기사들에게 붙잡혀 알현실에서 끌려나가야 했고 그들은 그 뒤로는 안쪽 땅의 어디에서도 모습을 보이지 못했다.

여자는 여태껏 눈에 닿는 것 중 취하지 못한 물건이 없었고, 귀에 들어온 것 중 풀어내지 못한 수수께끼가 없었다. 여자는 마치 태어날 때부터 이 땅에 대한 권리라도 가지고 있던 것처럼 오만하게 눈과 얼음의 대지에 발을 디뎠다. 마을 사람 중 귀족을 접대할 의무를 지닌 장로와 그들을 도울 노인들, 그리고 강철의 배에 겁을 집어먹지 않은 어리석은 어린 사냥꾼들만이 항구에 남아 여자를 맞이했다. 장로는 굽은 허리를 더더욱 굽히며 여자의 발치에 머리를 조아리고 안쪽 땅의 푸른 피가 이 초라한 마을에 내려온 연유를 알려줄 것을 청했다.

여자는 답하지 않았다. 어깨에 두르고 있던 모피를 풀어 앞으로 내밀 뿐이었다. 뼛속까지 시린 바람에 흰 물개 가죽이 펄럭였다. 가죽에는 한 줄기 핏자국이 남아있었다.

헉하는 탄성이 사냥꾼들 사이에서 터져 나왔다. 여자의 눈동자가 그들에게 멎었다.

이것에 대해 알고 있는 이가 있는 모양이군.

젊은 사냥꾼들의 우두머리가 쭈뼛쭈뼛 앞으로 나섰다. 그는 혹한의 추위 속에서도 털모자를 벗고 여자에게 고개를 숙였다. 부스스한 머리카락이 바람에 흩날렸다.

저희가 잡은 것입니다.

여자는 의외라는 듯 사냥꾼들의 모습을 훑어보더니 호쾌하게 웃음을 터뜨렸다.

감히 내 앞에서 거짓을 고하진 않겠지. 너희가 이 가죽을 벗겼다면, 알맹이는 어디 있느냐?

그때 마을의 노인 중 한 사람이 여자의 앞으로 걸어 나왔다. 그는 마을의 장로도, 사냥꾼도 아니었지만, 이 땅에 귀족이 마지막으로 발을 디뎠던 순간을 기억할 정도로 나이 들었고 바다와 얼음 대지에 대한 옛이야기들을 기억할 정도로 현명했다.

외람되오나 각하, 젊은이들에게 제때 자리를 내어주고 죽지 못한 미천한 늙은이가 한 말씀 올리고자 합니다.

노인은 그렇게 말하며 허리를 숙여 절을 했다.

이 땅에는 혼과 영에 대한 전설이 있습니다. 각하께서 몸에 두르고 계신 가죽 역시 바다 영의 것이라 알려져 있지요. 그것은 낮에는 가죽을 두르고 물개의 모습을, 밤에는 가죽을 벗고 인간의 모습을 하여 찬 바다에 사는 모든 생물을 돌본다고 합니다. 하지만 그들은 결코 인간과 접촉해선 안 됩니다. 바다 영이 인간의 세계에 들어오면 그 아름다운 형상으로 가장 현명한 이들의 정신까지 사로잡아 모든 분란과 다툼의 씨앗이 된다고 하지요. 그러니 감히 아뢰옵건데 각하, 당장 그 가죽을 태워버리고 배를 돌려 이 땅을 떠나소서.

여자는 우스꽝스러운 농담을 들은 것처럼 크게 웃음을 터뜨렸다. 어리석은 소리를 하는구나! 여자가 소리쳤다.

현명한 이들이 미색 앞에서 어리석어지는 것은 그 자신의 지혜가 부족하기 때문이요. 세상이 항상 어지럽고 혼란한 것은 인간들 스스로의 부족함 때문이니. 어찌하여 보이지도 않는 정령의 탓을 하는가? 나는 국왕께서 가장 총애하는 조카이자 늑대살해자로서 이 땅의 정령 역시 사로잡으러 왔으니, 그따위 헛소리 말고 내게 줄 게 없다면 물러나라!

노인들은 고개를 숙였다. 여자는 사냥꾼들 앞으로 걸어갔다. 사냥꾼들의 우두머리는 당황해서 어쩔 줄을 몰라 감히 여자와 눈을 마주치지 못했다.

가죽을 빼앗긴 정령이 인간의 모습이 되었다면 필경 인간들 사이에 숨어있겠지. 너는 이 근처에 다른 인간의 마을이 있는지 아느냐?

여자가 물었다. 사냥꾼이 답했다.

얼어붙은 땅의 모든 해안가를 뒤져도, 사람이 사는 곳은 이곳밖에 없는 줄 압니다.

여자가 다시 물었다.

그렇다면 이 마을에 외지인이 들어온 집은 없는가?

사냥꾼이 답했다.

이 마을에 외지인이 들어오는 때는 바다가 열리는 한 달뿐입니다. 지금 마을 어디에도 외지인은 없습니다.

여자의 입가에 희미한 미소가 걸렸다. 사냥의 날, 영지의 숲에서 교활한 늑대가 덫을 망가트리고 사냥개들의 코를 속이려 가짜 냄새를 묻혔다는 것을 알아차렸을 때 지었던 것과 같은 미소였다.

너희는 물개의 생태에 대해 잘 아는가?

외람되옵니다만, 각하. 저희는 3살 때 사냥 그물을 짜고 6살에 작살을 잡으며 10살 생일을 맞기 전에 첫 사냥감을 잡습니다. 저희의 아버지가 저희에 대해 아는 것보다 저희가 물개에 대해 아는 것이 더 많을 것입니다.

여자는 사냥꾼의 어깨를 한 손으로 덥석 잡았다.

그렇다면 좋다. 이 땅에 머무는 동안 너희를 내 보좌로 삼겠다.

사냥꾼은 황공하다는 듯 고개를 조아렸다.

그렇다면 나의 보좌여. 마지막으로 묻겠다. 이 마을에서 홀로 외따로 떨어져, 그 누구의 사랑도 공경도 받지 못하고 사는 자가 있는가?

마녀는 많은 언어를 할 줄 알았지만, 그중 인간의 언어는 단 하나뿐이었다. 그녀가 할 수 있는 언어는 사람과 사람의 소통을 위해 만들어진 것이 아니었다. 가령, 그녀는 바람이 서로에게 말하는 방식을 알고 있었다. 그래서 마녀는 여자가 사냥꾼들과 언덕배기 길의 초입에 들어섰을 때 그들이 온다는 것을 미리 알아차릴 수 있었다.

마녀는 늙고 병든 몸으로 최대한 빠르게 움직였다. 청년에게 가장 두꺼운 모피 옷을 입히고 비빌 때마다 열이 나는 약초 주머니를 품에 안겨준 후 뒷마당의 눈을 파서 만든 작은 저장고 안에 들어가게 했다. 마녀는 청년에게 소리 내지 말 것을 신신당부하고 문을 닫았다. 눈을 뿌리며 주문을 외우자 저장고 입구는 주위의 눈밭과 전혀 구분되지 않았다. 집 안으로 들어와 몸에 쌓인 눈송이를 털어내자마자 누군가 거칠게 문을 두드렸다. 마녀는 숨을 고르며 문을 열었다.

사냥꾼 무리가 거칠게 집 안으로 들이닥쳤다. 마녀는 뒤로 물러섰다. 사냥꾼들의 노련한 눈이 집 안을 샅샅이 훑었다. 그리고 여자가 고개를 숙여 문지방을 넘었다. 여자에게 눈이 닿는 순간 마녀는 비틀거릴 뻔한 몸을 가까스로 추슬렀다. 호화로운 옷차림을 한 여자는 어깨에 흰 물개 가죽을 두르고 있었다.

무례를 용서해주게.

여자가 쾌활하게 말했다.

안쪽 땅에 기거할 때부터 내 마음을 사로잡은 물건이 있는데, 그 물건의 주인이 이 마을에 있다고 하지 않나. 괜찮다면 자네의 집을 둘러봐도 되겠나?

여자는 어깨에 두른 가죽을 만지작거리며 말했다. 마녀는 고개를 숙였다.

저는 감추는 것이 없으니 꺼릴 것도 없습니다.

여자는 사냥꾼들에게 턱짓을 했다. 사냥꾼들은 좁다란 마녀의 집 안을 마구잡이로 뒤지기 시작했다. 마녀는 수색이 뒷마당에 닿을 것을 두려워했다. 눈을 이용한 주문은 언 땅에서 태어난 이의 눈을 속일 수 없었다. 여자는 여유롭게 거실을 돌아다녔다. 여자의 긴 손가락이 책장의 책들을 부드럽게 쓸었다.

글을 아는가?

여자가 물었다. 마녀가 답했다.

제 이름이나 겨우 씁니다.

허, 홀로 사는 늙은 여인네들은 전부 그렇게 대답하지만, 그들이 현명하지 않은 것을 본 적이 없네. 자네 역시 마찬가지겠지.

여자는 책장의 책을 빼서 눈으로 읽으며 말했다. 마녀는 몸을 숙였다.

제가 아마 각하께서 보시는 유일한 예외가 될 듯합니다.

사냥꾼들은 물건을 쓰러트리고 정돈된 약초를 뒤섞고 있었다. 손으로 뜬 깔개는 바닥에 내팽개쳐져 지저분한 발자국이 남았다. 여자는 코웃음을 치며 책을 탁 덮었다.

그래? 그런가? 그렇다면 나랑 내기 하나 하지. 나는 자네가 내가 내는 수수께끼를 맞출 수 있다는 쪽에 걸겠네.

송구하옵니다만, 제가 내기의 대상이자 주체가 된다면, 그 내기가 성립될지 의문이군요.

마녀가 담담하게 말했다. 여자는 크게 웃었다.

그렇군. 그럼 이렇게 하지. 내기에 거는 것은 우리의 명예뿐이지만, 수수께끼에 대한 보상은 따로 주겠네. 자네가 수수께끼를 맞추면 자네의 소중한 보금자리를 어지럽히는 걸 그만두고 바로 떠나지.

마녀는 자신이 숨기는 것이 없다 거듭 말하려 했다. 하지만 여자가 말을 끝맺는 것이 더 빨랐다.

그리고 내가 떠날 때 나의 배를 타고 안쪽 땅으로 가게 해주겠네.

마녀의 얼굴이 딱딱하게 굳었다. 여자는 안쓰럽다는 듯 마녀의 어깨를 토닥였다.

왜 그리 놀라는가? 뱃길이 열리는 날마다 항구로 내려오는 여자의 소망이 그렇게 알아차리기 어려운 것이라 생각했는가?

문제를 주십시오.

마녀는 숨을 몰아쉬며 말했다. 여자는 부드럽고 고귀한 젊은 몸으로 마녀를 내려다보며 서 있었다. 마녀는 그것이 점점 견디기 힘들었다. 마녀는 종종 열린 항구를 오가는 배를 보며 그 배에 몸을 싣는 자신을 그리곤 했다. 그것은 헛된 희망, 너무 오래되어 곰팡내 나는 꿈일 뿐이었다. 그러나 그 꿈은 자신의 것이었다. 마녀가 흐드러지게 핀 꽃처럼 아름다웠던 어린 시절, 친구와 연인들에게조차 털어놓지 않았던, 마음 깊숙한 곳에 홀로 간직했던 자신만의 것.

하지만 두 번째 보상은 필요 없습니다. 제가 문제를 맞추면 그냥 떠나주시지요.

여자는 입가를 매만지며 마녀를 내려다보았다. 여자의 손에는 여전히 책이 들려 있었다. 잠시 후 여자는 고개를 끄덕였다.

그러지. 그녀는 그렇게 말했다.

그렇다면 묻겠네. 나는 사람의 마음을 홀리고 눈을 가린다. 나를 경애하고 원하지 않는 이가 없으니 시작부터 나는 귀했으며 끝까지 귀하리라. 손에 잡으면 무겁지만 목에 걸면 가벼우며 혀에 닿으면 고귀하다. 나로 만든 사슬로 묶으면 여자든 남자든 떠나지 못한다. 나의 이름은 무엇인가?

마녀가 답했다.

황금이군요.

여자는 한쪽 눈썹을 치켜올렸다. 마녀가 말을 이었다.

시간과 공간을 막론하고 황금을 원하지 않는 이는 없고 금화는 무겁지만 목걸이는 가벼우며 금을 먹을 수 있는 이는 고귀하니까요. 또한 황금으로 만든 사슬에서 탈출하길 바라는 이가 어디 있겠습니까.

사냥꾼들은 집 안을 엉망으로 만들어놓았지만 별다른 단서를 찾지 못했다. 사냥꾼들 중 가장 어린 것이 뒷마당으로 난 문을 발견했다. 그는 종종걸음으로 문을 향해 다가섰다. 마녀는 그것을 보았다. 그녀는 눈을 질끈 감고 다시 말했다.

하지만 각하, 저는 감히 황금이라는 답은 어리석은 자들이 대답하는 가짜 답이라고 말하겠습니다.

여자의 눈에 흥미가 서렸다. 어린 사냥꾼은 뒷문이 잠긴 것에 의아해하다가 문 가장자리를 더듬어 걸쇠를 찾았다. 그는 오래지 않아 잠금을 풀었고 손잡이에 손을 얹었다.

진짜 답은 사랑이니까요. 그것이 더 오래된 답변이 아닙니까.

여자는 잠시 멈췄다가 크게 헛웃음을 지으며 손짓으로 사냥꾼들을 멈췄다. 어린 사냥꾼은 문에서 손을 뗐다. 마녀는 안도의 한숨을 가까스로 삼켰다.

재미있군. 자네가 내 두 번째 보상을 거절한 것이 아쉬워져.

여자는 책을 내려놓으며 말했다. 마녀는 말없이 고개를 숙이고 있었다. 여자는 손짓으로 사냥꾼들을 모두 물렸다. 사냥꾼들은 들어올 때만큼이나 빠르게 빠져나갔다. 여자는 몸을 돌렸다가 어떠한 예고도 없이 빠르게 움직여 뒷문을 벌컥 열어젖혔다. 하지만 여자가 볼 수 있는 것은 소복하게 쌓인 눈뿐이었다.

실례가 많았네.

여자가 옷매무새를 만지며 우아하게 말했다. 그녀는 다시 고개를 숙여 현관을 넘으려다 말고 마녀에게 말했다.

혹시 이 가죽의 주인에 대해 아는 것이 있다면 언제든 나무저택으로 찾아오게. 어떤 정보를 가져오든 자네가 가장 바라는 것으로 후사할 테니.

마녀는 묵묵히 고개를 끄덕였다. 그러나 나무저택으로 찾아갈 생각은 없었다. 여자는 모든 것을 가지고 있지만, 자신이 가장 바라는 것을 줄 수는 없었으니까.

여자가 떠난 후 마녀는 창고의 문을 열었다. 마녀는 청년의 손을 부여잡으며 괜찮으냐 물었다. 청년은 멍한 눈으로 여자가 사라진 방향을 응시하고 있었다. 마녀의 눈에 창고 문 사이에 난 갈라진 틈이 들어왔다. 마녀의 심장이 내려앉았다. 고귀한 피를 가진 여자가 뒷문을 열었을 때, 정령은 여자를, 잘생기고 당당한 젊은 여자의 모습을 보았을 것이다. 마녀는 순간적으로 자신이 얼마나 주름지고 초라한지, 굽은 허리와 어깨는 얼마나 못났는지에 대한 생각에 사로잡혔다. 지상에 올라와서 인간이라고는 오직 자신 같은 노인만 보았던 청년이 여자를 보고 어떤 생각을 했을지 상상하자 뱃속이 뒤틀리는 것 같았다. 그때 청년이 마녀의 손을 꽉 붙잡았다.

그녀가 내 가죽을 가지고 있어요. 되찾아야 해요.

청년이 바다언어로 속삭였다. 그는 다른 어떤 기색도, 지상의 어떤 것에도 매료된 기색이 없었다. 기이한 안도감이 온몸을 사로잡았다.

마녀는 청년을 부축해 집 안으로 들어오게 했다. 마녀는 청년을 안락의자에 앉혀두고 불을 새로 지폈다. 집 안의 가재를 정리하던 마녀의 손이 여자가 꺼내놓은 책에서 멈췄다. 여자가 마녀에게 수수께끼를 내며 보고 있던 것은 바다의 정령과 그들에게 통하는 주문이 적힌, 바다 언어가 적혀있던 바로 그 책이었다. 마녀는 한참 동안 자리에서 굳어 움직이지 못했다.

안쪽 땅에서 온 여자가 마을의 저택에 기거한다는 사실은 동네의 어린애조차 다 알았다. 마을에 찾아오는 고귀한 손님을 맞기 위해 세워진, 하지만 한 세기에 서너 번 정도나 쓰이기 때문에 을씨년스럽고 차가운 절벽 가의 저택을 사람들은 나무저택이라 불렀다. 나무저택은 이름과는 달리 나무로 만들어지지 않았는데, 애당초 나무란 따뜻한 안쪽 땅에서 온 이들을 얕잡아 이르는 말이었기 때문이다. 그런 멸칭에도 불구하고 나무저택은 마을의 평범한 집 다섯 채를 합친 것보다 컸고 귀족들의 취향에 맞춰 열두 개의 방과 세 개의 손님방, 하나의 서재, 작은 무도회장을 가지고 있었다.

청년의 조름에 못 이겨 마녀는 그에게 로브를 눌러 씌우고 깊은 밤에 마을로 내려왔다. 사위가 어두웠지만 청년은 마치 주변이 환히 보이는 것처럼 행동했다. 청년의 발걸음은 깃털처럼 가볍고 날래, 마녀는 갖은 애를 쓰고서야 간신히 따라잡을 수 있었다.

나무저택에는 사냥꾼들이 보초를 서고 있었다. 둘은 사냥꾼들의 눈이 닿지 않는 골목에 숨어 저택을 지켜보았다. 사냥꾼들은 잠들지도, 방심하지도 않은 채 정문을 지켰다. 마녀는 돌아가자는 의미로 청년을 잡아끌었다. 청년은 꿈쩍도 하지 않았다. 그는 웅크렸던 몸을 벌떡 일으켜 고개를 젖혔다. 마녀는 순간 그가 소리를 지를까 봐 겁을 먹었다. 하지만 청년은 냄새를 맡았을 뿐이다. 공기 중에 감도는 미묘하고도 섬세한 향기들을 청년은 전부 구분할 수 있었다. 청년은 저택 안에서 실려오는 자신의 피부와 혈흔의 냄새를 느꼈다.

마녀는 청년을 잡아끌며 돌아가자고 연신 타일렀다. 청년은 애처로운 눈으로 저택을 바라보며 마지못해 마녀의 집으로 돌아갔다. 신선한 대구를 깨작거리는 청년에게 마녀는 가죽을 되찾을 기회가 올 것이라고 위로했다. 하나 마녀가 미처 몰랐던 것은, 비록 지금은 인간의 모습을 하고 있으나 청년의 본질은 정령이며 그들에게는 이루 말할 수 없는 순진함과 과감함이 존재한다는 것이다.

나무저택에 다녀온 지 일주일째 되는 밤, 마녀는 번개처럼 내리치는 불길한 직감에 잠에서 깨어났다. 무언가 잘못되었다. 꿈의 영역에서 빠져나오는 순간 그것을 바로 느낄 수 있었다. 그녀는 떨리는 손으로 등잔의 불을 밝혔다. 옆의 침대가 텅 비어있었다. 청년의 겉옷이 사라졌다.

마녀는 미친 사람처럼 휘적거리며 언덕길을 내려왔다. 몰아치는 바람에 가물거리는 등잔을 아예 길가에 던져버리고 달빛에만 의존해 뛰었다. 나이 든 무릎이 쑤시고 잿빛 머리칼은 새 둥지처럼 헝클어졌다. 마녀는 숨을 몰아쉬며 나무저택 앞에 도착했다. 늦은 밤이었지만 저택의 불은 전부 켜져 있었고 사냥꾼들이 분주하게 돌아다니고 있었다. 저택 안에서 청년의 비명소리와 커다란 웃음소리가 울려 퍼졌다. 마녀는 몸을 숨긴 채 이를 악물었다. 늦었다. 세월로 쌓아온 지혜와 경험이 다 무슨 소용인가. 그녀는 청년의 독단적으로 행동할 것을 예상하지 못했고, 일부러 뒷마당으로 나가 그에게 가죽을 보여준 귀족의 함정을 간파하지도 못했다. 더운 눈물이 주름진 뺨을 타고 흘렀다. 차갑게 곱아 붙은 손가락이 바들바들 떨렸다. 그 순간 마녀의 등에 누군가의 손이 얹혔다. 마녀는 화들짝 놀라 휙 몸을 돌렸다.

쉿.

소금장수가 어둠 속에 숨어 손가락을 입에 가져다 대었다.

마녀가 저택에 도착하기 불과 한 시간 전, 청년은 나무저택 뒤편의 절벽을 타고 오르고 있었다. 귀족은 까마득한 낭떠러지에 굳이 보초를 세워두지 않았고, 살아있는 사람 중 그 절벽을 타고 오를 수 있는 이는 없었기에 이는 지극히 합리적인 결정이었다. 그러나 청년은 정령이었다. 청년은 바닷새와 대화할 수 있었고 산양처럼 암벽을 타고 오를 줄도 알았다. 청년의 손과 발은 바위 위에서 인간의 그것으로는 불가능한 방식으로 꺾어졌다. 그가 올라왔을 때 저택의 불은 모두 꺼져 있었다.

완전한 어둠 속에서 청년은 후각을 이용해 움직였다. 사방에서 철 냄새와 따뜻한 인간의 살 냄새, 그리고 벽을 쌓은 돌과 나무의 냄새가 났다. 모두 청년에게는 낯선 냄새였다. 청년은 희미하게 느껴지는 바다 냄새를 쫓아 2층으로 올라갔다.

그곳은, 만약 막 방 안에 들어선 것이 사람이었다면, 서재라는 걸 바로 알아챌 수 있는 공간이었다. 오랫동안 주인 없이 방치되어 먼지가 쌓인 책들이 천장까지 꽂혀 있었다. 조금 더 인간사에 능통한 사람이라면 그 책들이 오래된 구닥다리 물건들이라는 것도 알았을 것이다. 서가에는 신문물에 대한 이야기도, 최근 살롱에서 오가는 주제의 책도 없었다. 하지만 청년은 그 어느 것도 알지 못했다. 그곳에서 그의 관심을 끈 것은 벽난로에 걸린 물개 가죽뿐이었다.

청년은 조심조심 벽난로로 향했다. 창으로 비치는 달과 별의 빛이 청년의 앞길을 인도했다. 그러나 가는 손가락이 가죽에 닿기 직전 청년은 휙 소리와 함께 허공에 거꾸로 매달렸다. 청년은 비명을 질렀다. 그 순간 저택의 모든 불이 켜졌다. 방의 구석에 숨어있던 여자가 성큼성큼 걸어 나왔다. 해초 그물에 사로잡혀 공중에 매달린 청년을 보고 여자는 크게 웃음을 터뜨렸다.

과연, 나의 친구여. 자네의 계교가 통했군.

여자는 해초 가닥으로 엮고 바닷물에 절여 사람의 냄새를 뺀 그물을 응시하며 사냥꾼의 등을 세게 쳤다. 사냥꾼은 희미하게 웃으며 겸손하게 고개를 숙였다.

여자는 허리춤에서 검을 빼 들었다. 훅 풍겨오는 예리한 강철의 냄새에 청년은 몸을 흠칫 웅크렸다. 하지만 여자는 검을 휘둘러 그물의 윗부분을 잘라냈을 뿐이다. 쿵 소리와 함께 청년의 몸이 바닥에 떨어졌다. 청년은 떨리는 몸으로 달아나기 위해 몸을 일으켰다. 그때 여자가 낮고 부드러운 목소리로 짧은 주문을 외웠다. 청년은 바닥으로 쓰러졌다. 몸에서 순식간에 힘이 빠져나갔다. 여자는 몸을 수그려 청년의 목덜미를 움켜쥐었다.

여자가 청년의 얼굴을 바로 본 것은 그때가 처음이었다. 이전까지 여자는 어둠과 해초 그물에 가려져 그의 모습을 제대로 보지 못했다. 청년의 모습은 마치 바다에서 가혹한 부분을 제거하고 아름다운 모든 것을 따서 만든 것 같았다. 머리칼은 흑진주와 같았으며 눈은 바다처럼 푸르렀고, 깎아지는 듯한 이목구비는 해변으로 달려와 우아하게 부서지는 파도를 연상케 했다. 여자는 움직임을 멈추었고 얼굴에 처음으로 넋 빠진 표정이 떠올랐다. 청년은 떨리는 손으로 얼굴을 가리려 했다. 여자는 손목을 낚아채려다가 자신의 손에 닿는 가냘프고 부드러운 촉감에 다시금 멈춰 섰다.

청년은 여자의 눈 깊은 곳에서 이는 불꽃을 보고 두려움에 떨었다. 청년은 여자가 짓는 표정의 의미를 알았다. 그는 바다를 헤엄치며 어미 흑등고래의 몸에 작살을 꽂고 남은 새끼까지 쫓아가던 선원들의 얼굴에서 같은 종류의 불꽃이 이는 것을 본 적 있었다. 그것은 오직 인간들만이 가질 수 있는 것, 무자비한 욕망이었다. 여자는 남자에게 강렬한 갈망을 느꼈고, 그에게 입 맞추고 싶은 욕망과 그를 짓밟고 싶은 욕망을 동시에 맛보았다. 여자는 크고 하얀 손으로 남자의 손목을 꽉 움켜쥐었다.

마을의 어둠 속을 마녀는 소금장수와 함께 걸었다. 마녀가 무슨 영문이냐 물으려 할 때마다 늙은 소금장수는 입술에 손가락을 가져다 대며 조용히 하라는 시늉을 했다. 소금장수는 좁고 얼어붙은 골목 골목을 지나 마녀를 마을의 서쪽으로 이끌었다. 그는 작은 집 한 채 앞에서 멈춰 섰다. 마을에서 가장 나이 많은 노인이 홀로 기거하는 곳이었다. 마녀는 소금장수의 인도에 따라 지하실로 내려갔다.

얼어붙은 땅을 파내어 만든 지하실은 소금과 말린 생선을 보관하는 저장소로, 지하실이라기보다는 커다란 구덩이에 가까웠다. 아무것도 덧대지 않은 벽과 바닥에서 땅의 냉기가 그대로 피어올랐다. 그 얼어붙은 공간 한가운데에 작은 램프 몇 개를 중심에 두고 늙은이 몇이 둘러앉아 있었다.

소금장수는 그들에게 다가가 무어라 속삭였다. 노인들의 얼굴이 딱딱히 굳어졌다. 무리 가운데에 앉은 자가 마녀에게 물었다.

자네가 데려왔는가.

마을에서 가장 나이 많은 자였다. 희뿌연 눈은 한 치 앞도 보지 못하고 허공을 맴돌았다. 그는 재차 물었다.

자네가 그 정령을 마을에 데려왔냔 말일세.

마녀의 눈에는 의심과 경계의 빛이 어렸다. 노인의 왼편에 앉아있던 노파가 조심스럽게 입을 열었다.

너무 경계하지 마세요. 우리는 당신이 매번 너무 많은 대구를 사 가는 것을 보고 이미 짐작했습니다. 우리가 마냥 서로 적대해서는 문제를 해결하지 못할 거예요.

마녀가 마지못해 대답했다.

난 그를 마을로 데려올 생각 없었소.

그럼 어떻게 할 생각이었지?

노인의 허연 눈동자가 허공을 떠돌았다.

그 귀족이 포기하고 돌아갈 때까지 기다릴 생각이었소. 이 땅에서 몇 계절을 보내고 '정령 사냥'이 멍청한 짓이라는 걸 알고 안쪽 땅으로 돌아갈 때까지 그를 숨겨놓을 생각이었소.

그러면 그다음에는?

노인이 꾸짖듯 물었다.

그다음엔 마을로 그 정령을 데려와 소개할 생각이었나? 좋은 젊은이라고 마을의 여인들에게 내보일 생각이었나? 바다를 잘 아는 청년이니 한번 어울려 보라 사냥꾼들에게 귀엣말을 속삭일 참이었나? 그를 계속 이 마을에서 먹이고, 재우고, 살게 할 생각이었냔 말일세.

내가 무얼 하든 무슨 상관인가.

마녀가 사납게 쏘아붙였다.

나는 당신들의 일원이 아니야. 내 집은 언덕 위에 있고, 아무도 오지 않지. 그가 거기 계속 머문다면 무엇이 문제인가?

노인은 가만히 중얼거렸다.

정령이 사람과 가까이 머문다는 것. 그것이 문제지.

그 자리의 늙은이들은 모두 일제히 입을 다물었다. 빙하를 휘감고 도는 바람처럼 차가운 침묵이 지하실에 내려앉았다. 눈이 먼 노인을 제외하고 다른 이들은 서로 알 수 없는 시선을 주고받았다. 늙은 소금장수는 마녀의 곁으로 조금 다가왔다.

오랜 침묵 끝에 눈먼 노인이 입을 열었다.

차라리 잘 되었어.

뭐라고?

마녀가 반문했다. 노인이 계속 말을 이었다.

정령은 사람과 가까이 있어서는 안 돼. 길하지 못한 일이야. 차라리 우리 마을에 머무른다면 몇몇 사람의 몰락으로 끝날 테지만, 그 젊은 귀족이 그를 안쪽 땅으로 데려간다면 이 세상에 무슨 일이 생길 줄 몰라. 그를 구해 바다로 돌아가게 해야겠네.

마녀는 기가 찬다는 듯 물었다.

당신들이 그를 구하겠다는 건가?

자네가 구하는 것을 돕겠다는 거지.

노인이 말했다.

어리석은 노인네들. 당신들이 뭘 안다고?

마녀는 날카롭게 외쳤다. 그들은 청년이 어떻게 웃는지, 어떤 생선을 좋아하는지 알지 못했다. 마녀가 바다의 언어로 말을 걸 때 짓는 그 어린애 같은 미소를 알 리 없었다. 그는 어스름이 내릴 때 스르르 잠이 들어서 새벽이 밝아오기 전에 깨어난다. 사뭇 고통스럽기까지 한 그리움의 눈빛으로 수평선을 바라본다. 눈보라가 몰아쳐 바다가 보이지 않는 날이면 눈을 감고 아주 오래된 노래를 몇 시간이고 속삭이듯 부른다. 그건 마녀만이 아는 것이었다. 오직 마녀에게만 보여준 모습이었다. 청년을 단순히 불길한 정령으로 몰아가는 저들이 그의 다른 면면을 알 리 없었다.

알다시피 이런 얼어붙은 땅에 오래 살게 되면 알고 싶지 않아도 알게 되는 것들이 많지.

노인이 느리게 말했다.

자네도 나이가 들었으니 이해할 거야.

마녀는 오랫동안 자신을 별종으로, 괴물로 대했으면서, 이제 새로운 괴물을 치워버리기 위해 자신을 이용하는 이들을 경멸했다. 하지만 마녀가 모욕과 저주의 말을 쏟아내기 직전 소금 장수의 거뭇한 손이 마녀의 어깨에 살며시 얹혔다. 마녀는 가까스로 화를 억눌렀다.

좋아.

마녀가 마지못해 말했다.

그래서, 어떻게 하자는 건가?

안쪽 땅에서 건너온 젊은 귀족이 바다의 영을 사로잡았다는 소식이 온 마을에 퍼졌다. 그들은 귀족이 아름다운 남자의 모습을 한 정령을 자신의 방에 가두어두었다는 소문을 들었고,

그것을 잡는 데 공을 세운 한 무리의 사냥꾼들을 육지로 데려 가겠다는 이야기도 들었다. 그들이 관심을 기울인 것은 후자의 것이었다. 사냥꾼들은 마을에 하나뿐인 술집에 머물며 큰 소리로 모험담을 떠들어댔다. 그들은 사로잡은 정령이 얼마나 아름다운지에 대해 이야기했고 귀족이 자신들을 어떤 말로 치하했는지 자랑했다. 마을의 일부는 경탄의 눈빛으로, 일부는 시기의 눈빛으로 사냥꾼들을 바라보며 사냥꾼 주위에 둘러앉아 떨어지는 이야기들의 부스러기를 주워 삼켰다.

정령이 잡힌 후 귀족은 휴식을 취하라는 명목으로 사냥꾼들을 전부 나무저택에서 나가게 하고 강철 배에서 내린 자신의 군인에게 저택을 지키게 했다. 사냥꾼들은 버려질 징조일까 두려워하면서도 동시에 검붉은 제복을 보며 자신 역시 그런 옷을 입게 될 날을 꿈꾸었다. 술을 마시지 않는 군인들과 자만심을 품은 사냥꾼 무리, 그들을 둘러싸고 이야기들을 쑥덕거리는 마을 사람들 사이에서 어느 새파란 새벽 언덕 위에 사는 늙은 마녀가 얼어붙은 바닷가로 내려가 바닷게와 소라들에게 암녹색 바다 언어를 속삭였다는 이야기는 전해지지 않았다.

게와 소라들은 바다 깊숙한 곳까지 해류를 타고 이동하며 마녀의 말을 퍼뜨렸다. 사흘이 지나지 않아 얼어붙은 바다에 사는 모든 것들은 마녀가 전한 소식을 알게 되었다. 가장 먼저 움직인 것은 물개 떼였다.

젊은 귀족의 강철 배는 출항 바로 전날 거대한 물개들에게 뒤덮였다. 마차만 한 크기의 물개들은 작살에도 가죽이 뚫리지 않았고 총성도 두려워하지 않았다. 그들은 강철 배의 연한 나무 부위를 물어뜯고 구석구석 오물을 뿌려 표면이 삭게 했다. 귀족은 출항을 미루고 급히 군인들을 보내 물개들을 몰아내려 했다. 하지만 밧줄처럼 질긴 해초가 키를 얽어매었고 낯선 해풍은 충각을 부러트렸으며 징그러운 갑각류들이 선실로 기어들어 선원들의 몸을 물어뜯었다. 귀족은 감히 자신을 거스르는 자연에 분노하여 배로 돌아가며 그동안 젊은 사냥꾼들로 하여금 사로잡은 정령을 지키게 했다. 이는 노인들이 기다리던 바였다.

노인들은 사냥꾼들에게 늙은 어머니, 아버지, 자애로운 친척 어른의 얼굴을 하고 다가가 그들의 영광과 노고를 칭찬했다. 젊은이들이 달콤하고 과분한 말에 익숙해질 때쯤 노인들은 젊은이들에게 아주 연한 술을 보냈다. 너무 가벼워서 음료수라고 불러야 할 그것들은 냄새나는 가죽 부대에 나눠 담겨 감시자들의 입속으로 사라졌고 이후 보내지는 술들은 조금씩 그 도수가 높아졌다. 사냥꾼들이 어른들이 보내준 술을 마시는 데 익숙해져 있을 무렵 마지막으로 보내진 술에는 마녀가 만든 아편즙이 들어가 있었다.

아편은 사람의 정신을 흐리고 시야를 가리지만 양이 적다면 그 과정이 몹시 천천히 이루어졌다. 따라서 그것은 몇 날 밤을 새운 사람이 천천히 잠이 드는 것과 유사했다. 초저녁 무렵 술을 나눠마신 사냥꾼들은 어둠이 드리울 때 꾸벅꾸벅 고개를 숙이기 시작했다. 마녀는 그것이 단순히 조는 것이 아니라 정신을 잃어가는 과정이라는 것을 알았고 눈이 먼 보초들을 그대로 지나 나무저택으로 들어섰다. 저택은 기이하리만큼 고요했다. 추운 땅엔 벌레조차 없었고 복도는 사람이 살지 않는 곳처럼 냉기가 감돌았다. 마녀는 곧장 귀족의 방으로 향했다.

귀족의 방은 유일하게 벽난로 불이 지펴져 있는 곳이었다. 붉은 카펫이 방바닥에 두껍게 깔려있었고 황갈색 나무로 만든 가구들은 램프 불빛 속에서 반짝였다. 청년은 은실로 수놓은 얇은 옷을 입고 금과 진주를 두른 채 방구석에 몸을 웅크리고 떨고 있었다. 문이 열리는 소리에 그는 몸을 한껏 움츠렸다가 마녀가 들어오는 모습을 보고 퍼뜩 고개를 쳐들었다.

마녀는 상처 입은 짐승에게 다가가듯 조심스럽게 접근했다. 하지만 그럴 필요 없었다. 청년은 한걸음에 마녀에게 달려들어 품에 안겼다. 마녀는 떨리는 손으로 부드러운 등허리를 토닥이며 속삭였다.

돌아가자.

마녀는 청년의 몸에 걸린 장신구를 거칠게 뜯어내고 옷을 벗겨 자신이 가져온 두꺼운 외투를 입혔다. 청년은 마녀의 인도에 따라 저택 바깥으로 향했다. 그 순간 현관문이 거칠게 열리더니 여자가 모습을 드러냈다.

여자는 거세게 숨을 몰아쉬고 있었다. 머리칼은 미친 사람처럼 흐트러졌으며 옷은 갈가리 찢어졌다. 머리부터 발끝까지 피투성이였지만 그것은 그녀 자신의 피가 아니었고 인간의 피도 아니었다. 그것은 바다생물의 피였다. 여자는 오른손에 장검을 빼 들고 있었는데 칼끝에서도 바다의 붉고 푸른 피가 뚝뚝 떨어졌다. 칼을 쥐지 않은 손에는 거대한 바다표범의 목을 들고 있었다. 몸에서 잘린 지 얼마 안 된 듯 아직도 눈꺼풀을 꿈틀거렸다. 그런 와중에도 여자는 청년의 가죽을 어깨에 전리품처럼 두르고 있었다.

마녀와 청년은 주춤주춤 뒤로 물러났다. 여자는 둘을 보고 실성한 듯이 웃더니 바다표범의 머리를 앞으로 던졌다. 청년은 울음 섞인 비명을 질렀고 마녀는 청년의 손을 잡고 뛰기 시작했다. 둘은 2층 응접실로 뛰어들었다. 여자가 따라잡기 전 마녀는 문을 닫고 걸쇠를 잠갔다. 여자가 문을 부수는 동안 마녀는 급히 커튼을 찢어 창가에 동여맸다. 둘은 눈 쌓인 뒷마당으로 내려와 뛰기 시작했다. 그러나 뒷마당은 깎아지른 듯한 절벽으로 이어졌다.

어리석은 늙은이.

마녀와 대치하며 여자는 짐승처럼 숨을 몰아쉬었다.

네놈만 바다 말을 하는 줄 알았나? 배를 습격한 짐승들이 끊임없이 저들끼리 속삭이더군. 네가 곧 셀키를 구해 낼 거라고. 내 것을 훔쳐갈 거라고…… 끊임없이…… 끊임없이…….

여자는 발작처럼 머리를 쥐어뜯으며 고개를 숙였다. 갈라지고 터진 입술 사이로 헐떡이는 숨이 드나들었다. 마녀는 침착하게 여자를 응시했다.

이 아이는 자네 것이 아니야.

마녀가 나지막하게 말했다. 그녀는 마녀를 노려보았다. 마녀의 뒤에 숨은 청년과 그를 지키고 선 노인을 번갈아 보았다. 피로 얼룩진 하얀 얼굴이 씰룩거리다가 큭큭거리는 광소가 터져나왔다.

아, 그렇게 된 거였군.

여자가 중얼거렸다. 그녀의 손이 물개 가죽으로 향하는 듯했다. 그러나 실제로는 손끝이 가죽의 흰 끄트머리를 살짝 스쳤을 뿐이었다. 여자는 칼을 움켜쥐고 쳐들었다. 칼날에 맺힌 핏방울이 눈밭에 흩뿌려졌다.

마녀는 칼날이 가슴을 관통했을 때 아무것도 느끼지 못했다. 모든 것이 지독하리만큼 비현실적이었다. 마녀가 아는 것이라곤 다음 순간 자신은 눈밭에 쓰러졌으며 주름진 피부에 눈발이 달라붙는데도 차가움을 느끼지 못했다는 것이 다였다.

그리고 세상이 찢어지는 듯한 비명이 있었다. 정령의 비명이었다. 부모를 잃은 자식, 혹은 나라를 잃은 왕만이 내지를 수 있는 처절한 소리였다. 피에 젖은 여자가 고통스럽게 몸을 웅크렸다. 청년은 폭풍처럼 여자에게 달려들었다. 여자는 반사적으로 칼을 뽑으려 했다. 그러나 모든 것이 흐려지는 와중에도 마녀는 자신의 가슴에 박힌 칼날을 꽉 움켜쥐어 여자가 칼을 뽑지 못하도록 했다. 여자는 머리를 얻어맞고 쓰러졌고 더 이상 움직이지 않았다.

청년이 흐느끼며 자신을 더듬는 것이 느껴졌다. 마녀의 시야에 청년의 눈물 젖은 얼굴이 가득 들어찼다. 마녀는 온 힘을 짜내어 속삭였다.

어서 가.

가죽을 입어.

다른 사람들이 오기 전에. 어서.

청년은 울면서 마녀에게 몸을 기울여 이마에 입을 맞추었다. 아주 짧았지만 마녀는 그것이 진실된 입맞춤임을 알았다. 그는 가죽을 집어 들고 절벽 가장자리로 가서 섰다.

마녀는 그 순간의 광경을 영겁이 지난다고 해도 잊지 못할 것이다. 흰 달이 뜬 대지 위에서 가장 순수한 정령이 흰 가죽을 입고 바다의 것으로 변했다. 가죽은 첫눈처럼 가볍게 정령의 피부에 달라붙었다. 정령은 절벽 아래로 펼쳐진 잔혹한 바다로 몸을 내던지며 마지막 미소를 지었다.

마녀는 생의 마지막 순간에 그 모습을 보게 된 것에 진심으로 감사했다. 만약 그녀에게 살아갈 날이 조금이라도 더 남았더라면 남아있는 모든 날을 그 광경을 곱씹는 데 썼을 것이며 삶의 어떤 순간도 그만큼이나 경이롭거나 아름다울 수 없다는 것에 평생토록 비참했을 것이다.

옆에서 웃음소리가 들렸다. 여자가 정신을 차리고 몸을 일으키고 있었다. 키득거리는 웃음은 주체할 수 없는 흐느낌으로, 흐느낌은 짐승 같은 비명으로 변해갔다. 마녀는 여자 역시 자신과 같은 광경을 보았고 같은 생각을 했음을 깨달았다. 여자는 피 묻은 손으로 머리칼을 잡아 뜯으며 오래오래 머리를 눈밭에 처박고 있었다.

저것은 네 것 또한 아니야.

마침내 여자가 속삭였다. 그녀는 눈물로 얼룩진 눈을 마녀에게 돌렸다.

넌 저것이 너를 사랑한다고 생각하며 행복하게 죽겠지. 하지만 지혜로운 늙은 여자여. 당신도 알고 있을 텐데. 저것은 널 이용한 거야. 저것이 원하는 것은 바다로 돌아가는 것뿐이니까. 내가 마지막 순간 여기 불려왔던 이유가 뭐라고 생각하나.

여자는 정령의 가죽이 걸려있던 텅 빈 어깨를 매만지며 중얼거렸다. 마녀는 대답하지 않았다. 그럴 힘도 없었고 남기고자 하는 말도 없었다. 다만 그녀의 깊은 곳, 오직 순수한 욕망만이 존재하는 어떤 곳에서 여자의 말이 맞을지도 모른다는 것, 그래도 상관없다는 생각만이 퍼뜩 떠올랐다가 사라졌을 뿐이다.

사시사철 눈이 내리는 혹한의 땅, 오직 일 년에 한 번만 바닷길이 열리는 얼어붙은 바닷가의 절벽에는 미친 여자가 살고 있다고 했다. 바다가 인간에게 자비롭지 않고 아이들은 추위와 굶주림에 지쳐 어른이 되기 전에 죽어버리는 그 고장의 나무저택에는 집착과 광기에 사로잡혀 평생을 흰 물개를 쫓으며 보낸 안쪽 땅의 귀족이 있다고 했다. 사람들에게 언덕의 미친 여자라 불리는 그 귀족은 파도가 몰아치는 날이면 얼어붙은 해변으로 내려가 알 수 없는 언어로 소리를 지르며 한때 자신의 것이었던 존재를 찾아 헤맸다.

사람들은 그 여자를 두려워하고 경멸했으며 인간이 정령과 섞여서는 안 된다는 이야기의 표본으로 삼았다. 그녀는 가지고 있는 모든 황금과 강철을 써서 죽을 때까지 나무저택에 머물렀지만 셀키를 다시 본 것은 단 한 번, 그가 한때 자신에게 상냥했던 늙은 여자의 시신을 되찾으려고 돌아왔을 때뿐이었다. 하지만 그 이야기는 전해지지 않는다.

명랑한 함진아비

정비경

아빠.

웃으시니 보기 좋네요. 그런데 밥은 왜 자꾸 안 드세요. 여기 선생님들 힘들게 해서 뭐하시게요. 다 아빠 도와주는 사람들 인데.

바깥엔 아주 해가 쨍쨍해. 비가 내린다더니 오늘도 우산을 괜히 가지고 왔어. 요즘 마음이 싱숭생숭해요. 여름 탄다는 것도 있나? 동창이 그러대요. 우리는 이제 여자도 남자도 아닌 나이라고. 그래도 아빠 딸이 화축동 여배우던 시절도 있었지.

화축동 기억나요? 뭐 이렇게 계단 많은 동네로 오냐고 내가 이삿날 울었잖아. 럭키상회 아줌마는 그렇게 깍깍 우는 여자 앤 첨 본다고 나를 끝까지 까마귀라고 불렀어. 기억나지? 골목

모퉁이에 초록 전파사랑 문구사, 사라다빵이 끝내주게 맛있던 제과점이랑…….

그리고 우리 옆집에 내 친구. 은이.

은이는 첨부터 나한테 살가웠어. 화축여고 가는 첫날부터 어깨에 손을 척 얹더라. 너 새로 이사 왔지, 네가 길을 아냐, 같이 가준다. 그래 놓고는 놀이터로 빠져서 지각시켰다니까. 그네 타면서 웃긴 얘기 듣다가 시간 가는 줄 몰랐어. 나중에 알고 봤더니 그게 다 동네에선 케케묵은 농담이었던 거야. 철 지난 농담에 내가 웃어대니까 저도 신났겠지.

웃긴 얘기만 한 것도 아냐. 무서운 얘기는 더 많이 했어. 저 계단은 쓰지 마라. 일 년에 꼭 한 명씩 굴러서 죽는다. 저 집에선 불이 나서 일가족이 죽었다. 비 오는 날엔 우는 소리가 들린다. 하천 왜 그렇게 빤히 보냐. 너 가리키는 물귀신이 보이냐.

어쩌면 그 이야기를 꺼내려고 미리 날 반죽한 걸까. 예방접종이랄까? 내가 너무 겁먹고 이사라도 갈까 봐 그랬을 거야. 은이가 썰렁한 소릴 하도 해서 난 그 얘기도 정말 장난인 줄 알았지.

네, 그 함진아비 얘기요.

* * *

"밤에 혼자 걷지 마라. 함진아비가 따라온다."

"뭐가 와?"

나는 찬바람에 떨어져나갈 것 같은 볼을 감싸며 물었다. 우리는 팔짱을 끼고 시내서부터 집까지 걷고 있었다.

"함진아비 모르냐? 함 사슈! 여자애가 밤늦게 혼자 걸으면 갑자기 함 사라는 외침이 들린대. 누가 장가드는 줄 알지? 천만에. 함을 진 귀신이 쫓아온단다."

"길이 좁아서 어째. 메밀묵 장수에 귀신까지 통행하면."

아무도 없는 집에 일찍 들어가기 싫은 은이의 마음은 알고 있었다. 그러나 얼음장 같은 추위에 어두컴컴한 길을 걷다 보니 퉁명한 소리가 나왔다. 걸어가자는 은이의 고집에 버스를 그냥 보낸 게 마음이 쓰라린 참이었다.

"귀신이 얼마나 발이 빠른 줄 아니? 대문 안까지 쫓아오는 지독한 놈이야. 마당에 달라붙어 그 집 딸을 데려간대."

"치, 함이야 안 사면 그만이지."

"그만이 아니야. 안 산다고 하면 붙잡아 함에 넣고 끌고 가는 걸."

"현대 망태 할아범이 또 있었군."

나는 맨드라미 문구사 간판에 붙은 산타클로스 그림을 가리켰다. 보따리를 짊어진 산타는 왕방울 눈에 코끝과 볼이 새빨갰다. 불 꺼진 문 앞에서 유괴범처럼 웃고 있었다.

"그래서 어디로 끌고 가는데?"

"정화 언니가 간 곳이겠지."

우리보다 한 살 많은 여학생이 실종된 사건은 나도 아는 이야기였다. 올여름, 내가 이사 오기 전 일이었으나 아직도 전선주에 그를 찾는 전단이 보였다.

암만 겁을 주려 해도 진짜 실종된 사람 이름을 덥석 꺼내다니. 문득 앞뒤로 아무도 없는 길이, 내 가슴에 팔뚝을 대고 바짝 달라붙은 은이가 으스스해졌다.

"그 언니는 돈이 없었나 봐. 함 까짓거 사면 되지."

"큰일 날 소리? 함 속에 몽달귀신 사주가 들었는걸. 그걸 사면 네 남편 자리에 귀신이 들어선다."

"사도 안 사도 문제면 어쩌란 말야. 빌려달라고 하면 되니? 그리고 난 시집 안 간다."

나비가 붙으면 시집간다. 남학생이랑 손이 닿으면 시집간다. 개똥만 밟아도 시집간다며 깔깔거리는 애들한텐 진작 질렸다. 그깟 시집이라면 서른 번도 넘게 갔다.

운동화 속 발가락들은 댕강댕강 떨어져 나간 것 같았다. 선 채로 얼어 죽으려는지 하품이 새어 나왔다. 눈치 없는 하품에 은이는 자존심이 상한 것 같았다.

"하는 수 없지. 넌 자격이 없지만 이거 받아라."

은이는 딱딱하게 굳은 청바지 주머니를 뒤져 무언가 꺼냈다. 종이 동그라미를 줄줄이 이은 띠를 차곡차곡 접은 뭉치. 지전(紙錢)이었다. 그것은 새하얀 종이 매듭으로 묶여 있었다. 펼치면 흰 동그라미가 한없이 늘어질 것처럼 두툼했다.

"지전을 왜 줘?"

"함진아비는 돈 귀신이거든. 만약 마주치면 이걸로 길을 만들어. 함진아비가 지전만 밟느라 빙글빙글 도는 틈에 달아나란 말이야. 그리고 하나 더. 절대로 그 앞에서 웃으면 안 된다!"

"누가 귀신을 보고 웃어."

나는 빨갛게 언 손바닥 위의 지전 뭉치를 꺼림칙하게 받았다.

"아무튼 고맙다."

"앞으로 꼭 가지고 다녀. 버리지 말고. 알았지?"

집 앞에 도착했지만 우리는 바로 들어가지 않았다. 추워도 더워도 꼭 몇 분간, 아버지 귀를 피해 시시껄렁한 얘기를 속삭이는 게 관례였다. 우리는 오늘 시내에서 본 상랑고 남자애들의 춤을 흉내 내다가 키득거리며 각자 집에 들어갔다.

담 너머 컴컴한 은이네 창문에 불이 들어왔다. 나는 주머니에 든 지전을 만지작거렸다. 각종 괴담을 퍼트리더니 이젠 정성도 갸륵하다. 이런 걸 어떻게 갖고 다니란 말이냐. 아버지한테 들키면 야단날 텐데.

다음 날부터 은이는 숙제 검사를 하듯 지전을 챙겼다. 등굣길에는 물론, 집에 들렀다 놀러 갈 때도 지전을 갖고 나와야만 발을 뗐다. 며칠을 시달리고 겨울 방학식 날 아침에 나는 책상을 두드리며 짜증을 냈다.

"지독하다 지독해. 너 때문에 아주 속옷에 꿰매 다녀야겠다."

내 책상에 걸터앉은 은이는 좋은 생각이라는 듯 박수를 쳤다. 나는 그 꼴을 보다가 물었다.

"야. 너야말로 이런 걸 꼬박꼬박 들고 다니냐? 다른 애들은? 왜 나만 야단이야?"

은이는 하하 웃었다.

"옥떨메만 골라 쫓아오니까."

* * *

그렇게 말하려던 건 아니었을 거야.

예쁜 애들만 쫓아온다고 하려다 말이 헛나왔을 수도 있지. 교실에 듣는 귀가 한둘이 아닌 걸요. 예쁘다 어쩌다 하면 모두 쳐다봤을 거 아냐. 우리가 지나갈 때 수군대는 소리만 더 심해졌겠지. 그러니 말이 헛나온 게 아니라 외려 잘 나온 셈인가?

그냥 내 생각은 그렇다고요, 아빠.

아빠도 은이를 귀하게 여긴 거 알아요. 내가 탈 없이 지내는 건 전부 은이 덕이라 생각하셨죠? 크리스마스이브에 내가 은이 고모네 따라가는 것도 허락해 주셨잖아요. 고모님한테 인사드리라고 선물세트까지 사주시면서.

은이 고모님은 날 아주 반겨 주셨어요. 성탄절 기념하는 걸 몹쓸 짓인 줄 아는 어른이셨거든. 밤거리 쏘다니지 않고 고모 보러 온 게 착하다며 얼마나 칭찬하시던지. 난 저녁밥도 잘 얻어먹고, 은이네 부모님이 어떻게 돌아가셨는지도 그때 얘길

들었어.

그런데 참 희한하지. 방에 이불을 깔다가 은이랑 말다툼이 붙은 거야. 내가 여기 눕네 저기 눕네, 별 것도 아닌 일이었을 텐데. 나는 신경질을 부리다가 인사도 않고 홱 나와 버렸어.

은이 고모님은 세상 저런 버릇없는 계집애가 다 있다고, 내가 잘못 봤다고 놀라셨겠지.

* * *

텅 빈 놀이터 그네는 처량하게 삐걱거렸다.

화축동에 돌아왔지만 집에 들어갈 엄두가 나지 않았다. 아버지에겐 거짓말이 통하지 않는다. 사실대로 말하고 매를 맞는 수밖에. 나는 놀이터에서 나와 터덜터덜 골목길을 올랐다. 낮에 크리스마스카드를 같이 고르고 서로 써 주자던 은이가 몸서리치게 미웠다.

삐걱.

무심코 돌아서니 슬레이트 지붕 너머로 놀이터가 보였다. 방금 전까지 내가 앉아있던 그네에 누군가가 있었다. 신나게 발을 구르는 그림자는 금세 하늘로 떠올랐다. 검은 형체가 반원을 그릴 때마다 쇠사슬이 끼익끼익 비명을 질렀다.

정신없이 날던 그네가 천천히 멈춰 섰다. 일어선 사람은 어둠 속에 잘 보이지 않았다. 하지만 어쩐지 건물 사이로 날 쳐다

보는 것 같았다. 나는 훔쳐보다가 들킨 것처럼 그 자리를 벗어났다. 그때 뒷골이 짜릿한 외침이 들렸다.

함 사시오!

쿵 떨어진 심장이 뻐근하게 아팠다. 잘못 들었겠지. 스스로를 속이며 나는 걸음을 재촉했다. 전파사 골목까지만 가면 집은 금방이다. 모퉁이를 돌자 눈앞에 그것이 있었다.

마른 오징어를 얼굴에 붙인 송장이 나를 막아섰다. 검은 양장 소매와 바짓단 밖으로 썩은 살점이 붙은 뼈다귀가 보였다. 누런 삼베줄로 짊어진 함이 허리께에 매달려 있었다.

함진아비다. 주택가 불빛이 뭉그러지고 정신이 아득해졌다. 간신히 주머니를 더듬거렸다. 있다. 가지고 있다.

나는 지전 꾸러미를 쥐고 뒤돌아 달렸다. 길을 내려가는데 전신주 사이에 검은 형체가 슬쩍 끼어있었다. 다시 놀이터를 지날 때 함진아비는 울타리를 넘어 나타났다.

내 발은 아무렇게나 움직여 옆 골목에 들어갔다. 좁은 곳으로 도망치자는 생각뿐이었다. 그러자 오징어 머리는 맞은편에서 다가왔다. 좁디좁은 시멘트벽 사이로 어깨를 들썩이며.

온몸의 털이 솟구쳤다. 도망칠 수 없다. 지전을 풀려 했지만 손이 맘대로 움직이지 않았다.

덜커덕덜커덕. 벽에 함 부딪치는 소리가 가까워졌다.

나는 서로 달라붙은 둥근 종이를 떼며 뒷걸음질했다. 하얀 종이돈이 점점이 내려앉았다. 골목을 빠져나와 지전 띠를 군데군데 밟아 엉성한 사각형을 만들었다. 함진아비의 누런 발가락 뼈가 지전을 건드렸다. 그리고 다음 지전을 디뎠다. 그다음도. 가짜 돈을 쫓아오던 함진아비는 접힌 모서리에서 멈칫했다. 그리고 내 코앞을 스치며 지전을 따라 방향을 틀었다. 함 위에 작은 빨간 보따리가 올라간 것이 보였다.

함진아비는 더듬이 잃은 벌레처럼 지전 길을 맴돌았다. 출구 없는 미로에 갇힌 것 같았다. 그러나 발놀림은 춤추듯 경쾌했다. 가쁜 숨이 그제야 가라앉았다. 누구든 와서 이 꼴을 같이 보면 좋겠단 생각이 들었다. 은이는 좋은 구경 놓쳤군.

풋, 웃음이 샌 순간 은이의 경고가 생각났다. 절대로 그 앞에서 웃으면 안 된다.

하지만 아무 일도 일어나지 않았다. 함진아비는 아랑곳하지 않고 종이돈을 따라 스텝을 밟았다. 트위스트라도 추는 것 같았다. 나는 기가 막히게 움직이는 발에 눈이 갔다.

그 발은 종이를 짓이기고 있었다. 가짜 돈이 하나씩 빠르게 뭉개졌다. 고개를 드니 목이 돌아간 오징어 머리가 쳐다보고 있었다.

빳빳하게 굳는 몸을 겨우 움직여 달렸다. 동네 길이 어디가 어딘지 구분이 가지 않았다.

함진아비는 노래를 하며 따라왔다. 은이랑 함께 듣던 팝송들. 카펜터스. 술 취한 아버지가 부르는 옛 노래. 가창시험 가곡. 긁힌 레코드 튀는 소리 속에 온갖 노래가 섞여 쫓아왔다.

사거리에 불 켜진 럭키상회가 눈에 들어왔다. 열린 문으로 들어가려는데 검은 형체가 불쑥 튀어나왔다. 뒤로 넘어간 내 앞에 마른 오징어가 뚝 떨어졌다.

오징어를 떼어낸 목 뒤엔 아무것도 없었다. 머리 없는 몸뚱이가 춤을 췄다. 상갓고 애들이 추던 춤. 그걸 흉내 내던 나와 은이의 몸짓.

함진아비는 팔다리를 휘적거리며 뒤돌았다. 함 위의 빨간 보따리가 흥겨운 듯 데굴데굴 굴렀다. 그게 삐끔거리며 노래를 뽑았다.

앞집 처녀는 시집을 가는데 뒷집 총각은 목매러 간다.
앞집 처녀는 시집을 가는데 뒷집 총각은 목매러 간다.
앞집 처녀는 시집을 가는데 뒷집 총각은 목매러 간다.

빨간 보자기가 느슨해지며 머리가 드러났다. 그 머리는 빨판으로 다닥다닥 뒤덮여 있었다. 아, 빨판이 아니다. 숭숭 뚫린 구멍들 속에 까만 점을 찍은 듯 피가 차 있다.

나는 어느새 뛰고 있었다. 함진아비는 등을 보이며 뒤로 달려 쫓아왔다. 등 뒤에서 이빨 딱딱거리는 소리가 들렸다. 마침내 집이 보였다.

"아버지! 아버지!"

내 비명에 아버지가 대문을 벌컥 열었다. 나는 아버지를 밀치며 들어가다가 마당에 넘어졌다. 귀를 찢는 노랫소리가 사방에 울렸다. 몰아내려고 발버둥 칠수록 소리는 더 커졌다.

정신이 들고 내 방이란 걸 알았을 때 참을 수 없이 눈물이 흘렀다. 살았다는 안도와 함께 왠지 모를 서러움이 차올랐다.

차마 마당에도 나가지 못했다. 집 밖에 발소리만 들려도, 창문이 흔들려도 심장이 덜컥 내려앉았다. 하루 종일 누워있는 날 위해 아버지는 지극정성으로 간호해주셨다. 아버지가 날라주는 밥상을 처음 받아봤다.

저녁에 은이가 귀가하는 소리가 들렸다. 은이는 가방도 끄르지 않고 곧장 우리 집으로 왔다. 돌려보내려는 아버지를 뿌리치다시피 방에 들어오더니 누워있는 내게 대뜸 물었다.

"이게 무슨 일이야? 결국 함진아비가 쫓아왔어?"

"……."

"집까지 따라온 거야?"

"……."

"설마 함을 산다고 하진 않았지?"

나는 꼬치꼬치 캐묻는 은이에게서 돌아누웠다. 무슨 일이 있었는지 가장 궁금할 아버지조차 이러지 않았다. 무슨 일이 있었든 나쁜 건 빨리 잊으라는 덤덤한 조언이 전부였다. 나는 방바닥만 보다가 말했다.

"왜 이건 진짜라고 일러주지 않았어? 그저 그런 시시껄렁한 애기랑 다르다고 했어야지."

"내가 그래서 지전도……"

"그런 재수 없는 걸 줘서 오히려 귀신이 붙은 거 아니야?"

은이는 말없이 나가며 방문을 탁 닫았다.

나는 아버지에게 앞으로 은이가 오면 반드시 돌려보내라고 했다. 그 후로 한동안 방에서 잠만 잤다. 바깥에서 누가 싸우든 소란을 피우든 신경 쓰지 않으며 신정을 쇠었다. 근근이 꿈결에 은이의 우는 소리도 듣곤 했다.

겨울방학이 끝날 무렵 은이는 갑자기 화축동을 떠났다. 은이가 이사 가는 날에도 나는 나가보지 않았다. 대문을 닫고 집 앞을 한참 서성이는 발소리에 베개로 귀를 틀어막았다.

그 후로도 럭키상회 근처에만 가면 몸서리가 쳐졌다. 놀이터 쪽은 쳐다보지도 못했다. 새 학기가 되고 개나리가 흐드러질 무렵, 함진아비가 지전을 밟고 춤추던 그 골목 앞을 다시 가봤다. 몇 달이 지났는데도 바닥에 짓이겨진 종이가 달라붙어 있었다.

은이가 일찍 결혼했다는 사실은 그 애 남편 장례식에서 알았다. 좋은 일엔 안 가도 나쁜 일엔 가라는 게 아버지 철칙이었다. 어찌어찌 모인 동창들 사이에서 나는 안절부절못했다. 수년 만에 만난 은이는 날 보고 아무 말도 없었다.

동창들이 내게 속닥거렸다. 신혼여행 길의 사고였다. 은이는 타박상만 조금 입었지만 남편은 얼굴을 크게 다쳐서 몹시 비관했다는 이야기였다. 그 후 1년도 안 되어 집에서 목을 맸다는 말에 머리가 뜨거워졌다.

은이가 저벅저벅 우리 곁으로 다가왔다. 누가 비명을 질렀다. 맥주병이 내 머리를 내리치자 들끓던 뜨거움이 싹 가셨다.

"네가 날 팔았어! 날 팔아먹었다고!"

은이의 악다구니 속에서 그날 일이 차갑도록 선명해졌다. 철철 흘러내린 피가 시야를 빨갛게 물들였다.

그 성탄절 이브. 내가 귀신에 쫓기고 있을 때 아버지는 은이네에 있었다. 담장만 넘으면 우리 집 마당에서 바로 건널 수 있는 은이 집. 어두컴컴한 집에서 아버지는 은이 살림을 이 잡듯이 뒤졌던 것이다.

나는 아버지를 목 놓아 불렀다. 아버지는 맨발로 뛰쳐나와 대문을 벌컥 열어젖혔다. 뛰어 들어가기 전부터 나는 알았다. 아버지가 거기서 나오면 안 된다는 걸. 하지만 다음 순간 은이네 마당에서 발악하는 내가 보였다.

"살게요! 살게요!"

마당에 달라붙어 그 집 딸을 데려간대.

내 입에서 신음이 흘러나왔다. 피에 젖은 머리카락이 달라붙고 입이 비렸다. 나는 빈소를 뚜벅뚜벅 걸어 나왔다. 로비에 있던 사람들이 놀라 비켜났다. 단 한 사람만 빼고. 입구에 검은 양복을 입은 송장이 서 있었다. 그게 노래를 불렀다.

* * *

그게 벌써 몇십 년 전이야.

은이 어머니는 돌아가시기 전에 종이봉투를 여럿 마련해 두셨어. 학비는 물론이고 졸업 후에도 쓸 수 있게 몇 년 치 생활비를 알뜰히 남기고 가셨지. 그게 장롱 밑바닥에 숨겨져 있다는 걸 내가 경솔하게도 아빠에게 말했었죠.

은이는 절대 아무에게도 얘기하지 말라고 했는데. 하지만 은이네 어머니도 아무에게도 말하지 말라고 당부하셨대. 은이는 바보같이 날 믿은 거야. 더 바보 같은 건 뭔지 알아요? 무슨 일이 일어났는지 알면서도 나한테 따지질 못했대. 그냥 아니겠지, 아니겠지, 했대요.

딸이 드러누워 있는 겨우내 아빠는 바빴죠. 도둑맞은 돈을 찾아야 할 경찰을 바로 그 은이의 돈으로 샀죠. 화축동 사람들은 은이를 가엾게 여겼어요. 하지만 아빠 앞에서 훔친 돈 내놓으라고 날뛰는 걸 보곤 모두가 싸늘해졌어요. 부모 잃고 버릇도 없어졌다고 숙덕거렸죠. 쟤가 미쳤나. 어딜 어른 앞에서. 게다가 경찰이 아니라는데.

그래서 은이는 화축동에서 계속 살아도 될 거란 믿음이 다 사라졌대요. 혼자서도 굳세게 살 수 있을 거란 기대를 버렸대.

어른이 되고도 삶의 절반이 어디에 묶인 것 같았지. 두 번째 남편까지 잃고 나선 이름도 얼굴도 바꿔봤어. 신을 찾아 여기

저기 안 다닌 곳이 없지. 뭐가 달라지진 않았지만.

그래서 그냥 남보다 절반만 웃고, 슬퍼도 남보다 절반만 슬프고. 마음껏 누리는 것이 없었어. 나도 모르게 팔린 내 팔자를 서러워하는 것도 관뒀지.

그렇게 하루하루 살게 되었어요. 아빠 같은 사람을 돌보는 일을 하면서요. 응, 사람 구분도 못 하는 아빠 같은 사람. 용케도 내가 있는 곳에 제 발로 오셨네. 기억은 없어도 죗값은 치러야 하지 않겠어요? 아빠와 딸, 둘 다요.

천천히 생각해 볼 테니 여기 오래 머무르세요. 그러실 거죠?

웃으시니 좋네요.

* * *

복도 창밖으로 푸르른 나무들이 보였다.

아버지를 새로 모신 요양원은 작은 정원 관리에 힘을 쓰는 것 같았다. 시설도 깔끔하고 직원들은 늘 웃는 상이었다. 그러나 나는 여기가 썩 맘에 들지 않았다. 바닥에 송송 박힌 둥근 타일이 왠지 소름끼쳤다.

보호사 선생 한 명이 밝은 표정으로 스쳐 지나갔다. 자연스레 눈인사를 건네는 얼굴이 어딘지 낯익은 것 같았다. 그는 즐거운 일이 있는 듯 콧노래를 불렀다.

복도에 맑은 허밍이 울려 퍼졌다. 아, 카펜터스. 오래되고 애

틋한 멜로디. 나는 나도 모르게 노래를 따라 흥얼거렸다.

close to you······

close to you······

close to you······

외자혈손전
(外者血孫傳)

리리브

사방에 일이 없고 도적이 없으며 시화연풍하여 나라가 태평
하더라.

『홍길동전』, 허균 作

一

조선국 후기의 일이다. 군주는 더할 나위 없는 국가의 안녕
을 유지하여 두루 마땅한 존경을 받았으매 국력은 안온하고
백성은 배부르니 그야말로 천하태평의 시대 아닐 리 없었다.

이토록 강건한 안녕 아래, 하물며 양반이라 치면 더할 나
위 없이 배부른 것이 당연지사. 고을에서 가진 것 많기로 소문

이 자자한 그 양반댁 대감마님은 흥에 겨운 탓에 술을 마다하는 날이 손에 꼽을 정도였다. 그 영감, 술독에 재워도 모르고 퍼 잘 만큼 술병을 옆구리에 끼고 살았더랬다. 개중에서도 대감이 죽고 못 사는 술은 육류로 담근 것이었다. 보름에 한 번은 사냥꾼을 시켜 뒷산에 노니는 들짐승을 잡고 백정을 시켜 그 목을 친 다음 술을 담그고는 했다. 그렇게 담근 술을 일자순대로 정리하여, 그 집 뒷마당을 가득 차지하는 곳간에 넣어 재운 게 어언 스무 해가 넘었더랬다. 쌓아둔 재물이 욕심만큼 철철 넘치는 마당에 베풀기에는 뭐 그리 인색한지. 대감은 누구 하나 제 것을 함부로 건드릴까 늘 눈총을 겨누며 주변을 살피었다. 그 양반댁에서 나고 자란 이라면 누구라 할 것 없이 대감 앞에서 설설 길 수밖에 없었다. 대감은 제 물건에 다른 이의 옷자락이라도 스쳤다 하면 부리나케 경기를 일으키며 바락바락 화를 내기 일쑤였으니 이 성질에 못 이겨, 대감의 허락 없이는 그 누구도 함부로 곳간을 드나들 생각일랑 품을 수가 없었다.

대감에게는 고명딸이 하나 있었다. 늦둥이로 태어난 그 아씨의 이름이 무엇인가 하니, 글쎄, 무명(無名)이라 하더라. 듣기로는, 대감의 첩이었던 제 어미가 산통에 못 이겨 명을 다하는 바람에 일찍이 그 집 여종이 젖을 먹여 키웠다고 한다. 명의가 일러준 날보다 조산하는 터에 아이 역시 몸이 성치 않았다. 어른들 사이에서는 아이가 언제 운을 달리할지 알 수 없는 노

릇이니 제때 이름을 붙이지 않고 무명아, 무명아 하고 부르던
게 아명으로 굳혀진 것이었다. 하여, 무명은 제대로 된 이름 하
나 없었다.

무명이 나고 자란 곳은 산이 빼곡하게 둘러앉은 모습으로,
외지인의 출입이 여간 어려운 게 아니었다. 고을 밖으로 가려
거든 그 산을 굽이굽이 넘어야만 했다. 때문에, 무명은 생전 고
향 밖으로 나가본 일이 없었다. 날이 좋을 때면 여종을 조르고
졸라 뒷산 근처로 나들이를 나선 게 고작이었다. 무명에게 허
락된 공간은 가장 낮은 산턱까지가 다였다. 집안 어른들은 무
명에게 단단히 주의를 줬다. 여자아이가 거닐기에 산길은 위
험한 게 많다는 연유였다.

"산신*이며 멧돼지며 구렁이며……. 한갓 계집애는 그런 짐
승들에게 한 입짜리 먹잇감밖에 되지 않는다."

무명은 이해할 수 없었다. 어른들이 늘 조심하라고 이르는
짐승들이라 하면, 하나같이 제 아비가 사냥꾼을 시켜 죽여서
는 술독에 채우는 것들 아니던가. 겨울마다 대감은 사랑채 아
랫목에 호랑이 거죽을 깔고 앉아 곰방대를 입에 물고 피워댔
다. 멧돼지 고기는 무명의 큰 오라비가 가장 환장하여 나흘에
한 번꼴로 찾는 음식이었다. 벗겨낸 구렁이 비늘은 작은 오라
비가 가져다가 그 안에 진흙을 채워 무명의 방 앞에 부러 두고
가는 장난감이었다. 물론 무명은 그 장난이라는 짓거리가 재

---

* 호랑이.

미라곤 하나 없었다.

"잡아먹혀야 할 것은 짐승이 아니라 사람인데. 그렇지?"

비늘이나마 흙에 제대로 묻어주며 무명은 중얼거렸다.

무명이 제 방에서 자수를 놓고 있노라면 대감과 그의 오라비 둘은 뒷산에 나가, 일전에 놓아둔 덫에 걸린 짐승들을 잡아오기 일쑤였다. 철망에 얽혀 다리 거죽이 벗겨진 산짐승들의 반쯤 죽어가는 몰골을 볼 때마다 무명은 눈을 질끈 감았다.

"차라리 절간에 들어가 비구니가 되었으면 하는구나."

고기 굽는 냄새가 집 안에 퍼지는 날마다 무명은 그리 말했다. 진심이었다.

"아씨, 아씨. 왜 그런 생각을 하시나이까?"

또 시작이구나. 무명은 생각했다. 어렸을 적부터 종종 환청에 시달려 온 것이다. 처음 이 사실을 대감에게 고했을 적에는 코흘리개가 잡귀에라도 씐 게 아니냐며 온갖 눈총을 받은지라. 무명은 그 성질에 못 이겨, 그저 몸이 상해 그런 듯하다고 어물쩍 말을 돌린 후 여태 숨겨온 것이다. 몇 해를 넘겨도 이놈의 증상은 여전하다만 여타 악재는 없는지라, 이제는 대수롭지 않게 여기며 도리어 그 말에 답하는 지경이 되었다.

"그야, 나는 이 집에 있어봤자 객식구이기 때문이지."

"어째서 그렇답니까?"

그 목소리가 대꾸했다. 무명은 근래 읽었던 서책의 내용을 떠올렸다.

"나는 얼녀*라 태초에 그렇단다. 아버지를 아버지라 부르지 못한다는 그 유명한 서자 도령의 이야기처럼."

잠시 침묵하고는, 이어 말했다.

"더군다나 계집아이는 그렇단다. 이 나라 모든 어머니의 딸들은 그렇지."

"어째서 그렇답니까?"

목소리가 다시 대꾸했다.

"대감이 말씀하시기를, 딸년이 자식이라 하면 어릴 적에 재롱 좀 보다가 제때 좋은 집에 시집이나 보내면 그만. 혼례를 치르면 내가 태어난 이곳은 '바깥 외'자를 쓴 외가(外家)가 된단다."

"아씨, 아씨. 그렇담 우리와 같이 살려오? 우리는 계집이건 사내건 달리 중요하지 않다오. 우리가 아씨가 원하는 것을 모조리 찾을 수 있게 해드리오리다. 우리가 아씨의 가족이 되어드리리다."

그에 무명이 곧장 묻기를.

"그럼 나는 무엇을 주면 되지?"

대답이 없었다.

이때, 마당에서 무언가 깨지는 소리가 들려왔다. 무명은 벌컥 문을 열어 밖을 살폈다.

"아이고! 내 뱀 달아난다! 저놈 잡아라!"

---

* 어머니가 천인 출신인 첩일 경우 그 딸을 가리키는 말.

막 잡아 온 듯한 새하얀 뱀 한 마리가 마당을 가로질러 뒷산으로 급히 도망치고 있지 않은가. 주변에는 깨진 술독의 잔해가 흩어져 있었다. 무명은 소리치는 대감의 목소리를 못 들은 체하며 조용히 도로 문을 닫았다.

二

계절이 바뀌고 해가 접어드니 무명 또한 혼례를 치를 나이가 다가오고 있었다. 대감은 무명을 불러다 앉혀서는 다음과 같이 통보하였다.

"무명이 너도 서둘러 혼사를 잡아야 하지 않겠느냐. 네 혼인 상대는 미리 정해두었으니 그리 알면 된다."

무명은 당연지사 그 상대란 작자의 용모가 어떠한지, 어떤 인물일는지 알 길이 없었다. 그저 날이 되면 그 집으로 건너가 외지에서 온 식객 취급을 받는 게 다이리라. 본가에 있건 시집을 가건 마찬가지 신세일 것이 훤했다.

"내게는 집이랄 게 없구나."

무명은 한탄했다. 그야말로 혈혈단신이었다.

혼례일이 잡힌 이래, 모든 절차가 순조롭게 흘러갔다. 하루, 이틀, 사흘, 나흘, 닷새……. 점점 날이 가까워지고 있었다. 무명은 골똘히 생각하였다.

'나는 무릇 바깥(外)의 탯줄을 타고 나와 그 외자의 젖을 먹고 자란 계집이 아닌가. 남녀 할 거 없이, 하물며 사람 아닌 온 땅의 모든 짐승이 전부 제 어미 되는 부인의 살을 찢고 세상에 나와 숨을 쉴 터인데. 어찌하여 이 나라는 양반이며 노비며 하는 신분 따질 거 없이 여성이라 하면 남성의 종속물로 여기며 나아가 한 집안을 꾸리는 데 있어서 어머니의 친지혈육은 바깥이라 하는 외(外)자를 붙이고, 그 반대되는 친(親)자 붙은 아버지의 혈손과 영 다른 취급을 한다는 말인가. 하물며 그 밑에서 태어나 이제 막 이 땅의 숨이나 마셔볼까 하는 젖먹이의 아래 달린 게 남녀 중 누구 것이더냐 재보며 한 인간의 여생을 저들 마음대로 규정해버리지 않던가. 종국엔, 어머니의 딸이라는 직책이야말로 이 사회에서 집안 내 서열이란 걸 매기자면 이러나저러나 천민과 다를 바 없는 자리 아닌가.'

무명은 이불 속에서 홀로 훌쩍였다.

"아씨, 아씨. 왜 혼자 울고 계시나이까?"

문득, 그 목소리가 재차 들려오기 시작했다. 무명은 대꾸했다.

"얼마 안 있으면 원치도 않는 혼례를 치르게 생겼으니 그렇지."

"어째서 그렇답니까?"

"아버님이자 대감마님인 그분의 말씀을 거스를 수는 없기 때문이지."

"어째서 그렇답니까?"

"어째서 그렇다니. 지금껏 그리 살아왔으니 그렇지. 그 말씀을 거역한다면 살아갈 방도가 없지 않겠니."

"아씨, 아씨. 그렇담 우리와 같이 살리오? 우리는 혼례를 치르건 치르지 않건 중요하지 않다오. 그 말씀을 거역하고도 살아갈 방도가 있게 해드리오리다. 혼례 전날 밤에 몰래 나와서 뒷산으로 도망치시오. 그럼 내 답을 드리리다."

무명이 곧장 묻기를.

"그럼 나는 무엇을 주면 되지?"

답이 없었다. 그때였다.

"어이쿠야!"

무명은 마당에서 들리는 인기척에 벌컥 문을 열어 밖을 살폈다.

"이게 웬 뱀이냐! 저놈 잡아라!"

새하얀 뱀 한 마리가 마당을 가로질러 뒷산으로 급히 도망치고 있지 않은가. 어쩐지 그 모양새가 낯익었다. 무명은 소리치는 오라비의 목소리를 못 들은 체하며 조용히 도로 문을 닫았다.

三

어느덧 가을이로소니, 눈이 닿는 사방 곳곳마다 단풍으로 검붉은 빛깔이었다. 곡식도 풍년이오, 대감댁 역시 부족할 것 하나 없이 배가 두둑했다. 대감은 덩달아 신이 나 산짐승 사냥에 더욱이 몰두하였으매 사랑채에는 동물의 거죽으로 만든 전리품이 하나둘씩 양을 더해갔다. 대감은 그 위에서 먹고 자며 희희낙락 술에 취해 지냈다.

"무명아. 네가 여전히 고기반찬을 한사코 입에 대지 않는다고 하더구나."

어느 저녁, 대감은 무명을 불러놓고 그리 말했다. 무명은 그 앞에 무릎을 꿇고 앉아 고개를 숙인 채 경청할 뿐이었다. 대감의 주변에서 익숙한 술 내음이 풍겨왔다.

"규수라 하면, 장차 큰일을 해낼 사내아이를 제 몸에 배게 될 터인데. 순산을 위해 아무쪼록 일찍부터 몸가짐을 단단히 할 필요가 있지 않느냐. 네 오라비와 내가 친히 잡아 오는 고기를 아무쪼록 단단히 챙겨 먹도록 하려무나."

그 다정한 음색이 무명은 달갑지 않았으니, 제가 생각해도 참으로 기이한 일이었다.

"그런데, 무명아."

짐짓, 내려앉은 그의 말소리가 무겁게 느껴지는 순간이었다.

"네 방을 치우던 종년으로부터 이런 것을 찾았다고 전해 들었는데 말이다."

대감의 손에는 서책 하나가 들려 있었다. 『홍길동뎐』. 그것은 무명이 가장 아끼는 서책이었다. 장이 서는 날, 동네 아이 하나에게 엽전을 쥐여 주고 사 오게 한 걸 몰래 숨겨온 지 오래였다. 무명의 얼굴이 새하얗게 질렸다.

"이걸 어떻게 갖게 되었는지는 차치하고. 너는 글을 읽을 줄 모를 텐데 말이다."

그랬다. 대감은 무명의 오라비 둘을 서당에 보낼 동안 무명은 방 안에서 바느질을 배우게 한 게 고작이었으니.

"설마 한문을 독학이라도 하였느냐."

"대감마님……."

제 아비를 부르는 무명의 목소리가 눈치채지 못할 만치로 떨렸다. 무명은 침을 크게 삼키어 건조한 목을 축였다. 시선은 여전히 대감의 발치에 고정한 채로, 마침내 무명이 고하였다.

"소녀, 도련님들과 마찬가지로 글을 배우고 싶었나이다."

들려오는 대답은 없었다. 잠시간의 정적이 주변을 감쌌다. 무명은 용기를 내어 말을 덧붙였다.

"과거에는 부녀자도 선비님들과 동등하게 교육받았다 들었나이다. 친영제도*가 널리 뿌리 내리면서부터 바뀌었다지요."

"어허!"

묵직한 호통이 내려와 무명의 말을 가로막았다. 무명은 흠칫 몸을 굳혔다. 슬그머니 눈을 돌려 살핀 대감의 표정은 그 어느 때보다 짙은 분노를 품고 있었다. 그가 얇은 입술 사이로 짓이기듯 말을 흘려보냈다.

"누가 들으면 어찌하려고 그 가벼운 입을 그리 놀리는 것이냐."

---

* 처가살이와 반대되는 시집살이.

그의 눈동자가 불타오르고 있었다. 무명은 대감이 간신히 화를 억누르고 있다는 사실을 생생히 체감할 수 있었다. 그러나 분노의 경위를 납득하기란 좀체 어려운 일이었다. 무명은, 인간군상의 가장 반대편에 자신과 대감이 서 있는 꼴이 아닐런가 하고 자주 생각했다.

대감은 제 앞에 놓인 술병을 기울여 잔을 채우고는 이를 단숨에 들이켰다.

"여태 속 한번 썩이지 않고 잘해오지 않았느냐. 내가 하라는 것은 하고, 하지 말라는 것은 안 하면 그만인데. 어째 이리 불효를 저지르는지 통 알 길이 없구나. 자식으로 해야 할 도리는 부모에 대한 효라 했거늘."

그가 혀 차는 소리를 냈다.

"따라오너라."

대감이 자리에서 일어나며 무명을 불렀다. 손에는 무명이 가장 아끼는 예의 그 서책이 들려 있었다. 무명은 서책에서 눈을 떼지 못한 채 군말 없이 뒤를 따랐으나 어쩐지 불길한 기운을 떨칠 수 없었다. 밖으로 나온 대감은 여타 설명 없이 반빗간*으로 향하였다. 그날의 저녁밥을 짓는 커다란 솥이 화덕 위에서 끓어오르고 있었다.

"들어가거라."

무명은 그의 말대로 아궁이 앞에 가 섰다. 대감이 서책을 그

---

* 부엌.

녀에게 넘기며 말했다.

"서책을 아궁이 불에 집어넣도록 해라."

담담한 목소리에 무명은 화들짝 놀랐다. 저도 모르게 제 앞에 서 있는 대감의 눈을 똑바로 마주 보았다. 목에 무언가 걸린 듯, 차마 어떤 말도 쉽사리 나오지 않았다.

"나는 반빗간에 들어갈 수가 없는 사내의 몸이지 않느냐. 네 손으로 직접 불태우도록 해라."

곧장, 무명은 바닥에 무릎을 꿇고 절하며 애원하였다.

"대감마님, 잘못했사옵니다. 한 번만 용서해주십시오."

"어허!"

대감은 단호한 의지를 꺾을 기색이 없어 보였다. 그러나 무명은 재차 속죄하며 상소하듯 말을 전했다.

"아니되옵니다. 마님. 제발, 한 번만……."

무명은 정수리가 땅에 닿고도 남을 만큼 고개를 깊이 숙여 보였다.

대감이 무명의 손을 움켜쥐고는, 손바닥을 펴 그 손에 서책을 강제로 들려주었다.

"자, 어서 불태워라. 어서."

서책을 집은 무명의 손이 부들부들 떨려왔다. 숨이 가빠왔다. 시야가 뿌옇게 흐려졌다. 무명은 고개를 들어 제 아비란 작자의 얼굴을 올려다보았다. 그의 입가에는, 은은한 미소가 선연히 걸려 있었다. 무언가 무명의 가슴을 날카롭게 찔러오는 것 같은 느낌이 들었다. 무명의 두 눈에서 눈물이 흘러내렸다.

"어서."

단호한 음성이 그녀의 귓가로 내리꽂혔다. 귀에서 피가 흐르는 듯한 착각이 일었다.

무명은 천천히 아궁이로 손을 뻗었다. 그러고는 서책을 집고 있던 손에 힘을 풀기 시작했다. 살결 언저리에 불씨의 뜨거운 기운이 훅 끼쳐왔다. 아주 잠시간, 그 열기조차 느끼지 못할 만큼 심장 언저리가 차갑게 얼어붙는 순간이 있었다. 무명의 눈동자에 불길의 희뿌연 아지랑이가 아른거렸다. 무명은 고개를 돌렸다. 타들어 가는 종이가 내지르는 미약한 비명이 주변을 감쌌다.

"곧 혼례를 치르지 않느냐. 지아비와 가정에만 충실할 수 있도록 이런 쓸데없는 것들은 싸그리 치워버리도록 해라. 다 너를 위해서 이러는 것이다."

대감이 손을 뻗어 무명의 어깨 위에 얹었다. 손길이 닿은 곳에서 한기가 전해졌다. 무명은, 아궁이 속에서 타들어 가는 서책을 바라볼 용기가 차마 없었다. 볼을 타고 흘러내린 눈물이 점점이 바닥을 적시는 광경에 부러 시선을 고정했다.

"허허, 무명이가 잘못하여 아버님께 혼이 나는 모양이구나."

마당 언저리에서는 오라비들이 노닥거리며 흘리는 웃음소리가 들려왔다.

四

자시*. 무명은 한창 숲속을 거닐고 있었다. 어둑해진 밤하늘 한 편에 초승달이 쓸쓸히 걸려 있었다. 날이 서늘한 차에 밤바람이 쓸고 지나가니 목덜미에 소름이 오소소 올라왔다. 무명은 어깨에 두르고 있던 쓰개치마를 머리 위로 끌어 올려 덮었다. 호흡마다 입김이 절로 새어 나왔다. 무명은 계속해서 앞으로 나아갔다. 그 끝에 무엇이 있을는지 알 수 없었지만.

그런데 이상하지 않은가. 무명은 뒷산으로의 통행이 금지되어 있지 않았던가. 이 사실을 무명 역시 깨달을 즈음이었다. 어디선가 기묘한 흐느낌이 들려오기 시작했다. 무명은 퍼뜩 고개를 들었다. 순간, 눈앞에 들어온 것은 칠흑같이 새까만 머리카락 타래였으니. 누군가가 공중에 머리카락을 길게 늘어뜨린 채였다. 그 뒤로 보이는 것은, 이 세상 사람의 것이 아닌 몸뚱이였다. 손바닥만 한 비늘 수천 개가 그 팔다리 없는 미끈한 몸뚱이를 온통 감싸고 있었다. 그러나 무명과 시선을 맞추는 그 면상은 분명 낯선 여인의 것, 즉 사람의 면상이었다. 뱀의 몸에 사람의 얼굴을 단 여인이 홀로 슬피 울고 있었다.

"가여워서 어찌할꼬……."

여인이 무명을 내려다보며 그리 읊었다. 여인의 두 눈에서 그야말로 혈루**가 흘러내리고 있었다. 새빨간 방울이 하릴없

---

* 십이 시의 첫째 시. 즉, 밤 열한 시부터 오전 한 시까지.

** 피눈물.

이 떨어져 바닥에 웅덩이를 수놓았다. 뚝…… 뚝…… 뚝…….
그때마다 물이 고이는 소리가 났다. 가히 흉흉한 기색이었다.

하나, 웬일인지 무명은 그 여인이야말로 가엾게 느껴졌다.
피로 온통 얼룩진 저 뺨에 제 손을 얹어 어루만져주고만 싶었
다. 무명은 이 괴이한 여인이 하나도 두렵지 않았다. 기이한 일
이었다.

그때, 어디선가 시냇물 흐르는 소리가 들렸다. 시선을 내려
예의 피 웅덩이를 살폈으나 소리의 근원은 그곳이 아니었다.
무명은 고개를 돌려 시야를 넓히었다.

아. 무명은 낮게 신음했다. 어디서부터 온 것인지 모를 물줄
기가 제 양옆으로 졸졸 흘러 내려오고 있었다. 그러고는 순식
간에 발목까지 차오르며 무명이 신은 꽃신을 흥건히 적시었
다. 발목이 축축했다. 일순, 물은 손을 쓸 수 없을 정도로 불어
나더니 금세 강을 이루기 시작했다. 사방에서 차오른 물이 무
명의 턱 끝 언저리에서 방류하던 차였다. 무명은 익숙한 내음
을 맡았다. 이게 무슨 냄새더라. 생각이 그에 미치던 찰나, 마
침내 강이 무명을 집어삼켰다. 온몸의 구멍마다 물이 범람했
다. 숨이 막혔다.

"가여워서 어찌할꼬……."

마지막으로 눈앞에 보였던 것은, 여전히 두 눈에서 피를 흘리
며 흐느끼는 여인의 한 서린 얼굴이었다. 무명은 눈을 감았다.

다시 눈을 떴을 때 보인 것은 제 방의 천장. 무명은 그때마

다 낮은 숨을 뱉으며 식은땀이 만개한 이마를 소매로 훔쳐 내렸다.

혼례일이 가까워질수록 무명이 이러한 내용의 꿈을 꾸는 일이 잦아졌다.

伍

어느덧, 무명의 혼례가 하루도 남지 않은 때였다. 야심한 시각, 한 인영이 뒷산 입구 근처에서 서성대고 있었다. 그림자의 주인이 누군가 하니, 바로 무명이었다. 몇 시간 후 새벽녘 일찍부터 일어나 혼사를 준비해야 할 새신부가 야밤에 홀로 나와 금역(禁域)을 기웃대고 있으니. 그것참 이상한 일이었다. 사연인즉 다음과 같았다. 무명이 그사이 기필코 마음을 단단히 다잡았으매 집을 나와 절에 들어가든, 어드메 거처를 차려 들어가든 하기로 다짐한 것이다.

문득, 무명의 눈앞으로 꿈속에서 숱하게 봐왔던 광경이 그려졌다. 어둑한 자시의 숲속을 거니는 자신이며, 뱀의 몸을 한 채 피눈물로 흐느끼던 여인이며, 사방에서 들이차던 차가운 물줄기며 하는 것들이었다. 무명은 고개를 가로저었다. 결심한 것이다. 마침내, 산을 오르기 시작하였다.

무명이 겉옷으로 두른 쓰개치마를 단디 여민 채 손에는 호롱을 하나 들고 길을 오르자니 낙엽 밟는 소리가 사부작사부작 그 뒤를 하염없이 이었다. 서늘한 밤바람이 무명의 발목을 훑고 지나갔다. 불시에 누군가 튀어나와 그 앞을 가로막을 것만 같았다. 단 한 번도 올라와본 적 없는 이 산속을 감싸고 있는 낯선 기운에 무명은 절로 움츠러들었다. 죽은 자의 혼이 적잖이 떠돌고 있는 것만 같은 음기가 시리게 와닿았다. 차라리, 저 멀리서 들려오는 들개의 짙은 울음이 도리어 친숙할 정도였다. 무명은 저도 몰래 걸음을 빨리하였다.

그런데 무명이 산 중턱에 다다랐을 때였으니. 어디선가 그 목소리가 또 들려오기 시작하더라.

"아씨, 아씨. 나 좀 살려주시오."

무명이 저도 몰래 주변을 둘러보니, 웬 허여멀건 뱀 한 마리가 깔때기 덫에 걸린 모양새로 그 새빨간 혀를 날름거리고 있었다. 무명은 그 뱀이 붙잡힌 꼴이 썩 가엽게 느껴졌다. 가던 길을 마저 가버리면 뱀은 필시 대감의 술독에 들어가 명을 달리할 게 안 봐도 뻔한 노릇이었다. 그 운명이 적잖이 안됐다 싶어, 가는 길에 선이라도 베풀어야지 싶은 마음이 들었다. 무명은 자리에 쭈그리고 앉아 덫으로부터 뱀을 놓아주었다. 그런데 뒤도 안 돌아보고 도망칠 줄 알았던 고 뱀 녀석이 그대로 자리에 똬리를 틀고 앉았지 뭔가. 무명은 기이하게 여기면서도 갈 길이 급하여 서둘러 자리를 뜨고자 했다. 그때였다.

"아씨, 아씨. 또 이렇게 신세를 지게 되었구려. 그 은혜에 감복했나이다."

무명은 그만 너무 놀라 뒤로 나자빠질 뻔하였다. 그 뱀이 글쎄 사람 말을 하고 있지 않은가.

"고놈 영특하구나. 어찌 사람 말을 하는고."

무명이 영탄(詠嘆)하니 뱀이 다음과 같이 고하더라.

"내가 영특한 것이 아니라 아씨가 우리 뱀의 말을 알아듣는 능력이 있는 것이라오."

"내가?"

무명이 답문하자 뱀이 익숙한 목소리로 아뢰었다.

"아씨는 어릴 적부터 누군가 말하는 소리를 종종 듣지 않았습디까? 우리네 동네에선 이미 소문이 파다하다오. 오늘 아씨가 여기 온 것이 그 증거이지 않겠나이까?"

무명은 그간의 일이 짝 맞춰지듯 여실한 내막을 깨달을 수 있었다.

"네가 지난날 나를 부른 그 목소리로구나."

무명이 화답하였다. 자신에게 이리 신통한 능력이 있을 줄 그 누가 알았던가. 장차 청풍명월을 벗 삼아 물아일체 살고자 소원하는 무명에게 이토록 반가운 소식은 더 없었다.

"예, 아씨. 우리 얼른 같이 도망가서 삽니다. 아씨에게 자유를 드리리다."

자유……! 무명은 저도 모르게 눈물이 핑 돌더라. 저로부터 몇천 리(里) 곱절은 마땅히 떨어져 있을 줄로만 알았던 '자유'라는 단어를 입에 담을 날이 오늘로 성큼 가까워질 줄, 감히 짐작이나 했을쏘냐.

"그런데 아씨, 그 전에 해야 할 일이 있습니다."

뱀이 짐짓 목소리를 낮추어 말하기에 무명도 따라 소곤거
렸다.

"그게 무어냐?"

뱀이 무명의 다리를 감싸 유연히 기어오르며 설명하였다.

"첫째로, 아씨네 대감마님의 곳간에 들어가, 욕심에 넘치도
록 쟁여놓은 산짐승 고기를 모조리 땅에 묻어줘야만 하옵니다.
아씨네 대감마님 덕에 산짐승의 씨가 모조리 말랐다 하니, 우
리 동네에 와 같이 살려거든 그 혼을 먼저 위로해야 하나이다."

대감의 곳간이라 하면, 함부로 발을 디뎠다가는 그 벼락같
이 쏟아지는 화를 결단코 피할 방도가 없는 공공연한 금역이
아니던가. 하나, 곱씹어보자면 무명은 저에게 지워진 금기를
이미 하나 깨뜨린 셈이다. 고로 이 숲속에 홀로 서 있지 않던
가. 무명은 이내 고개를 끄덕여 보였다.

"알았다. 내 당장 너의 말대로 하마."

무명은 곧장 산을 도로 내려가 제집 곳간으로 향하였다. 집
안은 여전히 쥐 죽은 듯 고요했다. 무명은 꽃신을 신은 발을 살
금살금 내디뎌 움직였다. 그런데 곳간 입구에 다다라 그 문을
열려고 하니, 자물쇠가 잠겨 있으매 무명은 심히 낙담하지 않
을 수 없었다.

"이를 어찌하면 좋을꼬."

무명이 심란한 음색으로 탄식하자니 그 다리에 붙어 따라온 뱀이 쉬익거리며 목소리를 내었다.

"아씨, 아씨. 곳간의 열쇠는 대감마님의 목에 걸려 있나이다."

"하면, 당최 그것을 어찌 가져올꼬?"

뱀이 답하였다.

"아씨가 밖에서 망을 보고 있으면 내가 문틈으로 기어들어가 그것을 입에 물고 돌아오리다."

"옳거니. 그러면 되겠구나."

무명은 대감이 자고 있을 사랑채의 장지문에 손가락만 한 구멍을 하나 뚫어 그 틈으로 뱀을 들여보냈다. 뱀이 유연한 몸놀림으로 천천히 움직이기 시작하니 그 기척이 사람은 미처 알아채지 못할 만큼 가벼웠다. 이내 열쇠를 물고 온 뱀이 장지문 밖으로 머리를 내밀었다. 무명은 그것을 받아들고는 저 역시 기척을 죽인 걸음으로 곳간으로 향했다.

호롱불을 비춰 곳간 내부에 있는 물건들을 찬찬히 살펴보았다. 곳간 안에 든 재물의 향연을 보는 건 난생처음이었다. 제아비의 예민한 성질 탓에 당연한 노릇이었다. 그 모든 것을 둘러보자니 일순 현기증이 이는 듯했다. 호랑이 거죽이 몇 필이나 둘둘 말려 있었고, 커다란 술독과 장독대가 셀 수 없을 만큼 재워져 있더라. 이것들을 쌓아 올리기 위해 과연 얼마만큼의 짐승들 목숨을 해하였을꼬. 무명은 살려내지 못한 수많은 목숨이 안타까워 눈물이 샘솟았다.

무명은 묻어 놓은 독을 열어 그 안에 있는 멧돼지 고기를 모두 꺼내 쓰개치마에 둘둘 말아 가져 나왔다. 그러고는 뱀과 함께 산 중턱에 올라 땅을 파낸 뒤 모조리 묻어주었다. 다음으로 물을 떠 놓고 참회의 기도를 올렸다. 그 과정을 몇 번이고 반복하자니 어느덧 축시(丑時)를 넘어가고 있었다.

"이제 둘째로 해야 할 일을 알려드리리다. 산신님의 거죽을 모조리 가져다 숲속 나뭇가지에 도로 걸어 두어야 하나이다. 그러면 그 혈손들이 찾아와 이를 잘 돌볼 것이외다."

무명은 이번에도 뱀의 말대로 하였다. 한 손에는 호롱을, 한 손에는 거죽을 걸친 채 산까지 몇 번을 왔다 갔다 하자니 진이 다 빠졌다. 일을 다 끝내고 이마에 솟은 땀을 쓸어내리자니 뱀이 말을 건네었다.

"마지막 할 일이 남았나이다. 아씨."

"그 무어냐?"

눈앞의 흰 뱀이 또렷한 목소리로 차근히 말하는 것이다.

"제 이야기를 귀담아 들어주시는 것이옵나이다."

뱀은 곳간 제일 안쪽에 있는, 천장 언저리를 웃도는 크기의 거대한 술독 위로 올라가 똬리를 틀고 앉았다.

六

금시에 날이 밝았다. 아침마다 집 안을 산책하듯 둘러보던 대감은 금일 역시 이곳저곳을 살피었다. 그러다 그만, 곳간 문이 훤히 열린 것을 보고 청천벽력 같은 충격을 아니 받을 수 없었다. 더구나 그 안에 있어야 할 재물들이 반절이나 자취를 감추었지 않은가. 곧장 길길이 날뛰며 범인을 색출하자니 글쎄, 그 집의 얼녀 자식인 무명이 자진하여 손을 드는 게 아닌가. 대감은 어안이 벙벙하여 그 죄를 물었다. 한데 그 계집이 입에 풀칠이라도 한 모양으로 연유를 달리 털어놓지 않는 것이다. 또한, 간밤에 웬 귀신이라도 썬 건지 두 눈에 쌍심지를 켜고는 대감과 눈을 빤히 맞춰오는 게 아닌가. 이 무슨 도리에 맞지 않는 추태고. 그 눈길이 얼마나 이글거리는지 불시에 데이기라도 할 것만 같았다. 대감은 말문이 막혔으나 오늘이라 하면 이놈 계집이 혼인을 올려 비로소 출가하는 날이렷다. 하여, 집안끼리의 중한 언약을 차마 망칠 수는 없는 노릇이라 대감은 평소 같지 않은 아량을 보이는 수밖엔 없었다.

"네 죄를 더는 묻지 않을 터이니 서둘러 용모를 살펴 혼례를 준비토록 하거라. 네 생에 이보다 중한 과업은 없으니."

그런데 그 계집이 건방진고로, 다음과 같이 답하는 것이다.

"제 생에 혼례보다 중한 과업은 없는 게 필시 맞사옵니까."

대감은 당혹스럽기도 하거니와 화가 움찔거리는 것을 억누르며 전하였다.

"꿀 먹은 것마냥 굴더니 이토록 아비 없는 자식처럼 대꾸하는 연유가 대체 무엇이냐."

"제게는 아비가 없는 것이나 마찬가지인 줄 아뢰오."

"저, 저……! 천하에 둘도 없는 후레자식을 보았나……!"

이윽고, 대감이 손을 들어 무명의 뺨을 내리쳤다. 무명의 고개가 돌아가니, 그 볼이 검붉게 부어올랐다. 그러나 무명의 두 눈에서 이글거리는 불기운은 사그라들 줄 몰랐다. 옆에서 사태를 지켜보던 두 오라비가 웬일로 대감을 만류하며 달래었다.

"아버님. 통촉하시옵소서. 계집의 버릇은 시댁살이를 거치면 무릇 고쳐지기 마련이옵니다. 사돈댁에 얹혀살 딸년의 면상이 망가지면 무슨 소리가 오고 가겠습니까. 집안끼리 얼굴 붉힐 일을 만들지 마옵소서."

듣고 보니 그 말도 맞는지라. 대감은 서둘러 무명을 제 앞에서 치우고 그 몸을 단장시키라 여종에게 명하였다.

어느덧 약조한 시간이 되어 혼식이 절차대로 이뤄지니, 대감은 제 생에 주어진 과제를 하나 해결한 듯 속이 시원할 지경이었다.

그런데 막 합근례* 차례가 됐을 적이었다. 대감이 나름의 아량을 부려 곳간에서 꺼내오게 한 가장 거대한 술독을 보더니, 무명이 부들부들 손을 떨기 시작하는 게 아닌가. 이를 눈치챈 대감은 속으로 저년이 또 무슨 망신을 시킬 작정인가 하고 불

---

* 혼례에서 신랑과 신부가 술잔을 주고받으며 혼인 서약을 하는 절차.

안한 기색을 감추지 못하였다. 설마 하던 기색이 무색해지는 순간이 다음으로 닥쳤다. 불시, 무명이 년이 미치기라도 했는지 술잔을 뒤엎으며 벌떡 일어나 고래고래 소리를 치는 게 아닌가. 그 계집이 삿대질로 가리키는 끝에는 대감 자신이 있었다. 무명이 내뱉은 말이라면 다음과 같았다.

"네 이놈! 내 어미가 살려준 은혜를 어찌 이런 식으로 갚느냐!"

七

사연인즉슨, 십여 년 전으로 되돌아간다. 대감이 평소와 다름없이 뒷산에 들러, 일전에 놓아둔 덫을 살피고자 하였다. 그런데 이 무슨 광경이란 말인가. 산짐승이 아닌 웬 사람 한 명이 다리가 덫에 걸린 채 나오지 못하고 있었다. 대감이 다가가 얼굴을 살피자니, 이제껏 마을에서는 보지 못한 낯선 여인이었다. 그 용모가 참으로 아리따워, 대감은 눈앞의 여인이 마치 날개옷 잃은 선녀같이 느껴졌다. 사연을 묻자니 고개 건너 외지에서 홀로 살던 아낙네가 장이 열리는 때에 맞춰 마을로 내려오다 산에서 길을 잃고 헤매었다지 뭔가. 제가 놓아둔 덫에 무고한 자가 다친 노릇이니 퍽 미안할 법도 하다만 대감은 외려 반색하였다. 마침 대감의 정실부인은 화병으로 세상을 떠난 지 오래였다. 대감은 서둘러 종을 불러와 여인을 가마에 태우고는 함께 하산하였다. 그러고는 의원을 불러 다리를 고쳐준다는 명분으로 이 여인을 몇 시일이나 붙잡아두었다. 사이, 대감은 여인에게 끈질기게 구애하였고 다리를 다쳐 차마 제 마음대로 밖에 나서지도 못하던 이 가여운 여인네는 마지못해 이를 수락하였다. 여인은 그렇게 대감의 첩이 되었다.

어느덧, 여인이 대감의 아이를 뱄을 적 일이다. 그즈음부터 어쩐 일인지 대감의 사냥 수확이 좋지 않았다. 대감은 매번 텅 빈 덫을 보며 의문을 제기했다. 분명 덫에 짐승이 걸렸던 흔적으로 보이는 살점과 피가 주변에 남겨져 있으나 잡힌 것은 전무했다. 대감은 어느 날 작정하고 아무도 몰래 그 주변부에 숨어 어찌 된 영문인지 알아보기로 하였다.

달이 하늘 높이 휘영청 떠오른 무렵이었다. 대감은 커다란 바위틈에 쪼그려 앉은 채 두 손을 비벼댔다. 얼마나 지났을까. 불시에 무언가 움직이는 기척이 들려왔다. 대감은 저도 몰래 덫 주위로 시선을 돌렸다. 곧장 절로 기겁할 수밖에 없었다. 생전 처음 보는 광경이 눈앞으로 펼쳐지고 있었으니. 글쎄, 집채만 한 구렁이 한 마리가 그 거대한 몸뚱이를 꿈틀거리며 산을 오르고 있지 않은가. 설마 소문으로만 알음알음 들어 알고 있는 이무기란 말인가. 대감은 너무 놀라 숨이 막힐 지경이었다. 벌벌 떨려오는 몸을 납작 엎드린 채 대감은 간신히 숨을 참았다. 덫 가까이 온 이무기는 일순 몸을 뒤틀더니 그 노란 빛깔의 안구를 휙 뒤집어 보였다. 그러고는 못내 괴로운지 몸을 이리저리 격렬하게 뒤엎기 시작하였다. 이무기가 내지르는 괴이한 비명은 마치 불에 타들어 갈 때의 격렬한 고통을 품은 듯 보였다. 대감은 이무기가 당최 무슨 행동을 하는지 알 길이 없어 두려운 마음만 점점 커지고 있었다. 그런데 불시, 이무기의 비늘을 뚫고 덜렁, 사람 팔 하나가 솟구치는 것이었다. 대감은 절로 비명을 내지를 뻔하였다. 그다음으로, 이무기의 몸에서 역시 팔 하나, 다리 두 개가 솟아나기 시작했다. 대감은 돋아나는 소름을 주체할 길이 없었다. 식은땀이 속곳을 흥건히 적셨다. 돋아난 다리로 간신히 땅을 짚고 선 이무기가 귓가를 찢을 듯한 굉음을 내지른 다음 순간이었다. 그 뱀의 얼굴이 뭔가 끓어오르는 듯 불룩거리며 뒤틀리더니만 금세 사람의 얼굴로 변하는 것이었다. 놀랄 노 자가 아닐 수 없었다. 그 얼굴은 대감의 측실이었다. 이무기는 어느새 외출복을 곱게 차려입은 미인의 모습으로 변모한 채였다.

측실은 대뜸 품에서 무쇠 도구 하나를 꺼내 들었다. 그것은 첩이 덫에 걸렸을 적에 대감이 노비를 불러다 풀어주게 만든 도구였다. 측실은 그것을 손에 든 채로 덫 주변을 기웃거리고 있었다. 그제야 대감은 사건의 전말을 이해할 수 있었다. 저 이무기가, 그러니까 내 첩이, 내가 친 덫에 걸린 산짐승들을 죄다 풀어주고 있었구나. 다친 다리를 제 맘대로 가누지 못하는 인간의 모습으로는 움직임이 유하지 않아 본래의 모습으로 변했던 것이 틀림없다. 불쑥, 대감의 가슴 속에서 참을 수 없이 괘

씀한 마음이 치솟았다. 저년이 구해준 은혜를 모르고 내 사냥 수확에 해를 끼치고 있었구나. 대감은 측실이 실은 이무기였다는 가혹한 진실보다도, 감히 제 제물을 쌓아 올리는 짓에 누를 끼쳤단 사실을 도저히 용서할 수 없었다. 걷잡을 수 없는 분노가 들끓기 시작했다. 제가 먼저 그 용모에 혹하여 여인을 멋대로 붙잡아둔 격이었건만, 대감은 그런 연유일랑 되돌아볼 재량이 되지 않았다.

날이 밝자 대감은 머리가 장성한 제 아들 둘을 속히 불러내 이를 의논하였다. 사연을 들은 자식들 역시 놀라 입을 다물지 못하더니 이내 골똘히 궁리하기 시작하였다. 잠시 후, 큰아들이 낮은 목소리로 조심스레 소곤거렸다.

"부인은 평소 술을 한사코 입에 대지 못한다 들었나이다. 부인에게 술을 된통 먹여 술독으로 자연히 사상(死狀)하게 만드는 게 어떻겠습니까. 지아비가 주는 술이라면 그네도 차마 거절치 못하고 받아 들 것입니다."

옳다구나. 대감은 절로 무릎을 쳤다.

그날 밤, 대감은 술자리에 측실을 불렀다. 술독에 들었던 것들을 병에 옮겨 담아 가져오게 하니 그 가지런히 선 술병이 족히 열 줄은 되었다. 대감은 부러 개의치 않고 술잔을 건네었다. 이에 부인이 난색을 표하며 말하기를.

"대감의 은혜는 황송하나 소인은 홑몸이 아니지 않사옵니까. 의원 역시 임신 중에는 술을 멀리하는 게 좋다고 하였나이다."

한사코 거절하는 측실의 손사래를 쳐내며 대감이 말하였다.

"부인은 어찌하여 지아비의 명을 한사코 거절하는 것이오. 귀하, 차마 현모양처의 재상은 아닌가 보오. 내 사람을 몰라봤소이다."

그 단호한 기색에 부인이 입을 다물고 있자니 대감이 한마디를 덧대었다.

"시댁에서 쫓겨난 여인네 홀로 자식을 키우려면 여간 어려운 게 아니라 하였소."

부인의 눈동자가 흔들리는 것을 그의 낭군 역시 알아차릴 수 있었다.

"당최 이러시는 연유를 모르겠나이다."

부인이 한껏 낮춘 목소리로 차분히 응하였다. 그 음성의 끝이 미세하게 떨려왔다. 대감이 제 잔에 술을 채우며 답하였다.

"그저 술꾼 놀음에 같이 어울려달라는 것 아니겠소."

대감이 먼저 술잔을 비우기 시작하였다. 그 모습을 본 측실이 그나마 안심하였던지, 건네는 술을 조심스레 받아먹었다. 지아비의 흔한 변덕이나 장난질로 이해한 모양이었다. 그렇게 마시던 것이 한 잔이 되고 두 잔이 되고 한 병이 넘을 무렵이었다. 짐짓 부인이 벌겋게 달아오른 얼굴로 물었다.

"그런데, 이 술은 무엇으로 담근 것이옵니까. 흔한 곡주는 아닌 줄 아뢰옵니다."

그 눈빛이 한껏 흐트러진 것이 훤히 보였다. 대감이 웃음을 터뜨리며 말하기를.

"부인은 술병을 하나 다 비우고서야 그걸 묻는단 말이오."

대감은 담담하고 평온한 어조로 말을 이었다.

"그야 내가 제일로 좋아하는 뱀술이지 않겠소."

순간, 측실이 얼굴을 굳히더니 그 안색이 파랗게 질렸다. 그러고는 곧장, 먹은 술을 도로 다 토해내는 것이다. 대감은 여전히 평온한 눈길로 그 모습을 관망하였다. 술을 연신 토해내던 측실은 더는 나오는 것이 없는지 종국엔 손가락을 목구멍에 집어넣고 켁켁대며 헛구역질을 하였다. 눈물이 맺혀 벌겋게 달아오른 눈가를 한 채 한참 동안 바닥을 구르던 이 가여운 여인은 고개를 들어 마침내 가냘픈 소리를 내었다.

"다 알고…… 부러 이러시는 것이옵니까?"

여인은 종잡을 수 없는 깊이의 슬픔을 억누르고 있었다. 대감은 아무런 언사도 않은 채, 고고히 술잔을 기울였다.

"저를…… 연모한다고 하지 않으셨사옵니까. 소인…… 그 말을 믿었나이다."

측실이 목이 멘 듯한 소리로 쥐어 짜내듯 말을 흘려보냈다. 잠시간의 공백을 가진 후 그의 낭군이 대답하기를…… 그 음성이 되려 데일 듯 끔찍하게 시렸다.

"어리석어…… 잠시 착각했던 것이오."

"누가…… 말입니까?"

여인의 두 눈에서 뜨거운 눈물이 곧게 흘러내렸다.

"부인이나 나, 둘 중 누구라도 말이오."

그 말이 떨어진 즉시, 여인은 살이 찢길 듯한 비명을 내지르며 몸을 뒤틀어댔다. 그 발악이 마치 딴 세상의 것인 양, 눈앞의 대감은 마찬가지요, 그 아무도 여인을 구해주러 오질 않았다. 여인은 입술을 짓이기듯 힘주어 깨물었다. 피가 맺혀 흘러내렸다. 불시, 여인의 팔 하나가 꿈틀대더니만 이내 마른 나뭇가지처럼 앙상하게 변모하였다. 그 작태가 대감의 눈에는 마치 괴사한 신체 일부를 달고 있는 것 같았다. 대감은 처음으로 동요하며 눈살을 잔뜩 찌푸렸다.

"추하구려."

대감의 낮은 음성이 방을 울렸다. 여인은 그 순간 뭔가 날아와 저를 관통하기라도 한 것처럼 몸을 움직일 수 없었다. 피가 솟구치는 듯한 고통이 심장을 옥죄었다. 억울하고 원통하구나…… 내뱉지 못한 말이 여인의 입가에서 맴돌았다. 여인은 사지를 덜덜 떨더니만 다시 몸을 뒤틀어대기 시작하였다. 어느새 흥건한 땀과 눈물이 여인의 얼굴 전체를 적신 채였다. 여인의 팔다리가 타고 남은 재마냥 말라 바스러지는 동안, 대감은 눈을 감고 술잔을 기울였다. 마치, 추한 것을 제 눈에 담고 싶지 않다는 양.

마침내, 선녀에 견주던 여인의 얼굴이 뱀으로 완전히 변모하였을 무렵에야 대감은 눈을 떴다. 눈앞에 거대한 구렁이의 형체가 바닥을 뒹굴고 있었다. 대감은 차가운 낯으로 혀를 찼다. 이무기는 통곡하였다. 가슴에 채 담지 못할 한이 넘쳐 흐른다는 눈빛으로, 제 앞에 앉은 사내를 향해 기어갔다. 제가 지아비라 부르던 낭군의 품으로 가고자 하였다. 그러나 사람의 모습일 적 술에 약한 게 여전한 모양으로, 바닥을 기면서도 제대로 몸을 가누지를 못하니 비로소 체념한 듯 이무기는 자리에 몸을 뉘었다. 그러고는 마지막 전언이라는 듯 속살거렸다. 그 음성은, 대감의 첩이었던 여인의 것임에 틀림없었다.

"제 배 속의 아기는…… 필시 총명할 터이니 부디 거둬주시옵소서."

이무기는 두 눈을 감았다. 입가에 싸늘한 기색의 미소 하나 간신히 걸친 채였다.

대감이 귀를 가까이 대 보니 다만 그 숨이 미약하게 느껴졌다. 그러나 대감은 즉시 두 아들을 불러 그 배를 가르게 하였다. 측실의 명은 여기서 완전히 끊어졌으리라. 하나, 뱃속 아기의 숨은 아직 붙어 있는 게 아닌가. 이 아이를 어찌할꼬 고민하고 있자니 작은아들이 말하기를.

"계집자식이라면 우리 집안에 없기로서니, 향후 혼인을 통해 가문의 연을 넓히는 데에 쓸모가 있지 않을까 싶사옵니다."

큰아들이 말을 얹었다.

"이무기의 피가 보인다 싶으면 그땐 죽여버리면 그만이지요."

지붕 위에 똬리를 틀고 있던 허연 뱀 하나가 이 모든 것을 지켜보았을 줄, 그 누구도 몰랐으리라.

대감의 시선이 무명의 어깨 위로 가 앉았다. 어딘지 모르게 낯익은 뱀 한 마리가 어느 틈엔가 무명의 옷깃 사이로 고개를 내밀고 있었다. 그 뱀이 속살거리듯 무명의 귀 언저리를 맴돌고 있었다.

이무기의 혈손.

돌이켜 깨달은 진실 하나가 대감의 머리를 세게 치고 지나갔다. 대감은 몸을 굳혔다. 손끝이 덜덜 떨려오기 시작했다. 순간, 무명의 눈짓에서 섬뜩한 빛이 어른거렸다.

"내 어미가 못 이룬 징벌을 내가 대신 내리리라."

기꺼이 듣고 싶지 않은 한마디가 뇌리를 꿰뚫듯 들려왔다. 한사코 아니기만을 바랐던 현실이 불시에 대감을 잡아 삼키고 있는 꼴이었다. 새색시의 모양새로 곱게 차려입고 얼굴을 치장한 무명은 어느새 그 몸을 뒤틀어대며 굉음을 내기 시작하였다. 어느 옛적에 보았던, 익숙한 광경이었다. 대감은 저도 모르게 눈을 질끈 감았다.

순식간에 주변이 아수라장이 되었다. 누군가가 새된 비명을 지르기 시작하였고, 서둘러 달아나는 발걸음 소리가 앞다투어 들려왔다. 도망가는 인파가 양옆으로 대감의 어깨를 치고 지

246

나갔다. 대감은 그에 떠밀려 저도 모르게 주저앉았다. 이내 눈을 뜨고, 앞을 내다보았다. 거기엔, 자신이 뿌린 대로 거둔 저와 이무기의 혈손이 자리해 있었다.

거대한 이무기 한 마리가 자신을 내려다보고 있었다. 이무기의 주변으로는 마치 뒤틀려 꼬인 나뭇가지 같은 것이 앙상하게 말라 나뒹굴었는데 언뜻 잿가루처럼 보이기도 했다. 아마, 무명의 팔과 다리였던 것이리라. 이무기는 기와집 지붕을 훌쩍 넘고도 남을 만치로 거대했다. 몸통의 길이를 재자면, 이 집의 마당을 빙 감싸고도 남을 정도였다. 그 몸집을 감당하지 못했을 신부복은 어느새 갈가리 찢긴 채로 주변에 떨구어져 있었다. 이무기는 그 자리에 똬리를 틀고 앉아 대가리를 치켜 세우고서 대감을 내려다보았다. 그 흉흉한 노란 눈동자는 소름이 끼칠 만치 냉담한 조소를 품고 있었다. 대감은 온몸에 식은땀이 흐르는 것을 깨달았다.

이무기는 불현듯 다시 괴성을 지르기 시작하였다. 그러고는 대뜸, 일전의 그 술독을 머리로 쳐서 깨버리는 게 아닌가. 술독의 잔해가 흩어지며 그 안에 들었던 것의 실체가 드러났다. 또 다른 이무기였다. 그랬다. 십여 년 전 그날, 대감은 측실을 죽인 후 그 시신으로 술을 담갔더랬다.

"아버님! 살려주시옵소서!"

두 아들의 비명이 들리는 곳으로 시선을 돌리니, 이무기의 똬리 속에 붙잡힌 꼴이었다. 주변에 남은 인파라고는 이제 그들밖에 없었다.

이무기는 처음부터 두 아들만을 노린 것이다. 그러하다. 무명은 자신의 친가 인척들만을 노렸다.

대감이 눈을 크게 뜨던 순간이었다. 이무기는 불시에, 제 오라비 둘을 향해 고개를 돌리더니만 곧장 두 머리를 집어삼켰다. 두 아들의 목소리가 들릴 여지란 더는 없었다. 이무기가 무언가 으적으적 씹는 소리를 연신 내었다. 그 입가에 피가 흘러넘쳤다.

이윽고, 대감이 덜덜 떨리는 몸을 추스르며 부러 온화한 목소리를 내었다.

"무명아. 왜 이러느냐. 나는 네 아비가 아니더냐. 어미를 여의고 홀로 남은 너를 내가 여태 키워주지 않았더냐. 너를 무릇 사랑으로 키우지 않았더냐."

대감이 애원하는 꼴이 썩 낯선 광경이었다.

마침내 무명이 말하기를.

"그 사랑, 하나도 고맙지 않소이다."

그 입가에 서늘한 웃음이 걸려 있다. 대감은 제 측실이었던 무명의 어미가 마지막으로 지은 미소가 떠올랐다. 대감의 살갗에 소름이 일었다.

'제 배 속의 아기는…… 필시 총명할 터이니 부디 거둬주시옵소서.'

그 말의 뜻을, 대감은 이날에 이르러서야 비로소 깨달을 수 있었다.

무명은 아가리를 벌려 제 아비를 물고는, 그대로 천천히 씹어 먹기 시작하였다. 아비의 비명조차 들릴 틈이 없었다. 우악스럽게 짓이기는 이빨에 그 몸뚱이는 그대로 산산조각이 났으리라. 잠시 후, 무명은 입에 남은 잔해를 혀로 쓸어 올리고는 유유히 뒷산으로 넘어가기 시작했다. 그 곁에는 흰 뱀이 함께였다.

이무기의 딸은 그렇게 사라졌다. 아주 가끔, 그 마을의 뒷산에서 산짐승과 어울려 노는 이무기의 잔상을 보았다는 이야기만이 떠돌 뿐이었다. 그 표정이 무릇, 행복해 보였다고 한다.

비록 천생이나 적원(積怨)을 풀어버리고,
효우(孝友)를 완전히 하여 신수(身數)를 쾌달하니
만고에 희한한 일이기로 후인이 알게 한 바이어라.

　　　　　　　　　『홍길동전』, 허균 作

나의 첫 장례식

박꼼삐

누나가 죽었다.

한밤중에 전화가 와서 달려갔던 누나의 자취방은 완전히 난장판이었다. 얌전하게 테이블에 올려져 있었을 듯 보이는 물건들이 바닥에 떨어져 있고, 주방 쪽에는 그릇이 깨진 파편들이 흩어져 있었다. 누나는 켜져 있는 TV 앞에 나동그라져 있었다. 누나의 친구는 문가에서 울고 있었고, 경찰은 누나의 시신 옆에서 무언가를 하고 있었다.

강세인 씨 가족 되십니까?

부엌 쪽에 있던 경찰이 말을 걸어 멍하니 고개를 끄덕이자, 경찰은 놀라셨겠지만, 하면서 시작해 이것저것을 물어보았다.

대답을 하면서도 나는 누나의 시체에서 눈을 뗄 수가 없었다. 내가 알고 있던 사람과는 완전히 다른 사람 같았다. 잔잔하게 웃으면서 놀러 오라고 하던 그 사람이 맞나? 핏기가 사라져 푸른 기가 도는 얼굴이 이상했다.

부모님은 늦게서야 도착하셨다. 누나의 자취방이 고향 집에서 먼, 바다 가까운 도시에 있었기 때문이었다. 중간 지점 즈음에 살던 내가 경찰과 이야기를 다 끝낸 뒤였다. 시신은 이미 관에 들어갔고, 방도 대강은 정리가 되었다.

엄마는 한참을 우셨다. 아빠는 왠지 멍해 보였다. 장례식장은 고향 집 근처로 정해졌다. 납골당도 그쪽에서 찾기로 했다. 누나의 지병에 대해 들은 경찰들은 신기해하다가 금방 떠났다. 타살일 가능성이야 없어 보이긴 했다. 경찰로서는 할 일이 더는 없었을 것이다.

가족이 전부 정신이 하나도 없었다. 장례를 치르는 3일 동안의 기억이 흐릿할 정도로.

하나 선명하게 남아있는 기억은 관 속에 누워 있던 누나의 얼굴이었다. 닦아내고, 분을 칠하는 과정을 거친 누나의 얼굴은 하얗고 말끔했다. 그제야 조금, 내가 알던 누나가 정말로 죽었다는 실감이 들었다.

하지만 왜?

멍한 와중에도 무언가가 납득이 되지 않았다. 누나가 왜? 무엇 때문에?

장례 후에 누나의 방을 정리하는 것은 내가 알아서 하겠다고 말한 것도 그래서였다. 뭔가가 석연치 않아서, 그냥, 그래야 할 것 같아서.

일주일만에 다시 누나의 방으로 왔다. 방 안에는 여전히 흔적들이 남아있었다. 반짝거리는 작은 알갱이들. 식탁 위에는 쏟아진 약병이 있다. 언제부터 저렇게 있었는지 모르겠다.

누나는 사진을 좋아한다. 바다와 하늘과 푸른색을 좋아하고, 새싹과 민트와 초록색을 좋아한다. 그래서 바다로 여행가는 것도, 산으로 여행가는 것도 좋아한다. 그러니까 간단히 말하자면, 누나는 그냥 평범한 사람이었다. 짐을 정리하며 보니 내가 알고 있던 그대로다.

옷장에는 출근할 때 입었을 것 같은 옷들이 대부분이었다. 옷은 자세히 보지 않고 그냥 전부 상자에 담았다. 찜찜할까 싶기도 했지만, 어딘가에 기증할 수 있다는 모양이다. 와르르 쓸어 담으면서 보니 흰색과 파란색이 정말 많다. 상자를 문가에 쌓은 뒤에는 TV 아래의 서랍을 열었다.

맨 왼쪽에는 사진과 카메라가 정리되어 있었다. 마음에 드는 사진들을 인화해서 모았던 모양이다. 하늘, 바다, 별 사진들과 친구와 같이 찍은 것 같은 사진이 몇 장 있다. 누나의 얼굴이 남아있는 사진들은 먼저 챙기고, 하늘과 바다 사진들은 잠깐 고민하다가 같이 챙겼다.

천천히 사진을 넘겨보다 보니, 바다 사진 대부분이 이 동네 근처의 바다인 모양이다. 같은 모양의 등대가 여러번 찍혀 있다. 누나가 좋아하던 장소인 듯했다.

그릇들은 깨졌던 것이 더 많은지 찬장은 거의 비어 있었다. 정리는 금방 끝났다. 화장실도 마찬가지다. 대부분은 그냥 버렸기 때문에 할 것이 별로 없었다.

정리를 다 해놓고 보니 짐이 정말 없었다. 친구를 불렀던 적도 없어 보인다. 좋아한 거라고는 사진뿐이었던 것 같은 느낌이라, 카메라를 가지고 한 번 나가보기로 했다.

누나가 가지고 다니던 카메라는 10년쯤 된 것이라서 여기저기 색이 벗겨지기도 하고, 낡은 티가 났다. 목에 걸도록 되어 있는 줄은 새로 샀던 것이라 어울리지 않게 말끔했고. 현관에는 신발이 깔끔하게 정리되어 있고, 문 옆으로는 전신거울이 있다. 카메라를 목에 걸고 신발을 신자 거울에 내 모습이 비쳤다. 카메라가 지독히도 안 어울린다.

이 동네에 와 본 것은 이번이 처음이었다. 바닷가까지는 조금 시간이 걸리는 대신, 제법 도시화된 동네여서 집에서 나가자마자는 카메라가 더욱 더 어색하기만 했다. 버스를 기다리는 사이 카메라에 저장된 사진들을 돌려 보았다. 온통 바다와 하늘 사진들뿐이다. 어디서 듣기로, 하늘 사진만 찍어대는 사람이 마음에 병이 있을 확률이 높다던데. 신빙성은 없는 것 같다. 누나는 몸이면 몰라도 마음엔 딱히 병이 없었다.

31번 버스를 타면 바로 바닷가 앞에 내릴 수 있다. 누나가 좋아한 바다는 모래사장이 있는 해변만은 아니어서, 이 동네에서 갈 수 있는 바닷가는 사실 선착장이다. 부둣가에서 찍은 수평선 사진들은 날짜가 달라져도 계속 비슷해 보였다. 배가 있거나, 없거나. 그 정도 차이만 있을 뿐이고, 시간대마저 거의 비슷했다. 계절이 달라져도 바다는 그대로였다. 맨날 똑같은데, 이게 뭐가 좋다고 매일같이 나가서 사진을 찍었을까.

바닷가 방향으로 가는 버스에는 사람이 많지 않았다. 할머니 한 분, 젊은 여자 한 명, 어린 남자아이와 아빠로 보이는 남자 일행. 그리고 나까지 해서 다섯 명뿐이었다. 작은 마을버스는 그것만으로도 자리가 꽉 찼다. 아이가 뒤에서 바다는 언제 나오느냐고 아빠에게 묻고, 아빠는 아이에게 조금만 기다리라고 대답한다. 문득, 어린 시절에 가족이 함께 바닷가에 갔던 일이 떠올랐다.

그때의 누나가 어땠는지는 사실 잘 기억이 나지 않는다. 엄마, 아빠의 얼굴도 어땠는지 모르겠다. 기억하고 있는 것은 타고 있던 자동차에서 나던 냄새, 처음으로 가 본 바닷가의 냄새, 그리고 반짝거리던 물의 색깔 정도이다.

물빛은 거의 검은색처럼 보이는 짙은 파란색이었다. 그대로 잉크를 만들어도 될 것 같은, 옷을 입고 들어가면 파란 물이 들 것 같은 그런 색. 아마도 동해였을 것이다. 크고 나서 가 본 서해는 그런 색이 나지 않았다. 그게 바다의 깊이 때문이라고 하는데, 사실 그런 데에는 별 관심이 없다. 누나라면 좋아했을지도 모르겠지만.

덜컹거리던 버스가 부둣가의 정류소에 멈춰 섰다. 할머니도, 아이와 아빠도, 젊은 여자도, 나와 같이 내렸다. 비어버린 버스가 멀어지는 동안, 내린 사람들도 여러 가지 방향으로 흩어졌다. 나는 잠깐 그 자리에 멈춰서 어느 쪽으로 갈지 고민했다. 배를 타러 가는 방향으로 가면 누나가 사진으로 남겨 둔 곳이 나올까 싶어 일단은 표지판을 보고 방향을 정했다.

이곳의 바다는 어린 시절의 기억에 남아 있는 그 바다보다는 조금 덜 짙은 파란빛이었다. 날씨가 흐려지려는지 파도가 높아서 방파제를 다 적시고 있었다. 파랗던 물이 부서지며 희게 흩어지는 장면은 누나도 좋아하지 않았을까. 카메라를 켜서 사진을 몇 장 넘겨보다 방파제를 찍었다. 희게 흩어지는 물방울은 잘 나오지 않는다. 역시 사진 찍는 데에는 딱히 소질이 없는 것 같다.

저 앞에 같은 버스를 탔던 젊은 여자가 배를 향해 걸어가고 있었고, 할머니는 등대가 있는 방향으로 가고 있는 것이 보였다. 점점 작아지는 뒷모습들이 어딘지 누나를 떠올리게 했다.

* * *

선착장에서 등대 방향을 보고 서자, 누나가 남겨둔 사진과 꼭 같은 풍경이었다. 회색빛 도는 늦겨울의 하늘만이 사진과 조금 달랐다. 등대에는 아직 불이 켜지지 않았고, 사람은 거의 없다.

학생.

멍하니 등대를 바라보고 서 있는데, 뒤에서 목소리가 들렸다. 돌아보자 날씨에 비해 두껍게 옷을 챙겨 입은 아저씨가 나를 보고 서 있었다.

배 탈 거요?

아저씨는 그렇게 말하며 턱짓으로 배를 가리켰다. 아마도 배의 선장이거나, 그게 아니라면 직원일 것이다. 하루에 두어 번 섬으로 왔다 갔다 하는 꽤 큰 배이니, 선장이 아니고 그냥 직원일 수도 있을 것 같았다. 내가 대답이 없자 아저씨는 별난 사람을 보는 표정으로 눈썹을 찡그리더니 홱 돌아서서는 배를 향해 돌아갔다.

거 탈 거면 빨리 올라와요! 날 더 궂기 전에 갈라니까!

배에 오르며 무심하게 소리치는 목소리를 들으니 어쩐지 정겨운 기분이 들었다. 굳이 내려와서 선착장에 서 있는 사람들을 챙기는 사람이니 정겨운 것이 당연한 일일지도 모르겠다. 카메라 안에는 섬에서 찍었을 것 같은 사진은 딱히 없었지만, 왠지 이 배를 타봐야겠다는 생각이 들어 서둘러 배에 올랐다.

배에 오른 사람은 나를 포함해서 열 명 정도였다. 미리 와서 배에 탄 채로 꽤 기다렸는지 벌써 잠이 들어 있는 사람도 몇몇 보였다. 오래되었을 것 같은 무늬의 살짝 까슬한 시트가 덮인 의자들은 빈 곳이 더 많아서, 나는 내키는 대로 창가 자리 한 곳에 자리를 잡았다.

규모가 커서인지, 배가 움직이기 시작한 뒤에도 흔들리는
느낌은 거의 나지 않았다. 파도가 꽤 높아졌던 것을 생각하면
신기한 일이었다. 섬까지 걸리는 시간은 대략 한 시간 정도라
고 해서, 나는 하염없이 바다만 쳐다보는 대신 잠깐 눈을 붙이
려고 했다.

눈을 감자 고요한 선실에도 소리가 가득하다는 것을 알 수
있었다. 배의 엔진 소리, 파도 소리, 사람들이 내는 작은 바스
락 소리들. 물건들이 가끔 흔들리는 소리도 들렸다. 오히려 눈
을 감고 있으려니 잠이 오지 않는다. 사람들이 내는 작은 소리
들이 애매하게 신경에 거슬렸다.

뒤쪽에서 사람들이 두런두런 대화하는 소리가 들렸다. 날씨
에 대한 걱정들이다. 지금 들어가면 꼼짝없이 하루는 섬에서
지내고 나오게 생겼다며 걱정을 하는 소리에 갑자기 누나 집
의 문단속이 걱정이 되었다. 확인할 방법도 없어 괜히 휴대전
화만 쳐다보고 있는데, 건너편 좌석에 앉아 있던 여자가 말을
걸어왔다.

어디 불편하세요?

가볍게 고개를 젓자 여자는 다행이네요, 하며 작게 미소를
지었다. 그 뒤로 이야기가 끊기려나 했는데, 상대방은 이야길
이어가고 싶었던 듯하다. 섬에는 무슨 일로 가는지 묻고는, 대
답을 하기도 전에 카메라를 가리키며 사진 찍으러 가는 거냐

고 덧붙였다. 잠깐 망설이다 고개를 끄덕이자 활짝 웃으며 손뼉을 친다.

좋네요. 날씨 때문에 좀 곤란할 수는 있겠지만, 날이 개기만 하면 예쁜 사진을 찍을 수 있을 거예요.

그러고도 여자는 작은 목소리로 도란도란 이야기를 늘어놓았다. 자신은 섬에 있는 본가에 가는 중이고, 친하게 지내던 친구가 연락이 되지 않아 뭍에 나갔었다는 이야기들. 여자는 혼자서 말을 하면서도 따뜻하고 보드라운 분위기를 풍기며 즐거운 대화를 하는 사람처럼 은은하게 웃고 있었다.

아. 혹시 불편하신가요?

뒤늦게 묻는 말에 고개를 젓자, 여자는 또 방긋 웃고는 다시 이야기를 시작했다.

여자는 섬에 살지만 뱃멀미를 심하게 해서, 한 번 뭍으로 가면 섬으로 잘 들어가지 않고, 섬에 한 번 들어가면 뭍으로는 잘 나가지 않는다고 했다. *그래서 친구가 없어요.* 하고는 키득거리며 웃는다. 섬에서만 지낼 때 한 번, 사진을 찍으러 왔다고 하는 사람과 친구가 되었다면서 자랑을 했다. 자신과는 다르게 뱃멀미를 하지 않아서 자주 섬과 뭍을 왔다 갔다 했다면서.

여자의 친구는 사진도 좋아하고, 예쁜 카페에 가는 것도 좋아하고, 자전거 타는 것도 좋아했다고 한다. 가끔 섬에서 해변가의 길을 따라 함께 자전거를 타기도 했다며 자전거를 타 보라고 권했다. 해안길이 정말 예쁘다고.

바닷바람 맞는 것을 좋아해서 여자와 친구는 해변에서 시간을 보낼 때가 많았다고 한다. 아무것도 없는 바닷가에서도 한참동안 이야길 나누면 시간 가는 줄 모르고 즐거웠다고. 여자보다는 자주 섬과 뭍을 오가기는 했지만, 뭍에서 일을 하는 터라 또 그렇게 자주 만나지는 못했다고 한다.

전화 통화도 하고, 메신저로도 이야길 나누는데 만나면 또 할 이야기가 산더미인 것이 재미있었다고 한다. 예전에는 사람들이 말하는, 전화를 끊으며 자세한 이야기는 만나서 하자는 말이 이상하다고 생각했는데, 이제 보니 아니구나 싶었다면서.

그렇게 한참동안 조잘거리는 여자의 이야기를 듣고 있자니, 여자의 친구는 사진을 좋아한다는 점, 그리고 바다를 꽤 좋아한다는 점을 빼면 누나와는 아주 다른 사람이었다. 사진 이야기에 반가워한 탓에 누나 생각을 했던 것을 뒤로 미루어 두었다. 여자는 지치지도 않는지 조잘거리다 내게 사진을 찍을 만한 곳들을 알려주기까지 했다. 그러자 배는 어느새 섬에 도착해 있었다.

내릴 때가 되어서야 비가 오기 시작했다는 것을 알았다. 추적추적 내리는 비가 축축하고 차가웠다. 밖에서 보니 배도 꽤 흔들리고 있었다. 오늘 돌아가기는 글렀군, 하는 아저씨의 목소리가 배 위에서 들려왔다.

섬의 정경은 일반적으로 생각할 수 있는 그런 모습이었다. 단층집들이 대부분에 지붕은 파랗고 빨간 슬레이트로 되어 있고, 낮거나 높은 담장이 둘러 있어 철문을 지나면 마당이 있는 구조들의 집. 집이 그리 많지는 않고, 선착장에는 4층 정도의 건물도 하나 있기는 하다. 그 건물 1층에 어울리지 않게 반짝반짝한 편의점이 있었다.

카메라를 옷 속으로 감추고 뛰어서 편의점으로 간다. 안에는 껌을 씹으며 핸드폰을 들여다보는 중학생쯤 된 것 같은 남자아이가 있다. 사람이 들어오는 것을 보고는 *어소세요,* 하고 대강 인사를 하더니 안으로 쑥 들어가며 *엄마!* 하고 소리를 친다.

우산은 계산대 바로 앞에 있었다. 당연한가 싶지만, 뭍에서보다 가격이 비싸다. 비닐우산 하나 가격이라기에는 과한 지출을 하고, 편의점 문을 열자 아까 전의 그 여자가 있었다.

또 보네요!

반갑다는 듯이 활짝 웃으며 인사를 한 여자는 겉옷에 묻은 빗방울들을 툭툭 털어내고는 *잘 가요,* 하며 편의점 안으로 들어갔다. 봤을지는 모르겠으나 고개를 살짝 숙여 마주 인사를 해 주었다.

여자가 말했던 해안 길이 어느 쪽인지는 한눈에 알 수 있었다. 모래사장이 있고, 땅이 높아져 방파제 없이 난간만 설치해 둔 길이었다. 바다를 왼쪽으로 두고 쭉 올라가다 보니 최근에 개축한 듯 보이는 건물들이 나왔다.

무슨 스테이니, 어쩌구 펜션이니 하는 간판들은 선착장에서 보이던 것과는 영 어울리지 않게 겉돌았다. 이 섬에 내린 나도 저렇게 겉돌고 있겠지.

비가 점점 세차게 내리기 시작해서 별수 없이 개중 가장 가까운 곳으로 들어가기로 했다. 깔끔한 외관에, 다인실이 있는 곳이었다. 침대 하나면 충분하니 딱 적당하다 싶어 바로 자리를 받고, 라운지로 꾸며진 1층에 자리를 잡았다.

내부가 대부분 나무로 장식되어 있어 따뜻한 느낌이 드는 곳이었다. 무료로 제공되는 커피를 받아다가 작은 테이블 하나를 차지하고 앉으려는데, 벽에 걸린 폴라로이드 사진들이 눈에 들어왔다.

사진에는 다양한 사람들이 찍혀 있었다. 조금 전 카운터에서 보았던 주인아주머니가 자주 등장하고, 그 외에 두어 사람을 빼면 거의 계속 다른 사람들이 찍혀 있다. 아무래도 이곳에서 머무르던 사람들의 사진인 듯했다.

3년 전부터 시작된 날짜가 작년 즈음이 되도록 한 장씩 사진을 구경하는데, 그중 하나에서 낯선 듯 익숙한 얼굴을 발견했다.

누나는 사진 속에서 활짝 웃고 있었다. 저렇게 환하게 웃고 있는 사진은 거의 본 적이 없는 것 같다. 마지막으로 본 누나의 얼굴이 짐을 정리하며 보았던 사진들인데, 거기에서도 누나는 내가 기억하는 모습으로 작은 미소를 짓고 있었다. 일곱, 여덟 살 이후에 저런 표정을 본 적이 없어 너무 낯선 탓에, 나는 한참 동안 그 사진을 들여다보고 있었다.

누나의 얼굴 옆으로는 모르는 사람들만이 가득했다. 처음 보는 얼굴들. 장례식에서 본 적 없는 사람들이니, 누나도 모르는 사람이었을 것 같다. 그런데 누나의 바로 옆에 찍혀 있는 사람이 묘하게 낯이 익었다.

아는 사람이라도 있나 봐요?

생각하기가 무섭게, 옆에서 오늘 자주 듣는 목소리가 들려왔다. 옆자리에 앉았던 그 여자였다.

대답을 않고 어색하게 있었더니, 여자는 아, 하는 소리를 내고는 자기소개를 하기 시작했다.

전 한채원이에요. 저희 집에서 묵으실 줄은 몰랐는데, 잘 오셨어요!

여자는 그렇게 말하고는 오른손을 내밀며 생긋 웃었다. 멋쩍게 악수를 하면서 든 생각은 사진 속의 얼굴과 지금의 표정이 똑같다는 것이었다.

그래서, 아는 사람은 누구예요?

다시 살갑게 말을 걸어오기에, 나는 머뭇거리다 사진 속에 찍힌 여자를 가리켰다. 아까 본 것 같은 사람이 있길래 신기해서 보고 있었어요. 왜 그렇게 대답했는지 스스로도 잘 알 수 없었지만, 그렇게 말하자 여자는 까르륵 웃었다. 눈썰미가 좋으

시네요! 하고는 다시 조잘거리기 시작한 여자가 잠시 후에 사진에서 옆에 찍힌, 그러니까, 누나를 가리켰다.

이 사람이 제가 아까 말한 친구예요.

요즘은 바쁜지, 통 섬에 오질 않더라고요. 전화도 안 받고…… 무슨 일 있나 걱정이에요. 하면서 여자는 아까는 보이지 않았던 근심어린 표정을 지었다. *전에도 전화를 안 받은 적이 있긴 했는데, 메시지도 답장을 안 하더라고요. 화가 나서 그런가 싶어서 기다려 보려고는 하는데…….*

여자는 걱정 어린 목소리로 중얼거리듯이 말을 끝냈다. 아까와는 전혀 다르게 시무룩한 모습이 새로웠다.

싸우셨어요?

작게 물어보자, 여자는 눈을 동그랗게 뜨며 돌아보더니, 멋쩍은 듯, 속상한 듯 애매한 표정을 지으며 고개를 끄덕였다.

그렇게 화 낼 줄은 몰랐는데. 처음 싸운 거여서 어떻게 해야 될지 모르겠네요.

하더니 여자는 창가에 있는 작은 테이블을 가리켰다. *괜찮으시면 이야기 좀 들어주실래요?* 고개를 끄덕이자 여자가 먼저 자리를 잡고 앉았다. 그리고 나서는 말을 고르려는지 잠시 조용했다.

커피가 다 식었구나, 하는 생각을 할 때 쯤, 여자가 입을 열었다.

다음 주에 결혼을 해요.

여자의 뜬금없는 말을 들으며 홀짝인 커피는 차갑고 쓰기만 했다. 그래서 정신이 번쩍 드는 것이 여자의 말 때문인지, 아니면 커피의 쓴 맛 때문인지 알 수 없었다.

그런데, 저번에 만났을 때 그 이야길 했더니 엄청 화를 냈어요. 어떻게 이제서야 말할 수 있냐고도 하고, 결혼을 꼭 해야 하느냐고까지 말하길래…… 저도 조금 욱해서 왜 축하해주지 않느냐고 화를 냈거든요.

여자는 속상한 목소리로 거의 웅얼거렸다. 지금 생각해보니까, 화낼 일은 아니었던 것 같기도 해요. 그렇게 말한 여자는 한숨을 폭 내쉬더니 고개를 저었다. 어쩔 수 없죠, 이미 지나간 일인데. 그래서 사과는 하긴 했는데…… 그 다음에 연락이 안 되네요.

여자의 말을 들으며, 어렴풋이 어떠한 가능성 하나가 머릿속에 떠올랐다. 가만히 고개를 끄덕이고만 있는데, 여자가 미소를 짓고는 자리에서 일어났다.

다시 연락이라도 해 봐야겠어요. 이야기 들어주셔서 고마워요.

과장되게 화이팅하는 동작을 해 보인 여자는 씩 웃고는 카운터 쪽으로 사라졌다. 자리에 혼자 남겨지자, 조금 전 떠오른 생각이 덩치를 키운다.

* * *

그 뒤로 섬에서 보낸 시간들은 누나의 흔적을 되새기는 과정이었다. 이제 보니 다 같아 보였던 바다 사진들도 다 다른 곳에서 찍은 모양이었다. 하나, 둘, 특이한 바위나 나무가 찍힌 것들을 풍경과 맞추어 보면, 그 자리에 서 있었을 누나의 모습도 함께 그려졌다.

몇 번 정도, 가지고 간 카메라로 나도 사진을 찍어보려 했다. 일단 한채원 씨는 나와 함께 사진을 찍었다. 기념이에요, 하고 들고 있던 카메라를 가져가 같이 있는 사진을 찍어 주고는 배를 타러 가는 내게 손을 흔들어 보였다.

나머지, 내가 찍은 사진들은 엉성하기만 한 바다, 나무, 빗방울의 사진들이었다. 누나가 찍은 것과는 확연히 다른 그 사진들은 지울까 싶었지만 그대로 두었다.

돌아가는 배는 들어올 때 탔던 것과 똑같았다. 같은 자리에 앉아서 가는 동안, 들어올 때 듣던 목소리가 들리지 않은 것만 빼면. 아저씨는 여전히 정이 많았고, 배는 흔들리지도 않고 금세 뭍에 도착했다.

뭍에서 탄 버스에는 나 혼자였다. 버스 기사 아저씨는 라디오에서 흘러나오는 노래를 따라 흥얼거렸다. 창문 너머 어렴풋이 옛 생각이 나겠지요…… 하는 노래 가사가 김 서린 버스 창문에 부딪히는 것이 눈에 보이는 것 같았다.

돌아온 누나의 방은 걱정한 것이 무색하게 문도 잘 잠겨 있고, 아무 문제도 없었다. 멍하니 현관에 서 있는데, 아직 치우지 않았던 슬리퍼가 눈에 들어왔다. 토끼 캐릭터 장식이 달린 푸른 빛 도는 회색 슬리퍼. 누나가 발이 그렇게 작았던가, 싶은 슬리퍼를 쳐다보다 천천히 방으로 들어갔다.

누나가 쓰러져 있던 자리에 서자, 아직도 그 장면이 생생하기만 했다. 조금은 멍한 상태로 돌아다니는 사이 확신이 된 생각이 다시 머릿속을 채운다.

누나는 혼자서 울다가 죽은 것으로 보였다. 눈물이 흐르는 대신 몸속의 이온이 결정이 되어 나오는 증세가 있어서, 너무 많이 울거나 울고도 약을 먹지 않으면 그대로 죽을 수도 있는 병 때문이었다.

누나가 쓰러져 있던 곳의 모양새로 보아서, 누나는 한참 동안 방을 어지럽히며 울다 그대로 쓰러진 것 같았다. 처음엔 약을 먹으려다 먹지 못했던 건가, 싶었는데 이제 보니 약병이 엎어져 있던 것도 홧김에 쏟아 부어버린 것 같았다.

뭐가 그렇게 서럽고 화가 났을까? 여자의 이야기 속에 등장한 누나가 내게 너무 낯설어서, 이유는 오히려 선명하게 그려졌다. 드레스를 입고, 본 적 없는 남자의 손을 잡고, 흰 카펫을 지나 단상 앞에 서고, 맹세하고 서약의 증표를 나누어 갖는 남녀. 신부 대기실에서 활짝 웃던 모습은 간데없이, 식장 밖에서 우는 여자. 어디선가 보았던 것 같은 이미지는 아마 누나가 떠올린 것과도 다르지 않을 것이다.

나는, 누나가 잘 웃지도, 잘 울지도 않는 사람이라고 생각했었다. 좋아하고 싫어하는 것은 있지만, 깔깔 웃거나 엉엉 우는 것은 보지 못했던 탓이다. 그랬는데. 누나도 누군가를 좋아하고, 그 사람과 있을 때 깔깔 웃기도 하며, 실연을 당하기도 하고, 실연을 당하면 엉엉 울기도 하는 사람이었다. 그러니까, 누나는 평범한 사람이었다.

아직 누나의 집은 정리가 다 되지 않았지만, 나는 이제 모든 게 정리된 것 같은 느낌이 들었다. 문득 발아래가 버석거리는 느낌이 들어 바닥을 내려다보니, 아직도 투명하고 반짝거리는 알갱이가 바닥에 남아 있었다. 어쩌면 누나에게는 흘려보낼 수 없었던 이런 알갱이가 너무 많았던 것일지도 모른다.

지금 눈에 들어온 알갱이들을 차마 치워버릴 수 없어서, 나는 그것을 한 데 모아 가루약을 싸듯이 챙겼다. 종이 안에서 바스락거리는 알갱이들을 내가 가지고 있기로 했다.

그렇게, 나의 첫 번째 장례식이 끝났다.

모란이 피기까지는

한켠

아빠를 잃었다. 어른이 되었다.

어머니가 딸에게 작위를 승계하고 재산을 상속하는 고나라의 왕실에서 왕의 아이들은 그들의 아버지를 아버지라 부르지 않고 이름을 부르며 하대했다. 후궁들은 그들의 자식이자 왕이 낳은 아이들에게 왕에게 하듯 존대를 했다. 하지만 나는 후궁의 딸임에도 아빠를 아빠라 부르고 아빠는 나를 '고운 아가', '내 아가', '사랑하는 아가'라고 불렀다.

아기였던 적은 한참 전에 지났지만 아빠에게 나는 영원히 아가였다. 왕의 모든 아이들은 가마를 타고 다녔지만 나는 아빠의 어깨에 앉아 목말을 타거나 등에 업히거나 품에 안겨 다녔다. 그들이 비단 방석에 앉을 때 나는 아빠의 무릎에 앉았다.

나나 그 아이들이나 발이 바닥에 닿지 않고 사는 건 매한가지였으므로 나는 한 번도 그들이 부럽지 않았다. 단 한 명만 제외하고. 왕의 총빈이자 고나라 최고의 명문가 출신 후궁인 '좌고'의 아들인 '편경'은 왕의 아이인데도 혼자 자기 발로 다니고 방석 없이 맨바닥에 앉았다. 언제까지 날 안아주고 업어줄 거냐고 어리광을 부릴 때마다 아빠는 '우리 아가 어른 될 때까지'라고 했다. 하지만 아빠는 내가 관례를 올리기 전에 이미 중병을 앓아 자리보전을 하느라 더 이상 나의 가마이자 방석이자 날개가 되어 주지 못했다. 아빠는 가늘어진 팔로 밤마다 팔베개를 해 주며 자장가 대신 불길한 저주 같은 혼잣말을 했다.

"현나라의 왕이 후계 없이 죽어가는구나. 내 이복동생이 나를 죽이는구나. 너의 숙부가 너를 견제하는구나."

아빠는 원래 고나라 바로 옆에 붙은 현나라의 세자였다. 고나라가 정복전쟁을 벌이며 작은 나라들을 차례로 굴복시킬 때 가장 오래 치열하게 항전하며 버틴 나라가 현나라였다. 세자였던 아빠는 투항하려는 부왕의 머리를 베어 성벽에 걸고 화살이 떨어지면 돌을, 돌이 떨어지면 분뇨를 퍼부어가며 성을 지켰다. 고나라의 봉쇄가 길어져 군량을 다 먹고 시체를 뜯어먹고 자식을 잡아먹을 지경이 된 현나라의 백성들은 마침내 성문을 열고 세자를 내보내 항복했다. 세자는 화친혼을 명분으로 고나라 왕의 후궁이 되고 대신 고나라는 허울뿐이나마 현나라를 그대로 두었다. 세자의 이복동생이 이름뿐인 현나라의 왕이 되었다. 고나라의 왕은 현나라의 세자를 철저히 모욕하고자 했다.

"고나라 궁궐의 가장 깊은 곳에 두고 절대 찾지 않아 오래 혼자 쓸쓸하게 잊혀지도록 내버려 둘 것이다."

패배한 적국의 세자가 승리한 왕을 오만하게 보며 차분하게 대답했다.

"바라 마지않는 바입니다."

그 얘기를 나는 아빠의 궁에 있던 궁인들에게 들었다. 아무리 잊혀질 사람이라 해도 세자였던 이를 홀로 타국에 보내는 건 매정하다 여겼는지 현나라의 왕이 된 아빠의 이복동생, 내가 얼굴 한 번 본 적 없는 내 숙부는 아빠가 고나라에 올 때 현나라 출신 궁인들을 몇 명 함께 보냈다. 아빠는 같은 현나라 사람인 궁인들에게 냉랭해서 거의 말을 붙이지 않았다. 그들은 날 좋아하지 않았다. 내가 침략자인 고나라 왕의 핏줄이며 아빠의 친딸도 아니고 아빠를 아프게 한 못된 년이라고 했다. 아빠는 내가 어렸을 때부터 자주 아팠다. 아빠는 전쟁 때 너무 고생해서 그런 거라고 했지만 궁인들은 나 때문에 생긴 상처가 덧나서라고 했다. 궁인들은 나를 목욕시킬 때마다 옷으로 가려지는 부위에 뜨거운 물을 끼얹고 때를 벗긴다며 살갗이 벌게지도록 박박 문질러댔다. 아빠가 수건과 부채로 머리카락을 말려 줄 때 징징대면서, 목욕하기 싫다며 궁인들이 무슨 짓을 했는지 일러바쳤다. 아빠는 그 즉시 '감히 왕의 아이를 학대했다'면서 왕명을 빌어 궁인들을 내쫓았다. 전쟁 때 사람들이 너무 많이 죽어서 남은 사람들은 누가 누굴 챙길 겨를이 없어 스스로 뭐든 다 해야 했다던 아빠는 궁인들 없이도 안살림을 하고 나를 잘 기를 수 있었다. 궁인들은 모두 궁문 밖에 신발코를 내밀기 전에 자진 당했다. 나 때문에 그런 거냐고 물었을 때 아빠는 그들이 현나라 왕의 첩자여서 축출한 거라고 했다. 그때부터, 아니 현나라에서 추방되듯 고나라로 오면서부터 아빠는 현나라 왕을 의심하고 있었다. 언젠가 현나라 왕이 자신을 암살할 거라고. 고나라 왕실에서 암살은 흔한 일이니 현나라의 소행인지 아닌지 알 수 없을 거라고.

"현나라는 고나라와는 달리 아버지가 적장자에게 왕위를 계승한단다. 그러니 부왕의 서자이자 차남인 현나라 왕보다는 내가 정통성이 있지. 그래서 그는 나를 두려워한단다. 내가 내 몫의 왕관을 요구하면 자기 머리에서 왕관을 벗어줘야 하니까. 현나라의 백성들도 나의 귀국을 원하지 않는단다. 내가 고나라와 다시 싸우면 또 그때처럼 극심한 기아를 겪을까 봐 두려워한단다. 나는 아마 살아서 현나라로 돌아갈 수는 없을 테지."

궁인들이 나가고 난 후로 아빠는 나와 단둘이 좁은 처소에 고립되었다. 편경을 제외하곤 아무도 찾아오지 않아서 나는 아빠와 늘 함께였다. 아빠는 맑아서 멀리까지 보이는 날이면 내 이마에 손을 대 손차양을 만들어 주고 함께 현나라 쪽을 바라보며 내게 현나라의 노래를 가르쳐 주었다. 현나라가 조금이나마 보일까 늘 창밖을 보며 현나라의 노래를 흥얼거리던 아빠는 결국 다시는 국경을 넘지 못했다. 현나라 전 세자와 고나라 왕의 딸인 나는 어느 나라 사람일까.

아빠의 정원에는 작약이 피었다. 꽃의 왕이라는 모란과 닮았으나 모란은 아닌 꽃. 어린 내가 작약을 꺾어 고나라 왕의 유일한 하사품인 화병에 꽂으려 하면 아빠는 "꽃을 꺾으면 며칠만에 시들지만 흙 속에 뿌리를 내리면 씨앗을 맺고 그 씨앗을 심으면 또 꽃이 피고 그렇게 오래 살 수 있단다"라며 만류했다. 현나라에서 꺾여 온 아빠는 고나라에서 뿌리를 내리지 못하여 일찍 시들어버렸나. 아빠 없는 궁은 꽃 없는 화병 같았다. 아빠가 꽃 대신 감상하고 애만지던 아무 무늬 없는 화병. 침대 위에 죽은 아빠를 두고 차갑고 딱딱한 바닥에서 혼자 잠들었다. 삼일장의 첫날이 지나가고 있었다.

아빠가 졸하였다고 왕에게 고했는데도 왕은 아무런 장례용품도 내어 주지 않았다. 둘째 날에 편경이 혼자 관을 끌며 걸어 들어 왔다.

"이제 해금 너도 나 같은 처지가 되었구나."

편경은 왕이 나를 낳기 직전 해에 낳은 아들이었다. 편경의 아비인 좌고는 왕의 아이인 편경을 대놓고 구박진 못했으나 나를 미워하듯 편경을 미워했다. 편경에게 아비는 없는 거나 마찬가지였다. 아니 없으면 더 나았을 것이다. 어머니에게 버림받은 나와 아비에게 미움받는 편경은 어릴 때부터 친했다. 다른 형제자매들은 좌고의 아들과 어울리다가 혹여 실수라도 하여 이 나라 최고 실세인 좌고에게 트집이라도 잡힐까 저어하였다. 그러나 아빠에게 예쁨만 받고 자라서 무서울 게 없던 나는 아무렇지 않게 편경에게 말을 걸었고, 아빠도 편경에게는 과자라도 한 입 더 주려 했다. 편경은 편경대로 자기와 놀아주는 사람이 나밖에 없으니 내 이름을 불러 주었다. 아빠의 이름도.

"아쟁은 이제 현나라로 돌아가는 건가?"

"후궁이 죽으면 왕조의 무덤에 묻히잖아. 아빠도 그러지 않을까. 전하께 시신을 현나라로 운구하게 해달라고 궁인을 통해 간곡히 아뢰긴 했지만……."

현나라 사람들이 아빠의 귀국을 원할까. 아직도 항전을 명한 세자를 거부할까. 현나라 왕도 후계 없이 아빠와 한날한시에 죽었다. 아빠는 현나라 왕이 자신을 죽였다고 믿었다. 현나라 왕도 아빠에게 혐의를 씌웠을까.

"그럼 전하께서 결정해 주시겠지. 시신이 부패하기 전에 어명을 내리셨으면 좋겠는데."

편경은 나와 함께 아빠의 시신을 닦고 염했다. 아빠는 그토록 격렬하게 저항을 이끈 세자였다고는 믿기지 않게도 말갛고

선이 가는 얼굴에 호리호리한 체형이었다. 흰 꽃봉오리나 날개를 접은 물새를 떠올리게 했던 아빠의 등에는 거칠고 험한 무수한 흉터가 있었다. 비가 오거나 날이 추우면 아문 자리가 다시 벌어지는 듯 아프다며 아빠는 며칠씩 앓아눕곤 했다. 아빠가 쫓아냈던 궁인들은 나 때문에 아빠가 궁 안의 모두가 보는 앞에서 짐승처럼 맨살을 드러내고 채찍으로 맞았다고 했었다. 왜 그랬냐고 물었을 때 아빠는 하얀 초승달처럼 웃으며 "부모는 아이를 선택할 수 없단다. 아가가 내 자식이니 마땅히 그리 했어야 했단다. 아가를 얻기 위해서라면 나는 수천수만 번도 그리할 수 있었단다."라며 나를 둥기둥기 얼렀다. 아빠가 나를 선택한 이야기를 나는 아빠에게 조르고 또 졸라서 자꾸 자꾸 들었다.

고나라에서는 왕이 아이를 낳으면 왕이 아이의 아비가 누구인지 정해준다. 그러면 그가 아이의 아비가 된다. 왕이 아이에게 젖을 물리면 그 아이에게 후계자의 자격이 주어진다. 그러나 왕은 나를 낳고서는 아비를 지정하지도 않았고 수유를 하지도 않았고 유모를 정하지도 않았다. 그 전 아이들과는 다르게 지독한 난산이었던 탓에 자신을 죽일 뻔한 아기가 증오스러웠을까. 왕은 아기를 그냥 내다 버리라고 했다. 그 추운 겨울에. 아기는 누가 봐도 좌고를 빼닮았다. 그러나 왕은 이미 회임했을 때부터, 좌고를 총애하고 권력은 주었지만 후계까지는 줄 수 없다고 단언했다. 왕은 후궁 중에 정비를 발탁하겠다며 후궁들을 경쟁시키고 궁중 암투로 밀어 넣고 왕비 자리를 비워 뒀다.

내가 죽을지도 모른다는 소문을 듣고 아빠가 궁 안 가장 깊은 곳에서 나와 차가운 땅바닥에 부복했다. 현나라가 항복하던 순간에도 고개 숙이지 않고 등을 꼿꼿이 세웠다던 아빠가. 나를 달라고 청했다. 그냥, 내가 왕의 안에 생긴 순간부터 나는 아빠의 아가였다고 했다. 그러나 아무도 그런 이유를, 아니 이유가 없다는 이유를 믿지 않았다. 좌고도 가만히 있는데 현나라의 전 세자가 왜. 왕은 오랜만에 본 잊힌 후궁에게 왕의 명령에 반했다는 죄목으로 채찍질을 명했다. 핏방울마저 얼어붙는 겨울이었다.

"전하께서 이 아이를 얻기 위해 겪으신 임신 중의 고통과 산고에 비하면 이 아이를 살리기 위해 이 정도 고통은 오히려 가볍지 않습니까."

그동안 왕이 임신과 출산을 겪을 때 다들 말로는 신성하고 존엄한 책무라고 했지만 고통에 공감해 준 이는 적국 출신의 후궁이 처음이었다. 왕은 채찍질을 멈추고 나를 아빠의 딸로 지정해 주었다. 후계 자격은 주지 않았지만. 그때까지 왕에게 자식을 받지 못했던 좌고는 적어도 겉으로는 태연했다. 왕의 총애가 여전하니 왕의 다음 아기의 아비는 자신이 될 거라 믿었다. 그러나 왕은 그 후로 다시는 아기를 낳지 못했다. 좌고가 나를 볼 때마다 눈을 흘기고 편경이 나와 어울릴 때마다 편경을 구박하고 명절에 왕이 모든 후궁들에게 나누어주는 떡 중에 아빠 몫을 몰래 빼돌려 치졸하게 구는 데에는 이런 이유가 있다. 좌고가 눈을 흘기면 나는 혀를 내밀었고, 편경은 기어이 놀러 왔고 떡이 없으면 찰밥에 콩가루를 묻혀 아빠, 나, 편경이 나눠 먹었다. 나는 아빠의 왼쪽 무릎에 편경은 아빠의 오른쪽 무릎에 앉아 책을 읽곤 했다.

아빠가 갓난아기였던 나를 안고 처소로 돌아온 이후로도 궁 안팎 사람들의 악의와 호기심은 끊이지 않았다. 현나라에서는 자식이 없는 현나라의 왕 대신 언젠가 아빠가 나를 데리고 현나라로 돌아와 왕위를 잇기 위해 나를 들였다고 했다. 아빠가 남몰래 고나라 왕의 아이를 학대하는 짓으로 고나라 왕에게 복수하려 한다는 소문도 있었다. 아빠는 소문을 듣지 못한 척 입을 닫았고, 헛소문은 점점 더 맹수처럼 몸을 불렸다. 소문은 눈을 빛내고 이를 번득이며 이렇게 말했다. 패전국 현나라의 전 세자가 승전국 고나라 왕의 딸을 범하고 욕보이려 한다. 아빠는 단검을 왕 앞에 내놓았다. 자결할 각오로 현나라에서부터 품고 왔던 단검이었다.

"저의 자식이 관련된 추문이라면 마땅히 제가 자결하여 결백을 증명하겠으나, 감히 왕의 아이를 거론하는 자들은 왕명으로 불충을 다스리십시오."

궁 안의 사람들은 좌고가 소문의 주인일 거라고들 했다. 왕이 이 추문을 이유로 나를 아빠에게서 빼앗아 자신에게 줄 거라고 계산한 좌고의 소행이라고. 좌고는 그때까지도 여전히 왕의 자식을 얻지 못했다. 왕은 궁인 출신 후궁을 지목했다. 좌고의 가문 같은 든든한 뒷배가 없는. 그 후궁이 나와 아빠를 모함했다고. 그 후궁은 결백을 주장했으나 사형을 당했다. 왕은 좌고를 죽은 후궁의 아들인 편경의 아비로 정했다. 내가 좌고를 닮았듯이 편경은 왕을 닮았다. 편경의 어머니가 왕인 것은 확실하나 생부가 누군지는 아무도 모른다. 아들인 편경에게는 왕위 계승 자격이 없으니 아버지가 누구든 상관없었다.

  편경은 어릴 적에 원인 모를 병으로 몇 번 크게 아팠던 적이 있다. 나는 편경과 아빠의 병의 원인으로 좌고를 의심한다. 좌고는 편경과 아빠를 암살하고, 자식 없는 후궁에게 아비 잃은 아이를 달라고 왕에게 애걸하고, 나를 얻고 나면 가문의 위세를 빌어 어떻게든 내게 왕의 후계 자격을 주려고 무슨 짓이든 할 작자였다. 왕이 죽고 나면 새로운 왕의 아비가 되려고 편경을 아프게 하고 아빠를 죽였을지도 모르지. 아빠의 단검은 부장품으로 관 속에 들어갈 것이다.

  "내가 아빠를 닮았음 이뻤을 텐데."

  내가 어렸을 때 거울을 보며 툴툴대면 아빠는 나를 마주 보며 현나라 노래에 가사를 바꿔 불러주곤 했다.

"요 곧은 목은 누굴 닮았나. 아빠를 닮았지. 요 섬세한 손가락은 누굴 닮았나. 아빠를 닮았지. 요 분홍빛 손톱은 누굴 닮았나. 아빠를 닮았지. 요 반듯한 등은 누굴 닮았나. 아빠를 닮았지. 요 튼튼한 다리는 누구를 닮았나. 아빠를 닮았지. 요 재빠른 발은 누구를 닮았나. 아빠를 닮았지. 우리 아가 누굴 닮았나. 아빠를 닮았지."

"그러니까 얼굴 빼고 목부터 발끝까진 다 아빠 닮았단 거지?"

"아빠 딸인데 아빠 닮았지. 얼굴도 마음도 모두 다."

"내가 좌고의 아이가 되고 편경이 아빠의 딸이었다면 아무도 수군대지 않을 텐데."

나는 왜 그리 어린애처럼 철없이 단검처럼 아빠 마음을 찔러댔을까.

"누가 수군대니?"

아빠가 정색하고 물었을 때 어린애다운 직감으로 입을 꾹 다물고 고개를 저었다. 아빠는 나를 두고 수군대는 모든 사람을 죽여 주었다. 만약 좌고가 나에 대해 입이라도 벙긋했다면 아빠는 좌고도 죽였을 것이다. 어떤 대가를 치르더라도.

"여기서 같이 자고 갈까?"

편경이 아빠의 장례 기간 내내 굶은 내 입에 방금 쑤어 따듯한 죽을 숟가락으로 떠먹여 주었다. 편경은 자기 겉옷을 벗어

내 얇은 상복 위에 걸쳐 주며 물었다.

"장례가 끝나면 뭘 하려고?"

왕의 자리에 도전할 자격이 없는 왕의 아이들은 혼인하여 아비와 함께 궁을 떠나 아비와 함께 산다. 하지만 왕이 거부한 공주를 환영할 가문이 어디 있을까. 아무 연고도 없는 현나라로 간들 누가 반길까. 아빠를 묻고 나면 뭘 해야 할까.

"아빠를 죽인 자를 죽일 거야."

"아쟁은 병으로 죽었어. 어의가 그랬어."

"아니야. 암살이야. 어의는 어떤 병인지 모른다고 했어. 그런데 증상이 네가 어렸을 때 앓았던 병과 똑같아."

"고열은 흔한 증상이야. 같은 병이라고 단정할 수 없어."

나는 고집스레 독살이라고 우겨댔다. 편경은 내 손을 잡았다. 손가락이 굵고 마디가 긴 사내의 손이었다.

"아쟁의 죽음은 등의 그 상처 때문은 아니야. 네 탓이 아니라고, 해금."

"만약 좌고가 아빠를 죽였다면 넌 어찌할 셈이야?"

편경은 관 속에 누운 아빠 대신 침대에 누워 내게 팔베개를 해 주었다.

"감히 왕의 후궁을, 왕의 아이의 아비를 죽인 자의 불충을 왕명으로 다스려야지. 아빠의 방식대로."

편경은 무심결에 내 아빠를 '아빠'라고 불렀다. 아빠가 살았을 적엔 한 번도 그런 실수한 적 없었는데. 편경은 나를 염려해서 나서지 말라는 걸까. 아니면 그저 겁먹은 걸까. 편경의 팔은 목침처럼 단단했다. 편경이 이불을 끌어 올려 덮어 주었다. 아빠는 이제 영영 흙이불을 덮겠지. 고나라의 흙이든 현나라의 흙이든. 흙은 흙먼지가 되어 바람에 날려 이곳저곳을 떠도니 고나라의 흙도 현나라로 가고 현나라의 흙도 고나라로 가겠지.

"편경, 이제 나는 어찌해야 할까."

"네가 궁에 남든 떠나든 너의 가장 가까운 곳에 나를 두고 한순간도 떨어지지 않고 늘 함께 해. 절대 외롭지도 쓸쓸하지도 잊히지도 않게."

"그게 네가 바라마지 않는 바야?"

"그래. 기필코 그래."

"내가 너를 사랑하건 미워하건 그건 모두 네가 좌고의 아들이어서가 아니라 네가 편경이기 때문이야."

"네가 해금이고 내가 편경이었을 때부터 너는 나를 선택할 수 없고 나도 너를 선택할 수 없어. 나는 너의 뜻에 따르고 너는 나의 마음에 기댈 뿐."

나는 편경의 품에서 잠이 들었다. 꿈에 아빠가 나오지 않았다. 새벽에 잠에서 깼을 때 이불 속에 편경이 꺾어 둔 작약 향기만 남아 있고 편경은 없었다.

셋째 날 자정 가까운 시각에 왕이 홀로 왔다. 편경은 여기저기 쏘다니며 온종일 장례 절차를 알아보러 다니느라 오지 못했다. 소외된 후궁의 장례다 보니 은밀하게 처리해야 했는데 뭐가 잘 풀리지 않는가 보았다. 공식적으로는 왕의 자식으로 인정받은 적 없는 나는 왕과 이렇게 가까이 단둘이 있는 게 처음이었다. 편경과 몹시 닮은 얼굴이었다. 왕은 관 속에 누운 아빠의 하얀 얼굴을 가만히 손끝으로 쓰다듬었다. 아빠가 생전에 꽃 없는 화병을 만지던 손길처럼.

"아쟁은 가장 아름다울 때 죽었구나. 늘 아름다웠지."

이 사람이 아빠의 등에 끔찍한 흉터를 남긴 사람인가. 죽은 아빠는 눈을 감고 있었다.

"아쟁과 나는 전쟁터에서 백 일 동안 매일매일 해가 뜨고 나서부터 해가 질 때까지 서로의 진지에서 마주 보았다. 먼저 깜빡이면 지는 어린애들 눈싸움처럼. 큰 나라가 작정하고 작은 나라를 말려 죽이면 살 방도가 없는데도 아쟁은 끝까지 성을 지켰다. 나는 전쟁이 길어지길 바랐다. 아쟁이 하루라도 더 버티길. 그래야 하루라도 아쟁을 더 볼 수 있으니까. 성벽에 걸린 아쟁의 아비의 머리가 다 썩어버릴 때까지 아쟁은 나를 보았다. 현나라가 항복한다 했을 때 나는 아쟁이 자결할까 두려웠다. 그래서 화친혼을 조건으로 걸었다."

"그런데 아빠에게 왜 그러셨습니까."

"왕명을 거역하는 후궁에게 벌을 내리지 않을 수는 없었다. 따끔하게 혼내주기만 하려고 했는데 아쟁이 사죄하거나 물러서지 않고 이를 악물고 채찍질을 버텼다. 그는 단 한 번도 내게

져 주지를 않았다."

"그걸 여쭙는 게 아닙니다. 왜 아빠를 궁궐의 가장 깊은 곳에 두고 절대 찾지 않으셔서 오래 혼자 쓸쓸하게 잊히도록 내버려 두셨습니까."

"나는 아쟁을 찾지 않았으나 아쟁이 너를 위해 나를 찾아왔던 적이 있었다. 아쟁은 혼자도 아니었고 쓸쓸하지도 않았고 잊히지도 않았다. 네가 있었으니."

"그럼 제게 왜 그러셨습니까."

"부모도 자식을 선택할 수 없고 자식도 부모를 선택할 수 없다. 너는 처음부터 아쟁의 아이였고, 고나라 왕의 공주는 아니었다. 아쟁은 영악하게도 필요할 때만 자기에게 유리하게 너를 '왕의 아이'라고 했지만."

"그렇다면 고나라 왕의 자식이 아닌 저의 아비를 이제 현나라로 돌려보내 주십시오."

왕은 나처럼 고집스레 관을 닫았다.

"후궁이 죽으면 왕조의 무덤에 묻힌다."

"아빠는 현나라의 세자였습니다. 평생 현나라의 노래를 불렀습니다. 살아서 돌아가지 못하였으니 죽어서라도 돌아가게 해 주십시오. 그곳에는 지금 왕도 없고, 현나라 사람들도 죽은 세자의 귀국까지는 반대하지 않을 겁니다."

"좌고가 있는데 타국의 세자 출신 후궁을 왕비로 삼을 수는 없었다. 그러나 내가 죽을 때 유언으로 아쟁과 합장할 것이다.

그때야 비로소 아쟁은 나의 정비가 될 것이다."

"그게 아빠가 바라마지 않던 바이겠습니까."

왕과 합장되면 왕릉을 파헤치고 이장할 수 없게 된다. 아빠의 시신은 썩어서 고나라의 흙이 되고 그 흙 위에서 작약이 피어 영영 고나라에 뿌리 내리게 된다.

"못자리는 이미 봐 두었다. 날이 밝는 대로 하관할 것이다. 유족은 너뿐이니 네가 곡을 하여라."

"곡은 하지 않겠습니다. 아빠를 죽인 자를 밝혀 무덤 앞에서 그 이름을 세 번 고하고 난 후에야 마음껏 통곡하겠습니다."

"누가 아쟁을 죽였느냐. 누가 죽인 걸로 하고프냐. 현나라 왕이냐 좌고냐."

"아빠는 현나라의 왕을 의심했고 저는 좌고를 의심합니다. 증거는 없습니다. 하지만 증거는 왕명으로 만들면 되지 않습니까. 편경의 생부를 죽이실 때 그리하셨듯이."

"현나라의 왕이 고나라의 후궁을 암살했다면 현나라를 벌하여 복속시켜야 한다. 그렇게 하면 아쟁의 항쟁이 의미 없어진다. 왕의 궁 안에서 후궁이 후궁을 독살했다면 죽인 자의 가문을 멸문시켜야 한다. 편경은 좌고의 아들이지만 왕자이기도 하니 일단 목숨은 건지겠지만 궁 밖으로 나가자마자 자결해야 하겠지. 아쟁이 너를 위해 편경의 생부를 죽였다. 그런데 네가 편경을 죽여야 기어이 속이 풀리겠느냐. 그러니 의문은 아쟁과 함께 묻어라. 아쟁은 고향을 그리다가 병이 되어 죽은 것이다."

"시신이 되어서라도 귀향하지 못하게 하시면서 향수병으로 죽었다 하란 말씀이십니까."

"고나라의 후궁이 현나라에 묻힐 수는 없다. 이 궁에 발을 디딘 순간부터 아쟁도 체념한 일이다."

"비록 아빠의 육신은 적국의 왕릉에 묻히나 넋은 현나라의 하늘을 떠돌 것입니다."

"그게 내가 바라마지 않는 바이다. 해금."

"저를, 왜 미워하셨습니까. 제가 아빠를 닮지 않고 좌고를 닮아서입니까."

"내가 너를 미워했건 사랑했건 모두 네가 아쟁의 아이여서 그리한 것이다."

나는 아쟁의 눈빛과 아쟁의 자세와 아쟁의 몸짓과 아쟁의 목소리와 아쟁의 말투로 왕을 마주 보고 이름을 불렀다. 오래 같이 살면서 닮은 대로. 내가 태어나기 전에 현나라 망루에서 고나라 왕을 매일 마주했던 시절의 젊은 아쟁으로서.

"운라, 이제 나는 어찌해야 할까."

"너를 나의 마음 가장 깊은 곳에 두고 절대 찾지 않아 오래 혼자 쓸쓸하게 잊히도록 내버려 둘 것이다. 너도 나를 그리 하여라. 내게 수많은 후궁들과 자식들이 있으나 나는 홀로 외로워질 것이니. 영영 잊자. 정녕코 잊어버리자. 세월이 흘러 고나라도 현나라도 망하고 무덤의 봉분이 무너지고 비석의 글자가 지워져 아무도 기억하지 못하는 날이 올 때까지."

왕은, 내가 영원히 '엄마'라고 부를 수 없을 사람은 꽃 없는 화병을 가지고 떠났다. 내가 아빠 대신 현나라로 돌아갈 수 있을까. 내가 왕실의 핏줄을 이어 현나라의 왕이 된다면 전 세자의 뜻을 이어 고나라와 다시 전쟁을 할 것인가 아니면 고나라 왕가의 피에 흐르는 정복욕과 잔인함으로 이참에 현나라가 망국이 되게 할 것인가.

아니면 고나라에 남아 나를 기른 아빠의 복수를 위해 나를 낳은 아비를 죽일 것인가. 나를 낳고 나를 거부한 이 나라의 왕도.

고나라와 현나라 어느 곳에서도 나를 원하지 않는다. 모두가 나를 경계한다. 나는 누구 편이 될 것인가. 누가 내 편을 들어줄까.

아빠는 고나라에 묻혔다. 아빠의 단검도 꺾인 작약도 함께 부장되었다. 왕은 한낱 후궁의 무덤에는 오지 않았다.

"유해를 고국으로 보내 주실 수 없으시다면 대신 그 자식이라도 보내 주십시오. 현나라에 가묘를 쓰고 현나라 왕실에서 제사를 지내겠습니다."

왕의 자식이 아닌 나는 직접 왕에게 말을 전할 수 없어 편경을 통해 아뢰었다. 왕도 편경을 통해 내게 물었다.

"오갈 데 없는 처지가 되니 비어있는 현나라 옥좌에라도 앉겠다는 것이냐."

"최소한 아쟁의 무덤에 흙이 마를 때까지라도, 현나라의 왕이 자식을 두지 못 하고 죽었으니, 현나라를 고나라에 복속시키지 않으려면 아쟁의 딸이 현나라의 왕이 되어야지요."

"내게서 멀리 떠날 생각뿐이구나. 고나라에 남아서 혼인을 하여라. 명문가와 정략결혼을 할 처지는 되지 않겠지만 내 호의로 혼수를 좀 챙겨준다면 무난한 집안에 들어앉을 수는 있을 것이다."

"명문가와 혼인하여 현나라로 떠나겠습니다. 좌고의 아들을 제게 주십시오. 저는 왕실 족보에 왕의 딸로 올라 있지 않으니 왕의 아들과 혼인할 수 있지 않습니까. 제가 편경을 구하겠습니다. 좌고는 감히 왕의 아들과 후궁을 여러 번 독살하려 했으니 좌고의 집안을 수색하십시오."

좌고가 왕의 후궁과 왕의 아들을 독살하려 했다면 왕은 좌고의 집안을 멸문시켜야 한다. 어느 집안을 수색해도 약초로도 쓰이고 독초로도 쓰이는 약재가 나온다. 그 약재를 약초로 볼 지 독초로 볼지 판단은 의원이 아니라 왕이 한다. 왕은 좌고와 그의 가문을 늘 견제해 왔다. 나와 혼인하게 되면 편경은 좌고의 집안사람이 아니라 내 남편이 되므로 연좌되지 않는다. 편경은 중간에서 왕과 나의 말을 옮기기만 했다. 편경이 내게서 아빠를 보는지 좌고를 보는지 알 수 없어서 두려웠다. 편경의 목소리가 왕의 뜻을 전했다.

"네가 현나라로 간다면 현나라의 명문가와 혼인해야 자리를 잡을 수 있을 텐데."

"물론 그리 할 겁니다. 편경도 후궁으로 두고 현나라 명문가의 아들도 후궁으로 두고, 정비 자리를 두고 경쟁하게 하겠습니다. 편경은 저와 가장 가까운 곳, 눈 돌리면 보이고 손 뻗으면 닿고 부르면 들리는 곳에 두겠습니다. 만약 제게 수많은 후궁들과 자식들이 있다 해도 편경은 절대 외롭게 하지 않겠습니다. 절대로 잊지 않겠습니다. 세월이 흘러 고나라도 현나라도 망하고 무덤의 봉분이 무너지고 비석의 글자가 지워져 아무도 기억하지 못하는 날이 올 때까지."

좌고의 창고에서 한 번에 많이 먹으면 고열로 앓다가 급사하고, 오랫동안 소량을 먹으면 서서히 열병으로 죽게 되는 독초가 발견되었다. 그 독초는 다른 약초와 혼합하면 해열 작용이 있는 약으로 쓸 수도 있었다. 아빠의 사인은 향수병에서 독살로 바뀌었다. 좌고는 사사되었다. 왕은 그의 삼족을 멸하였다. 나와 혼인한 좌고의 아들만 살아남았다. 편경은 아빠의 정원에서 작약을 뿌리채 파내어 화분에 옮겨 심어 품에 안고 나와 함께 고나라를 떠났다. 그게 편경의 유일한 혼수였다.

현나라의 성문이 열렸다. 성벽에는 아직도 그슬린 자국, 패인 성벽, 무너진 축대가 남아 있었다. 이 곳에서 아빠가 부왕을 죽였고 운라를 보았다. 아빠는 고통과 모멸과 사랑을 감내하는 사람이었다. 자신이 그러한 사람이므로 그의 백성들도 응당 그러하리라고 믿었다. 그러나 아빠만큼 욕망과 모욕과 사랑을 인내한 건 그의 백성이 아니라 적장이었다.

일개 후궁에 불과한 아빠의 장례는 쓸쓸하게 치러져 서둘러 매장되었다. 그러나 실제로는 고나라의 신하나 다름없는, 아무리 이름뿐인 왕이라 해도 국왕인 현나라 왕의 장례는 국장이었다. 현나라는 온 백성이 아직도 상중이었다. 나라를 외국에 넘기다시피 하고 왕관을 얻은 왕의 장례가 길어지는 데에는 현나라의 조정에서 아직 마땅한 왕위 계승자를 찾지 못했다는 이유가 왕릉의 땅거죽 아래 있었다. 부계 쪽 집안 내력인지 현나라 왕조는 대대로 손이 귀했다. 현나라 신하들이 황급히 나라 안을 샅샅이 뒤져 찾아낸 사람은 아빠의 이복동생의 모계 쪽의 멀고 먼 친척이었다. 한 마디로 현나라 왕실과 피가 한 방울이라도 섞였을까 말까 한, 혈육이라고 부르기도 우스운 처지였다. 아빠와 피가 한 방울도 섞이지 않은 건 나나 그쪽이나 마찬가지였다. 왕실의 정비도 아닌 후궁의 친척이라는 이유로 하루아침에 상주 노릇을 하게 된 비파가 나하고 편경을 맞이했다.

"고나라에서 문상객으로 오셨습니까. 먼 길 오시느라, 아니 바로 옆 나라니까 먼 길도 아니지요. 어쨌든 오시긴 오셨습니다만, 그래도 격에 맞게 고나라의 재상 정도 되시는 분이 오셨으면 좋았을 텐데요."

고나라 왕이 책봉을 미루고 있어서 아직 왕이 되지 못한 주제에 자기가 이미 옥새를 쥐고 있는 줄 안다. 눈을 마주 보며 잘 가르쳐 주었다.

"고나라의 재상 좌고가 죽고 나서 아직 재상 자리가 공석이라. 하지만 재상이 있어도 고나라는 현나라에 조문하지 않을 것이다. 귀국도 현나라 출신 후궁의 장례에 향을 올리지 않았잖은가."

편경은 정물처럼 화분만 안고 있었다. 비파가 목소리를 높이지 않고 대꾸했다.

"후궁과 국왕이 같습니까."

"고나라의 후궁과 현나라의 국왕은 동격이다. 그리고 나는 고나라의 공주 자격으로 온 게 아니다. 현나라 전 세자의 딸로서 숙부의 죽음을 애도하기 위해 왔다."

현나라 전 왕의 생모의 먼 친척인 비파는 전 왕의 조카인 나를 안쪽으로 안내했다. 편경은 그림자처럼 나를 따랐다. 초상화에 그려진 아빠의 이복동생은 아빠처럼 갸름한 얼굴에 오밀조밀한 이목구비였다. 아빠처럼 하얀 피부는 살아 있을 때도 창백했을까. 아프기 전에도 마른 체형이었을까. 아빠와 아빠의 이복동생은 한눈에 봐도 닮았다. 나와 비파와는 다른 얼굴이었다. 이복형제는 둘 다 부왕을 닮았던 것이다. 아빠는 자기와 닮은 얼굴을 성벽에 걸어두고 매일 그 얼굴이 썩어서 형체를 잃어가는 과정을 지켜보면서 어떤 생각을 했을까. 자신이 늙으면 그런 얼굴이 되리라고 예상했을까. 자신의 피를 받은 자식이 태어나면 그런 얼굴이 나오리라 상상했을까. 그러나 아빠는 자신의 핏줄을 얻지도 못했고 부왕이 죽은 나이에 이르지도 못하고 죽었다. 향로의 향이 사그라들었다. 비파가 두 번째 향을 비단 주머니에서 꺼내기 전에 내가 빠르게 말했다.

"내가 여기 온 데에는 목적이 하나 더 있다. 너에게 청혼하겠다."

"저번엔 현나라 세자가 고나라에 후궁으로 가더니 이번엔 고나라 왕이 버린 자식이 현나라의 왕비로 오겠단 겁니까. 이 혼인이 이루어져야 고나라의 왕이 현나라의 왕을 승인해주는 겁니까."

"아니. 내가 현나라의 왕이 되고 네가 나의 후궁이 될 것이다. 내 아비가 고나라에 후궁으로 끌려갔듯이. 나는 현나라의 전 세자의 자식으로서 내 아비가 앉았어야 할 정당한 옥좌에 앉을 것이다."

"여기까지 데려온 애첩은 어쩌시려고."

"편경도 너도 동등하게 내 후궁이 될 것이다. 후궁이야 몇 명을 거느리든 상관없으니. 현나라가 나의 즉위와 이 혼인을 받아들일 수 없다면 고나라 쪽으로 화살을 쏘고 포를 발사하라."

"제가 자결하여 거부한다면 어찌 됩니까."

"그러면 현나라의 신하들이 또 왕실의 대를 이을 자를 데려오겠지. 그러면 그와 혼인하면 된다. 그자가 자결한다면 그다음 차례와. 어디 현나라 사내의 씨가 마를 때까지 거역해 보아라."

"고나라 왕의 명을 빌려 강요하시는 겁니까."

"그렇다. 고나라 왕에겐 아쟁의 이름을 대고."

"앞으로 일어나는 모든 일은 당신의 책임입니다, 해금."

편경은 내게 아빠의 죽음은 내 탓이 아니라고 했는데. 빈 관을 묻은 아빠의 가묘를 현나라 왕의 무덤 앞에 더 높게 조성했다. 현나라 왕의 무덤에는 볕이 들지 않았다. 그러고도 모자라 아빠의 이복동생에게 죄를 씌우고 무덤에서 시체를 파내 꿇어앉히고 목을 쳤다. 고나라 왕에게서 배운 대로 현나라를 점령하고 장악했다. 성벽의 그을음을 지우고 해자를 파고 물을 채우고 포대를 설치하고 팬 곳을 메우고 축대를 재건했다. 아빠는 태어났을 때부터 세자였던 사람이었다. 아빠가 토지와 세금과 교역과 외교와 정치에 대해 가르쳐준 모든 것을 현나라에 쏟아부었다. 전쟁은 옛날에 끝났고, 굴종으로 보장받은 평화에 나약해진 백성들은 어느 날 나타나 국정을 장악한 강력한 군주에게 기꺼이 복종했다. 백성들이 전 세자를 원망하리라는 아빠의 오래된 두려움이 무색하게도.

편경과 비파를 공평하게 사랑했다. 어제 편경의 처소에 갔으면 오늘은 비파에게, 오늘 비파에게 갔으면 내일은 편경에게. 편경과 작약을 보고 비파와 현나라의 시를 읊었다. 편경의 애잔함과 비파의 오만함을 은애했다. 편경은 나와 서로 반말을 했고 비파는 내게 존대를 하고 나는 비파에게 하대를 했다. 편경은 화분의 작약을 정원에 옮겨 심고 가지를 잘라 분재를 만들어 화분에 심었다.

추운 겨울이 아니라 작약 피는 봄에 아이들을 낳았다. 아기를 낳을 때 편경이 곁에서 손을 잡고 호흡을 함께 하고 탯줄을 자르고 아이를 받았다. 아이를 안고 젖을 물렸다. 첫 아이는 편경의 딸이 되었고 둘째는 비파의 아들이 되었다. 아기 얼굴은 날마다 바뀐다더니 아이들은 태어났을 땐 날 닮았더니 갈수록 얼굴이 달라졌다. 편경의 아이는 비파를 닮았고 비파의 아이는 편경을 닮았다. 나를 닮은 아이는 없었다. 편경은 현나라 궁인들을 믿지 않아서 혼자서 딸을 품에 안고 무릎에 앉히고 등에 업어 길렀다. 비파가 편경을 두고 아이 버릇 잘못 들인다고 했다. 나는 그저 아무 말도 하지 않았다. 편경의 아이와 비파의 아이는 나와 편경처럼 자라게 될까, 아니면 나와 고나라 왕의 자식들처럼 봐도 못 본 척 지내게 될까.

편경은 아이를 한 침대에서 토닥이며 재웠다. 편경과 나는 아이를 가운데 두고 잤다. 편경이 잠든 아이의 귀를 손으로 덮으며 소곤댔다.

"운라를 언제 죽여 줄 거야?"

아빠는 헛소문을 막아 달라 했을 뿐인데 고나라의 왕이 편경의 생부를 죽였고, 나는 아빠의 복수를 위해 편경의 양부인 좌고를 죽여 달라 했고, 고나라 왕은 기꺼이 들어 주었고, 편경은 화분 하나 품에 안고 타국에 와서 먼 곳을 보며 아이에게 고향의 노래를 불러 준다. 편경이 살아서 고나라에 돌아가지 못한다면 편경의 아이가 고나라에 돌아가 나와 편경의 어머니의 무덤을 파헤치겠지.

"누가 정말 아빠를 죽였을까?"

나는 좌고를, 아빠는 현나라 왕을 의심했다. 작약 향이 바람에 실려 오지도 못할 만큼 먼 곳에 떨어져 있는 이복동생이, 세작 노릇을 할 궁인도 없는 이복형에게 독을 먹일 수 있었을까. 좌고가 중간에서 왕이 보낸 음식에 독을 섞었다면, 아빠와 모든 음식을 나눠 먹은 나는 왜 말짱할까. 편경의 생부와 양부를 죽인 왕이, 아빠를 죽이지 않았으리라 확신할 수 있을까. 편경은 운라를 의심했다. 나는 내가 해야 할 일을 알았다.

"고나라로 돌아갈 거야."

앞으로 일어나는 일은 모두 나의 의지다.

"나는 고나라의 왕이 되러 왔다. 내가 바라마지 않는 바가 이것이다."

현나라의 비단으로 짠 옷을 입고 홀로 돌아온 아빠의 정원에는 여전히 작약이 있었다. 나는 누구도 거치지 않고 내 발로 가서 곧바로 고나라의 왕과 독대했다. 내가 아이들을 낳고 난후로는 처음이었다. 고나라의 왕은, 운라는, 내 아빠의 연인은, 내 생모는 여전히 아름다웠다. 늘 아름다웠지.

"나는 너를 내 자식으로 인정한 적 없다."

"나는 고나라 왕의 딸이 아니라 현나라 왕으로서 왔다."

아기들은 자라면서 얼굴이 달라지는데 왜 내 얼굴은 끝까지 아빠를 닮지 않았을까. 운라는 내 얼굴에서 오래된 그리움을 찾듯 나를 가만히 바라보았다. 가망 없는 갈망이었다. 그러다 문득 깨달았다. 내가 비파와 편경을 모두 사랑하듯 운라도 아쟁과 좌고를 동시에 사랑했다. 나에겐 아쟁과 좌고가 모두 있었다. 운라가 단호하게 선언했다.

"네게는 왕위 계승권이 없다."

현나라 왕가의 문양이 새겨진 단검을 품에서 내어놓았다.

"고나라의 왕위 계승 자격이 있는 자들을 모두 죽이면 내 차례가 오겠지."

"부강한 고나라가 약소한 현나라를 봉쇄하면 현나라 백성들은 시체를 뜯어먹고 자식을 잡아먹게 될 것이다."

"내가 이 궁을 봉쇄하고 당신 시체를 뜯어 먹고 당신 자식들을 잡아먹을 것이다."

백성들은 궁 안에서 왕이 후궁을 죽이건 후궁이 후궁을 죽이건 왕이 자식을 버리건 상관하지 않는다. 그들이 경작한 밭에서 뜯어가는 세금이 오르지만 않으면, 당장 오늘 입 안에 밥 숟가락이 들어오기만 하면, 땅을 베고 누워 하늘을 보며 부른 배를 두드리기만 한다면, 누가 왕인지도 모르는 자들이다. 핏줄, 정통성, 하늘이 부여한 왕권 같은 건 평안한 오늘을 위해서라면 언제든 다른 나라에 넘길 수 있는 자들이 백성이다. 그러니 나는 고나라 국경을 포위할 필요가 없다. 고나라 왕궁의 문에 튼튼하고 무거운 자물쇠를 걸기만 하면 된다.

"고나라의 공주들이 왕을 독살하려 모략을 꾸미다가 현나라로 망명하려 했으니 왕궁의 모든 문에 걸쇠를 걸라고 명하시지요."

"증거는."

운라의 가느다란 손목이 내 손아귀에 들어왔다.

"이런, 존귀하신 고나라 왕께서 날이 갈수록 마르고 쇠잔해지고 계십니다."

"나이 들고 곁에 있던 사람들이 하나둘씩 떠나면 몸에서 조금씩 무언가 빠져나가 야위는 법이지. 날마다 조금씩 죽어가는 것일 뿐 누가 서서히 죽이는 게 아니다."

자상했던 아빠는 근거 없는 의심에 사로잡혀 죽었고, 처음부터 왕의 곁을 지켰던 좌고는 왕에게 숙청당했다. 편경과 비파도 언젠가 그렇게 처음과 달라져서 내게서 떠날지 모르지.

"고나라의 왕께서 가장 왕위를 물려주고 싶은 딸은 아쟁과 좌고의 딸이자 좌고의 아들과 혼인했으며 현나라의 왕이 된, 당신과 가장 닮은 해금이잖아."

"네가 가지러 온 건 내 왕관이 아니라 네 아비의 시신 아니냐."

"아빠의 시신을 절대 고나라 왕실의 무덤에 오래 혼자 쓸쓸하게 두지 않을 거야. 현나라로 운구하여 현나라 왕의 무덤에 당신과 같이 합장할 거야. 내가 성묘를 할 테니."

운라는 생의 마지막에 아빠가 그랬듯 나를 제외한 모든 딸들을 의심했다. 나는 운라가 좌고에게 했듯이 고나라 공주들의 집에서 암살의 증거를 찾아 냈다. 개가 킁킁대며 먹이를 찾듯이.

고나라의 죽은 공주들은 내가 아빠 품에 안겨 다닐 때 가마를 타고 다녔다. 어린애다운 호기심으로 기웃거릴 만도 했는데도 그들은 늘 나를 못 본 척했다. 그들을 귀애하는 아비들이 철저히 가르쳤겠지. 나는 그들과 같은 왕의 딸이 아니라고. 그 시절 오직 편경만이 내게 와 주었다. 그리고 지금 편경만 남고 그들은 모두 세상에 없다. 그들이 탔던 가마는 상여가 되었다. 이름도 재산도 자손도 모두 흩어져 사라졌다. 고나라의 왕 운라의 곁에는 나만 남았다. 연이은 딸들의 죽음이 운라를 쇠약하게 했다. 내가 태어났을 때 나를 안지 않은 운라는 마지막 남은 힘을 모아 내 손을 꼭 쥐었다.

"이제 나를 어찌할 셈이냐."

"고나라 궁궐의 가장 깊은 곳에 두고 절대 찾지 않아 오래 혼자 쓸쓸하게 잊히도록 내버려 둘 것이다."

"그것이 내가 바라마지 않던 바다."

작약이 지던 날 운라는 죽었다. 가장 아름다울 때 죽었구나. 늘 아름다웠지. 운라의 공주들은 죽거나 벌을 받았고 왕자들은 출궁 당했다. 후궁들의 신세도 그들의 자식과 다르지 않았다. 나 홀로 운라의 임종을 지켰다. 후궁들의 묘지 구석에 혼자 오래 외롭고 쓸쓸하게 묻혀 있던 아빠의 묘를 파묘했다. 아빠의 희고 아름다웠던 얼굴이 떠오르지 않았다. 담담하고 낮았던 목소리가 기억나지 않았다. 아빠의 등에 있던 흉터는 썩어서 사라지고 유해만 남았다. 내 왼편에는 편경이, 오른편에는 비파가 자기 아이의 손을 잡고 있었다. 나는 곡을 하지 않았다.

아빠의 뼈는 현나라 왕실의 왕릉 중에 가장 높고 양지바른 곳에 매장되었다. 이제 여기서 영영 뿌리를 내리고 절대 떠나지 않기를. 운라도 그 무덤에 합장되었다. 운라의 관 안에는 무늬 없는 화병이 부장되었다. 고나라 왕 운라는 죽어서 현나라의 전 세자이자 왕의 아비인 아쟁의 정비가 되었다. 세월이 흐르면 언젠가 고나라도 현나라도 망하고 무덤의 봉분이 무너지고 비석의 글자가 지워져 아무도 기억하지 못하는 날이 올 것이다.

나는 현나라의 왕이자 고나라의 왕이 되었다. 편경과 비파는 영영 내 후궁으로 남을 것이다. 내 아이들은 고나라의 왕과 현나라의 왕이 될 것이다. 작약은 풀이고 모란은 나무다. 나의 정원에는 모란을 심었다.

세 번째 도약

달리

―드디어 오늘, 우리는 위로 한 걸음을 내디딘다. 우리와 저들 사이 경계가 없고, 울타리 안팎의 구분도 없고, 그리하여 우리가 스스로 떠나왔지만 종국에는 돌아가야만 하는 곳으로.

1999.9.9.

관문 제작자의 일기 中

연화고에서 가장 유명한 건 뭐니 뭐니 해도 '외계지성체와의 지적 소통을 위한 탐사경로 개척반'입니다. 줄여서 개척반이라고 부를게요. 이 유서 깊은 동아리가 생긴 해는 1999년,

그러니까 무려 25년 전이네요. 긴 세월이죠. 그 긴 세월 동안 저 기이하고 한편으론 우스꽝스러운 이름의 동아리가 굳건히 명맥을 유지해 온 데에는 연화고만의 독특한 이력이 결정적인 역할을 했어요. 결론부터 말하자면, 연화고에는 다른 차원으로 통하는 '관문'이 있어요.

개척반이 설립된 해에 생성된 관문은 '그 사건' 이후 지금까지 쭉 폐쇄된 채로 방치되어 있었어요. 개척반에서 관리하는 기록에 따르면 당시 사건으로 발칵 뒤집힌 학교는 조치와 수습을 동시에 허겁지겁 진행했어요. 관문이 위치한 4층 끝 교실은 이전부터 수년간 창고로 쓰인 곳이었죠. 일반 교실 두 개의 사이 벽을 허물어 공간을 넓히고는 온갖 잡동사니를 쑤셔 박아두던, 학교마다 하나씩은 있게 마련인 그런 흔한 창고 말이에요. 사건 직후 학교는 이곳을 그저 안전띠를 두르거나 임시 바리케이드를 치는 정도가 아니라, 사방을 시멘트 벽으로 발라버리는 공사를 했어요. 이제 연화고를 통해 다른 차원으로 가려면 해머로 시멘트를 깨부수는 일부터 시작해야 했죠.

시멘트 벽이 굳어갈 즈음 소식을 접한 국내 언론과 외신이 파도처럼 들이닥쳤다고 해요. 그땐 이미 학교가 비밀리에 정부 관리 아래 놓이게 된 시점이었고요. 정부는 군경을 동원하여 허가받지 않은 사람들의 출입을 엄격히 통제했어요. 기자들은 아쉬운 대로 학교 앞에 진을 치고는 닥치는 대로 관련자 인터뷰를 따서 날마다 기사로 내보냈어요. 그중엔 사실과 거리가 먼 것도 많았죠. 그땐 누구나 관문에 대해 떠들고 싶어 했으니까요. 곧이어 세계적인 석학과 내로라하는 연구기관의 관계자들이 찾아와 통사정을 했지만 정부는 안전상의 이유로 출입을 허가하지 않았어요. 그러자 정부가 미스터리한 현상으로부터 배타적인 이익을 취하려 한다는 풍문이 돌았다가 금세 낭설로 확인되었고, 소문의 최초 유포자 최아무개라는 사람은 소리소문없이 사라졌는데, 알고 보니 그가 연화고의 교사였다는 식으로 얘기가 돌고 돌았어요. 어느 것 하나 속 시원히 밝혀지지 않는 상황이 지속되었고, 사람들은 겉으로 쉬쉬하면서도 내내 수군거렸어요.

이후에는 몇몇 종교단체가 학교에 찾아와 몇 날 며칠 동안 시위를 벌였어요. 분명 같은 신을 믿는 사람들인 것 같은데 누구는 정체불명의 통로를 덮어놓고 숭배하는 행태가 신의 분노를 일으킬 것이라 했고, 누구는 신이 만든 통로를 알량한 시멘트 따위로 막으려 드는 행위가 재앙으로 이어질 것이라 했죠. 지지부진한 날들 속에 교사와 학생 들만 지독한 염증에 시달렸어요.

해가 바뀌면서 여론의 관심이 시들해지고 경비도 느슨해지자 늦은 밤과 새벽에 학교에 잠입하여 관문에 침투하려는 시도가 늘어갔어요. 개중 가장 크게 이슈가 됐던 건 고등학교 3학년 신주미 학생의 숟가락 침투 사건이었다죠. 당시 개척반의 초창기 일원으로서 관문에 대한 학생의 접근권을 열렬히 주창

해 왔던 신주미는 봉쇄된 관문 쪽 계단을 지나치다 우연히 벽 사이에 움푹 들어간 비좁은 사각을 발견했고, 그날 밤부터 장장 4개월 동안 쇠숟가락 하나로 마른 몸을 간신히 구겨 넣을 수 있을 정도의 작은 구멍을 뚫어냈어요. 알고 보니 시멘트 벽이 생각보다 무지 얇았다나요. 어쨌든 늘 밤에 은밀히 침투를 시도했던 신주미의 행각이 발각된 건, 어처구니없게도 관문에 들어가기로 한 날에 차오른 치기 어린 영웅심 때문이었어요. 신주미는 자신의 혁명적인 침투가 길이길이 전해지며 후배들에게 귀감이 되기를 바랐던 거예요. 그러자면 역시 밤보다는 낮 시간대에 최대한 많은 학생이 보는 앞에서 침투를 완수해야 한다고 생각한 신주미는 교내 방송 설비를 이용해 '놀라운 걸 보여줄 테니 폐쇄된 관문 앞으로 모이라'고 큰소리쳤대요. 그러고는 방송실에서 나오자마자 담임 선생님에게 붙잡혔지요. 담임 선생님은 '듣자마자 주미 목소리인 걸 알았다, 이 녀석이 또 무슨 사고를 치려나 싶어 부리나케 달려가 붙잡았을 뿐 몇 달 동안 그렇게 큰일을 꾸몄을 거라곤 상상조차 못 했다'라고 했어요. 숟가락 침투 사건이 벌어지고 난 뒤 학교는 꽤 오랫동안 대놓고 개척반을 골칫거리 취급했어요. 이후 관문은 철제 방벽으로 더욱 굳건히 차단되었고 시간이 더 지나자 여기에 최첨단 보안 경보 장치가 추가로 설치되었죠.

상황이 썩 좋지는 않았지만 그래도 개척반은 지금까지 해체되지 않았어요. 저간의 사정이야 어찌 되었든 전국에 단 하나뿐인 '외계지성체와의 지적 소통을 위한 탐사경로'를 보유한 학교가 그것을 만들어 낸 동아리를 없앤다는 건 쉬운 일이 아니었죠. 실제로 학교 측의 해체 시도가 여러 번 있었지만 그때마다 번번이 학생회와의 갈등으로 무산되었다고 해요. 학교와 학생회 간 대립의 핵심 쟁점이 다름 아닌 개척반의 존치 여부였기 때문에, 개척반은 곧 연화고 학생회의 상징이 되었어요. 이러한 이유로 연화고의 학생회장은 대대로 개척반에서 나오는 것이 학생들 사이에서 암묵적인 규칙으로 자리 잡게 되었죠. 자연히 학생회장 겸 개척반장은 결연한 학생 운동가로서 투쟁의 최전선을 진두지휘했고, 졸업 후에도 지속적으로 연락을 주고받으며 연대하기 위한 커뮤니티도 만들어졌어요. 대립이 장기화, 고착화되자 학교는 개척반을 최대한 무시하고 내버려 두는 쪽으로 전략을 틀었어요. 어차피 관문에만 접근하지 않으면 뭘 하든 상관없는 일이었고, 따지고 보면 개척반의 꾸준한 활동이 학교의 명성을 유지하는 데 상당한 기여를 하는 것도 사실이었기 때문이에요. 맞서 싸울 대상이 상대를 안 해주니 가열찬 투쟁을 기대하고 왔다가 제풀에 지쳐서 탈퇴하는 인원이 늘어갔어요. 동시에 개척반과 학교 사이에 일상적인 균형이 찾아왔어요. 장기적으로 봤을 때 불가피한 상황이었다고 봐요.

개척반을 지금까지 지켜낸 것은 분명 자부심을 가질 만한 일이에요. 하지만 그뿐이었죠. 개척반 활동의 목적은 궁극적으로 관문에 대한 탐사를 재개하는 데에 있다고 보아도 무리가 아닐 텐데, 실제 추진하기엔 많은 어려움이 따랐어요. 모두가 그걸 느끼고 있었죠. 그러니 운영이 지지부진해질 수밖에요.

이쯤에서 개척반을 설립한 세 사람, 김은조, 서혜민, 윤사라에 대한 이야기를 해야겠네요. 도대체 1999년 그때 무슨 일이 있었던 건지에 대해서 말이에요. 당시 서혜민과 김은조는 2학년이었고, 윤사라는 3학년이었어요. '그 사건'이 일어나기 전에는 딱히 사람들 입에 자주 오를 만한 일을 벌이지 않고 살아온 무던한 아이들이었죠. 물론 '그 사건' 이후에는 모든 게 달라졌지만요.

세 사람은 차원 관문의 제작자들이에요. 그리고 관문을 통해 다른 차원으로 도약한 최초의 인류이기도 하죠. 이들의 이야기는 그야말로 전설이에요. 처음엔 서혜민과 김은조 둘이서 시작한 일이었대요. 기록에 따르면 김은조는 처음부터 이미 관문을 생성하는 원리를 대략적으로 이해하고 있었어요. 그건 김은조가 꾼 특별한 꿈 덕분이었어요. 꿈결에 지속적으로 나타나는 기이한 도형에 대해 고민하던 김은조는 어느 날 문득 이것이 삼차원의 법칙으로 설명될 수 없는 이미지라는 것을 자각했다고 해요. 그것이 자신의 꿈에 매일 떠오르는 것이 우연이 아니라는 사실도요. 그건 당신들이 흔히 외계인이라 부르는 미지의 존재가 발신한 차원 관문의 설계도였죠.

김은조는 자신이 왜 그 설계도를 받게 되었는지에 관해서는 궁금해하지 않았어요. 아니, 궁금하기야 했겠지만 필요 이상으로 집착하지 않았다고 하는 게 맞겠네요. 김은조는 자신이 미지의 존재에게 선택받은 이유보다는 자신과 함께 관문을 만들고 다른 차원으로 건너갈 동료를 구하는 일에 더 열심이었고, 그렇게 적극적인 탐색 끝에 낙점한 인물이 바로 개척반의 초대 반장인 서혜민이었어요.

서혜민이 선택을 한 입장이 아니라 받은 입장이었다는 사실에 그동안 실망한 사람들이 많았다고 해요. 기록이 날조되었다고 주장하는 사람도 있었고요. 카리스마와 자신감, 추진력, 결단력 등 리더에게 필요한 자질이란 자질은 모조리 섭렵했다고 알려진 서혜민이 누군가의 간택을 받았다는 게 심정적으로 납득이 가지 않았던 것이죠. 하지만 납득을 하든 못하든 사실이 그랬어요. 서혜민은 김은조의 부름에 응답한 인물이었어요. 적어도 처음에는요.

김은조는 학교에서 숫기 없고 조용한 학생이었어요. '그 사건' 직후 쏟아져 나온 언론 인터뷰 기록에 따르면 김은조는 서혜민, 윤사라 외 다른 학생들과는 이렇다 할 교류가 없었던 것으로 보여요. 아예 존재감이 없었던 건 아니지만 뭔가 겉도는 느낌이었달까요. 김은조 본인이 단짝을 필요로 하거나 딱히 외로워하는 것 같지 않아서 주변에서도 그냥 그런가 보다 했대요. 그런 김은조가 같은 반도 아니고 친하지도 않았던 서혜민에게 처음 다가가 말을 건넸을 때 서혜민은 어떤 기분이었을까요. 게다가 그 말의 내용이, 밑도 끝도 없이 나와 함께 다른 차원으로 건너가지 않겠느냐는 제안이었을 때.

놀랍게도 서혜민은 김은조의 제안을 받아들였어요. 당시 구체적으로 어떤 말이 오갔는지까지는 알 수 없지만, 김은조가 관문에 대해 가능한 범위에서 아주 자세하게 설명한 것만은 확실해요. 그렇게 둘은 1999년 3월에 개척반 동아리 등록 신청서를 작성해서 학생회실에 갔고, 거기서 윤사라를 만났어요. 두 사람보다 한 학년 위였던 윤사라는 연화고 학생회에서 문화예술부장 직책을 맡고 있었고, 그래서 학생들의 동아리 신청 서류를 검토하고 활동실과 활동 시간을 배정할 권한을 가지고 있었어요.

처음에 윤사라는 비스듬히 앉은 채로 두 사람이 낸 신청서에 적힌 부서명을 훑어보고는 장난하지 말라고 했어요. 서혜민과 김은조는 대답 없이 가만히 서 있었고, 그런 두 사람의 태도에 장난기라곤 단 1%도 섞여 있지 않다는 것을 깨달은 윤사라는 자세를 고쳐 앉았죠. 그리고 물었어요.

—지금 이게 뭐 하자는 건데? 너희는 정말 외계지성체가 있다고 믿는 거야?

그제야 서혜민이 대답했어요.

—상관없잖아요. 언니는 그냥 확인 도장 찍고 활동실 열쇠나 내주면 돼요. 4층 끝 창고 쓸게요. 거긴 겹치는 부서도 없을

테니까.

　그렇게 말하는 서혜민에게서 김은조는 거부할 수 없는 매력을 느꼈다고 해요. 반면에 윤사라는 한 학년 위인 자신에게 쌀쌀맞게 구는 서혜민을 괘씸해했던 것 같아요. 조금은 수상하게 여겼던 것도 같고요. 급기야 윤사라는 회원이 단둘뿐인 동아리가 활동을 제대로 할 수 있을지 점검한다는 명분으로 개척반을 기습 방문했어요. 하긴, 당시 개척반은 이래저래 수상한 구석이 있긴 있었죠. 정체불명의 부서명부터, 무언가를 감추는 듯한 비밀스러운 분위기에, 아무도 가지 않는 4층 끝 교실을 활동실로 배정해 달라고 요구한 것까지. 윤사라 입장에서는 기습 점검을 해도 크게 이상할 게 없는 상황이었어요.

　물론 이건 모두 표면적인 이유들에 불과해요. 그때 윤사라는 그저 두 사람에게 강한 끌림을 느꼈을 뿐이죠. 나중에야 밝혀진 사실이지만, 당시 학생회 규정에 따르면 애초에 회원을 세 명 이상 확보하지 못하면 동아리 구성 자체가 불가능했거든요. 그래서 윤사라는 서혜민과 김은조가 제출한 회원명단에 자기 이름을 슬쩍 끼워 넣어서 남몰래 동아리 구성 요건을 맞추어 주기까지 했어요. 아무래도 윤사라는 처음부터 서혜민, 김은조와 함께하고 싶었던 것 같아요. 기습점검 건도 그런 맥락에서 이해하는 것이 더 타당하지 않을까 싶네요.

　어쨌거나 윤사라가 기습한 날, 서혜민과 김은조는 바닥에 허름한 매트리스를 깔아놓고 그 위에 누워 말없이 서로를 안고 있었다고 해요. 그 모습을 본 윤사라는 당황한 속내를 감추며 짐짓 단호한 목소리로 '이게 그 잘난 탐사인지 개척인지 하는 일이냐'고 다그쳐 물었죠. 동아리 활동 규정에 어긋나는 행위에 대한 조치로 개척반을 해체시키겠다는 윤사라를 서혜민은 물끄러미 바라만 보았고, 그 틈을 타 김은조가 담담히 말했어요.

　—언니, 이거 언니가 생각하는 그런 거 아니에요.

　—그런 게 아니긴 뭐가 아니야. 내가 무슨 생각한 줄 알고.

　—은밀한 애정행각, 뭐 그런 거 생각했을 거잖아요.

　—아니야? 그럼 뭔데 이게?

　—차원 관문 생성 패턴을 연구하던 중이었어요.

　그 말에 윤사라가 어떤 표정을 지어 보였을지는 당신의 상상에 맡길게요. 윤사라는 어디 뭐라고 지껄이는지 한 번 들어나 보자는 심정으로 김은조의 말을 끝까지 경청했어요. 김은조는 자신의 꿈에 나타난 기이한 이미지와 그로부터 도출해 낸 차원 관문의 생성 원리를 알기 쉽게 추려 설명했죠.

　—우리 앞에 색종이가 한 장 놓여 있고, 색종이 중앙에는 지름 1cm짜리 원이 그려져 있다고 해봐요. 만약 우리가 그 원에 접근하려고 했을 때 우리는 색종이 가장자리로 진입하여 중앙의 원을 향해 나아갈 필요가 없어요. 그냥 원에 손가락을 갖다 대면 그만이니까요. 우리가 이차원이 아니라 삼차원에 속하는 존재이기 때문에 가능한 마법이에요. 다시 말해, 고차원에 속

하는 존재는 저차원의 법칙에 구애받지 않으면서 그 안의 존재에게 영향력을 가할 수 있는 거예요. 마찬가지로 지구에 사는 인간보다 명백히 높은 차원에 속하는 존재라면 굳이 머나먼 외계 행성으로부터 우주선을 타고 빛의 속도로 날아올 필요가 없어요. 훨씬 더 간단하고 효율적인 방법이 있으니까요. 그들은 마음만 먹으면 언제 어디서든 우리와 접촉할 수 있어요. 어쩌면 손가락 하나로 우리가 사는 우주를 가뿐히 들어 올릴 수도 있겠죠. 단지 그럴 이유가 없을 뿐이지.

　—얼마 전부터 제 꿈에 독특한 이미지들이 반복적으로 나타나기 시작했어요. 처음엔 입체도 아니고 평면도 아닌 공간에서 형체들이 한 번도 본 적 없는 방식으로 뒤얽혀있다고만 생각했는데, 점점 이것들이 특정 모티프를 끝없이 반복 재생하고 있다는 걸 알게 됐어요. 너무나 명백해서 모른 척할 수가 없더라고요. 가슴이 뛰고 심장이 두근거렸어요. 그건 우리보다 상위차원에 속하는 지성체가 보낸 차원 관문의 설계도였으니까요. 그들은 내가 그 꿈을 해독해 낼 거란 걸 설계도를 보낼 때부터 이미 알고 있었던 것 같아요. 내가 관문을 만들기 위해 일을 하나씩 처리해 나갈 거라는 것도. 난 그걸 느낄 수 있어요.

　—설계도는 지구, 아니, 이 우주보다 더 고차원인 세계에서 발신됐어요. 때문에 우리에게 익숙한 물리 법칙과 개념으로는 이해가 불가능하죠. 근원적으로 삼차원에 매여 있는 인간은 설계도를 온전한 형태로 인식할 수조차 없어요. 결국 꿈을 통

해서만 그 의미가 손상 없이 저에게 전달될 수 있었던 게 아닐까 해요.

—그래서 꿈속에서 보았던 패턴을 혜민이랑 몸으로 재현해 보고 있었어요. 그게 다예요. 몸으로 직접 표현해 보면 차원 관문의 생성 원리를 더 잘 이해할 수 있지 않을까 싶어서요. 혼자선 도저히 할 수 없는 동작이라 도움을 받을 수밖에 없었어요. 그런데 둘로도 안 되겠어요. 패턴이 여간 복잡한 게 아니더라고요. 언니까지 셋이서 같이 해보면 또 모르죠. 정말로 될지도.

김은조가 설명을 끝냈을 때, 다시 한번 놀랍게도, 윤사라는 김은조의 말에 완벽하게 설득되었어요. 그러고는 자신을 끼워주는 조건으로 개척반 활동을 이어가거나, 아니면 규정대로 해체되거나 둘 중 하나를 선택하라고 의기양양하게 말했죠. 그렇게 윤사라가 개척반의 신입 회원으로 합류하게 된 거예요. 김은조는 이날 자신이 윤사라를 설득해 낸 것을 두고두고 자랑스럽게 여겼어요.

당사자가 아니고선 알기 힘든 이런 내용은 김은조의 일기를 통해 어느 정도 세상에 알려질 수 있었어요. 김은조는 자신의 좁은 생활 반경 안에서 일어난 거의 모든 일을 밝은색 표지의 두툼한 일기장에 상세히 기록해 두었거든요. 초창기 개척반의 활동 정황에 관한 추측은 바로 이 김은조의 일기를 근거로 하고 있어요. 때문에 개척반에서는 김은조의 일기를 마치 경전처럼 취급한다죠. 일기에서 특히 중요한 부분은, 당연히 김은조의 꿈에 인간의 언어와 개념으로 설명할 수 없는 이미지가 나타나기 시작한 시점 이후부터 관문이 열린 당일까지의 기록이에요. 전 얘기는 여러 번 들어봤지만 직접 읽어본 건 이번이 처음이었습니다.

흥미로운 건 처음에 김은조 혼자서 쓰던 일기가 세 사람이 같이 쓰는 교환일기로 바뀌었다는 거예요. 그리고 이때부터 일기는 더욱 진솔하고 자기고백적인 내용들로 채워졌죠. 아무리 가까운 친구라도 숨기고 싶을 수 있는 그런 내용들이 일기를 통해 서로에게 오롯이 전해졌어요. 예전에 신주미가 훌륭하게 표현한 대로, 그즈음 세 사람은 거의 하나의 자아를 공유하고 있었던 것 같죠.

그런데 여기서 개척반의 오랜 숙제가 하나 생겨났어요. 김은조가 일기에만 기록을 남긴 게 아니거든요. 김은조는 차원 관문의 설계 원리를 윤사라에게 간략히 풀어 설명하면서 그 내용을 일기에 남겼지만 그게 전부가 아니었어요. 설계도의 핵심이라고 할 만한 원리의 세부사항은 제작자들이 '로라'라고 부른 무언가에 따로 기록되어 있었는데, 김은조는 로라의 위치를 알려주는 단서를 일기의 어디에도 남겨두지 않았어요. 이후 개척반은 로라를 김은조가 개인적으로 관리한 수첩 같은 걸로 짐작했어요. 그리고 김은조가 관문을 넘어가던 날 일기는 이쪽에 남겨두고 로라는 그 자신이 직접 들고 갔으리라 추측했죠. 이름까지 지어 부를 만큼 애착을 가진 물건이라면 버리고 갈 리 없으니까요. 타당한 추론이었어요.

그럼 일기는 왜 남겨두고 갔냐고요? 개척반 사람들은 그게 일종의 배려였을 거라고 생각하더군요. '그 사건' 이후 홀연히 사라져 버린 아이들을 두고 온갖 비극적인 추측을 쏟아낼 측은한 세계에 대한 작은 배려. 실제로 사안을 조사하는 데 걸린 시간이 일기 덕에 많이 단축되기는 했죠.

어쨌거나 로라가 이쪽 세계 어딘가에 남아있을 일말의 가능성이라도 존재하는 한, 개척반은 로라를 포기할 수 없었어요. 25년의 세월이 흐르는 동안 개척반을 거쳐 간 수많은 회원들이 저마다 김은조의 일기를 한 문장 한 문장 정독하며 그 안에 혹시 다른 단서가 숨어 있지는 않은지 샅샅이 뒤져보았다고 하죠. 애석하게도 지금까지는 이렇다 할 성과가 없었고요.

이야기를 계속 이어가 볼까요. 사건의 내막을 자세히 들여다보면 볼수록, 서혜민이 단순히 김은조의 부탁을 받아 반장을 맡은 게 아니라 실질적인 구심점 역할을 했다는 걸 알 수 있어요. 서혜민의 결단력과 추진력은 정말 대단했거든요. 일단 하겠다고 마음먹으면 뒤를 돌아보는 법이 없었죠. 세 사람의 교환일기에는 서혜민의 듬직한 모습에 김은조뿐만 아니라 한 살 언니인 윤사라도 많이 의지한 흔적이 군데군데 남아 있어요. 윤사라는 꽤 자존심이 강한 캐릭터였는데도 서혜민 앞에서는 고분고분했죠.

김은조의 계획에 대한 서혜민의 신뢰는 절대적이었어요. 서혜민은 가까운 미래에 관문이 완성될 것을 한 치도 의심하지 않았어요. 심지어 설계도를 직접 수신한 김은조조차도 흔들리는 순간이 있었는데 말이에요. 윤사라는 그런 서혜민을 보면서 늘 신기해했죠.

김은조와 윤사라가 아무리 흔들려도 서혜민의 심지는 항상 굳건했어요. 세 사람의 생각이 엇갈릴 때도 그랬죠. 관문 생성을 몇 주 앞두고 서혜민은 중요한 지점에서 다른 두 사람과 의견 충돌을 빚었어요. 서혜민은 관문이 생성되는 날 연화고 학생들을 불러 모아 그 앞에서 기념식을 열자고 했어요. 김은조와 윤사라는 극구 반대했죠. 김은조는 그러다 누가 충동적으로, 아니면 실수나 장난으로 관문을 따라 넘어가기라도 하면 감당할 수 없는 사태가 벌어질 거라고 했어요. 윤사라는 계획에서 변수를 늘리면 그만큼 일이 실패할 확률도 높아진다고 했고요. 그래도 서혜민은 단호했어요. 연화고 학생들은 모두 알 권리와 선택의 자유를 누릴 수 있어야 한다고 믿었죠. 서혜민은 관문에 들어서기 전 모든 사실을 밝히고, 도약을 원하는 사람은 누구든 스스로 판단해서 뒤따를 수 있게 길을 열어두어야 한다고 주장했어요. 결국 두 사람은 그의 뜻에 따르기로 했죠.

이후 김은조는 관문 생성을 위한 작업을 이어가면서 한편으로 도약 당일에 최대한 많은 사람을 불러 모을 방법을 고민했어요. 계획이 조금이라도 엇나가면 일 자체가 틀어질 수 있었기 때문에 아주 섬세하고 신중하게 접근해야 했어요. 다행히 김은조는 머릿속으로 계획을 점검하거나 미리 시뮬레이션을 돌려보는 데에는 거의 완벽에 가까운 재능을 가지고 있었죠. 김은조는 곧바로 관문이 열리는 일시와 장소를 알리는 비공개 홍보문을 작성했어요. 개척반에서 주관하는 깜짝 이벤트 정도로 포장해서요.

서혜민의 판단과 김은조의 계획을 직접 실행에 옮기는 역할은 윤사라의 몫이었어요. 윤사라는 3학년인 데다가 학생회 임원을 맡을 정도로 쾌활하고 모범적인 학생이었으니, 학생들에게 무언가를 홍보하기엔 안성맞춤이었죠. 윤사라는 학생회와 개척반의 협력으로 관문 이벤트를 추진한다고 안내하면서 김은조가 작성한 홍보문을 뿌렸어요. '그 사건'이 일어나기 일주일 전에. 반응은 당연히 성공적이었고요. 그때만 해도 관문 이벤트가 뭔지 정확히 아는 학생은 한 명도 없었어요. 그냥 윤사라가 홍보하니까 재미있겠다 싶었던 거죠. 그 홍보문에 적힌 이벤트 날짜가 1999년 9월 9일이었어요. 이후 개척반에서 '도약의 날'로 부르게 될 바로 그날이었죠. 제작자 세 사람이 관문을 통해 차원의 문턱을 넘은 날.

이제 드디어 그날의 이야기를 할 차례네요. '그 사건' 또는

'도약의 날'은 개척반의 역사에서 가장 중요하게 취급하는 사안이에요. 이 이야기를 하게 될 순간을 얼마나 기대해 왔는지 몰라요. 하지만 그전에 하나만 더 짚고 가죠. 좀 전에 얘기했다시피 윤사라가 홍보문을 배포한 시점은 사건 일주일 전, 그러니까 9월 2일이었어요. 도약의 날은 9월 9일이었고요. 세 사람은 어떻게 1999년 9월 9일을 관문 생성일로 미리 특정할 수 있었을까요. 그날 관문이 완성될 줄 어떻게 알고요. 기록에 따르면 다른 준비된 이벤트 시나리오 같은 건 없었거든요. 그러니까 만약에라도 그날 관문이 예정된 장소에 생성되지 않았으면 이벤트를 예고한 주최 측의 입장이 얼마나 난감해졌겠냐는 거예요. 그런데도 세 사람은 사건 하루 전날까지도 별로 초조해하는 기색이 없었단 말이죠. 즉, 제작자들은 그날 그 자리에 관문이 열릴 것을 '이미 알고 있었어요.' 이상하지 않아요?

그에 대해 지금까지 개척반의 추측은 얼추 이런 식이었어요. 1999년 9월에 들어 관문 생성 작업이 거의 막바지 단계에 접어들었고, 그러면서 세 사람에겐 자연히 이 프로젝트가 성공할 것이라는 확신이 생겼던 거라고요. 그런데 아니에요. 일기에 적혀 있는 건 확신 같은 게 아니에요. 그건 확신을 뛰어넘는, 이를테면 기지(旣知)의 영역에 있는 무언가라고요. 셋은 그날 그 자리에 관문이 열린다는 걸 이미 알고 있었어요. 그게 어떻게 가능했겠어요.

답은 하나뿐이에요. 세 사람은 어느 시점엔가, 9월 9일에 열리는 관문을 미리 본 거예요. 사람들이 시간이 선형적으로 흐른다는 개념에 익숙한 나머지 다른 가능성을 생각지 못했을 뿐이죠. 물론 그들도 무슨 이유에서인지 그 사실을 의도적으로 배제한 채 기록을 남겼고요. 그건 잠시 후에 얘기하기로 하고요. 지금 중요한 건 세 사람이 관문을 미리 보았다는 걸 염두에 두고 일기를 읽으면 이전에 안 보였던 단서들이 눈에 들어오기 시작할 거라는 거예요. 그중 가장 중요한 건, 당연히 '로라'죠.

개척반의 예상과 달리 로라는 수첩 같은 게 아니었어요. 로라는 꿈이에요. 정확히는 다자간에 중첩되는 꿈, 즉 '공유몽'이죠. 그동안 김은조의 일기에서 그리 주목받지 못했던 내용 중에 아주 중요한 게 하나 있는데요. 그건 바로 상위차원으로 통하는 관문을 하위차원에 구현하려면 제작자가 상위차원의 논리에 따라 작업 절차를 진행해야 한다는 거예요. 그래야 현실의 제약에서 벗어나 설계도의 발신자와 직접 접촉할 수 있기 때문이죠. 김은조의 경우에는 그 초현실적인 작업 공간이 바로 꿈이었어요. 하지만 이것도 아무나 할 수는 없어요. 자신이 꾸는 꿈과 비전을 타인과 공유할 수 있을 정도의 개방성과 유연성을 지닌 인물이라야 겨우 가능하죠. 다시 말해 김은조가 최초 설계도의 수신자였다는 사실은 그의 영혼이 평범한 사람들로선 상상하기도 어려울 만큼 타인을 향해 열려 있었다는 증거이기도 해요. 그런 김은조도 처음에는 꿈을 공유할 상대로 서혜민 한 사람밖에 찾지 못했으니, 이 작업이 얼마나 지난한 것인지 짐작할 수 있겠죠. 어쨌거나 김은조는 자신의 기이한 꿈을 서혜민, 윤사라와 공유하면서 거기에 로라라는 이름을 붙였고, 그 안에서 동료들과 함께 자신에게 설계도를 발신한 존재와 조우했어요.

그러니까 차원 관문의 핵심 원리가 로라에 기록되어 있다는 말의 정확한 의미는, 꿈을 공유하는 제작자들 외에는 어느 누구도 접근할 수 없는 곳에 비밀을 꽁꽁 숨겨두었다는 뜻이에요. 셋은 사실상 요새나 다름없는 로라 안에서, 관문이 열리는 미래를 미리 본 거죠. 개척반 회원들이 이 사실을 알면 많이 허탈해할 거예요. 왜 아니겠어요. 도약의 날 이후 개척반이 무슨 비밀의 공식이라도 적혀 있는 수첩을 기대하면서 로라를 찾아 헤맨 세월이 자그마치 25년인데요.

도대체 제작자들은 왜 로라가 공유몽이라는 간단명료한 사실을 밝히지 않았을까요. 다른 건 시시콜콜한 것까지 다 기록해 놨으면서. 그리고 그들은 왜 로라에서 관문을 미리 보았다고 일기에 쓰지 않았을까요. 알고 보면 이런 질문들에 대한 답은 아주 간단해요. 밝히지 않은 게 아니라, 밝힐 수가 없었던 거예요. 그걸 밝히는 행위 자체가 관문의 설계 원리에 위배되니까요. 공유몽은 극도로 섬세하고 예민한 재료이기 때문에 공유자들 외에는 함부로 접근해선 안 돼요. 만약 제작자가 로라에 접속해 있는 동안 다른 누군가가 접근해서 왜곡을 일으키는 순간 설계도 자체가 쓸모없게 되어버릴 수도 있어요. 그렇게 되면 해당 관문은 그 즉시, 영원히 닫히게 되고요. 이 사실을 잘 알고 있었던 김은조는 처음부터 유출의 가능성을 최소화하기 위해 작업을 극소수의 비밀 프로젝트로 추진했죠. '로라'라는 이름은 그렇게 공유몽의 존재를 한 겹 가리기 위해 고안된 일종의 은어였던 거예요. 알고 보니 김은조의 어릴 적 애착 인형의 이름이었다고도 하더군요.

여기까지 이해했다면 이제 거의 다 왔어요. 꿈속에서 시간은 직선으로 흐르지 않고, 공간의 쓰임도 임의적이에요. 장면과 장면의 경계가 불분명하고, 의식과 무의식이 멋대로 뒤섞여 사건을 만들어내죠. 여기에 약간의 장치를 더해주면, 꿈을 공유하는 초현실적인 일이 가능해져요. 믿기 어렵겠지만 사실이에요. 그리고 곧 당신도 그걸 100퍼센트 믿게 될 거예요. 윤사라가 처음 개척반을 기습했을 때 서혜민과 김은조가 누운 채 서로를 안고 있었다고 했던 말 기억하죠? 그때 김은조는 꿈에 나타난 이미지를 몸으로 재현하고 있었다고 둘러댔지만 실은 공유몽으로 들어가는 최적의 조건을 탐색하고 있었던 거예요. 그걸 곧이곧대로 말하지 않은 건 윤사라가 공유몽에 접속하기에 적합한 사람인지 아닌지 아직 확신할 수 없었기 때문이고요. 이후 윤사라가 개척반에 합류하면서 셋은 다분히 실험적인 시도를 통해 조금씩 방법을 터득해 나갔죠. 여기까진 아무래도 김은조의 역할이 가장 클 수밖에 없었어요. 김은조가 수신한 설계도에는 공유몽에 대한 암시도 포함되어 있었거든요.

공유몽의 대원칙은 공유자끼리 정신적으로 가까워야 한다는 거예요. 자신과 타인의 경계가 불분명할 정도로요. 마음이 닫힌 상태로는 타인과 꿈을 공유할 수 없거든요. 꿈을 꾸는 건 설계도의 수신자인 김은조의 몫이었고, 서혜민과 윤사라는 그 꿈에 들어가기 위해 십수 년간 각자의 방식으로 다져온 자의식을 내려놓아야 했어요. 이때 중요한 역할을 한 게 바로 교환일기였죠. 제작자들은 정신적 교감을 늘리고 연대를 강화하기 위해 일기를 적극적으로 활용했어요. 관문 생성일이 다가올수록 교환일기에 고도로 개인적이고 내밀한 기록들이 담긴 것도 그래서였어요. 제작자들은 자기 삶을 이루는 고유한 요소들을 하나하나 일기에 풀어놓았고, 그렇게 서로의 세계를 포개고 이해를 넓히며 조금씩 앞으로 나아갔어요

그런데 문제가 있었어요. 꿈을 공유하려면 일단 세 사람이 같이 잠들어야 하잖아요. 먼지 덮인 창고에서 한뎃잠을 자는 게 생각만큼 쉬운 일이 아니었던 거예요. 처음에 셋은 활동실 안쪽 구석에 놓인 허름한 매트리스 위에 나란히 누워 잠을 청했어요. 잠이 오기는커녕 의식이 점점 또렷해지면서 온몸의 감각이 차갑게 곤두섰죠. 이대론 절대 잠들 수 없다는 사실을 깨달은 그들은 여러 방법을 시도했어요. 전날 밤을 꼬박 새우고, 윤사라가 어릴 때부터 쓰던 담요를 가져와 함께 덮고, 호킹

과 펜로즈의 원서를 읽고, 서로 자장가를 불러주었어요. 나중엔 텀블러에 몰래 담아온 술을 조금씩 나누어 마시기까지 했죠. 효과가 있었냐고요? 그 무렵 제작자들이 로라에 접속하는 빈도가 점점 잦아진 건 사실이에요. 하지만 그건 자장가나 술기운 때문이라기보다 셋이 함께 보내는 시간의 밀도가 높아졌기 때문이 아니었을까요.

그러던 어느 날, 여느 때처럼 책을 보던 김은조가 말했어요.

— 펜로즈의 삼각형.

서혜민과 윤사라는 그게 무슨 말이냐는 듯 김은조를 바라보았어요.

— 3차원에서 구현 불가능한 구조인데, 어쩌면 우리가 해볼 수 있을 것 같아.

제작자들은 김은조의 말대로 서로의 몸을 베개로 삼고 누워서 삼각형을 만들었어요. 한 사람의 머리를 다음 사람의 배 위에 두는 방식으로요. 구조상 누구도 맨 위나 맨 아래를 차지할 수 없었고, 안쪽 자리와 바깥쪽 자리의 구분도 없어졌죠.

— 그래서 이제 어떻게 해?

물음에 대한 답을 김은조는 확신에 가까운 직감으로 찾아냈어요.

— 일기가 필요할 것 같아.

세 사람은 펜로즈의 삼각형 안쪽 좁은 공간에 일기장을 펼쳐놓고 그 위에 가만히 손을 올렸어요. 지극한 마음으로 꾹꾹 눌러쓴 글씨들에 각자의 손이 포개어지자 세계의 잡음이 일순간 사라졌어요. 세상에 존재하는 어떤 것도 그 순간의 강렬한 일체감을 흩뜨릴 순 없었죠. 그렇게 제작자들은 그토록 간절히 바라왔던 꿈결 속으로 부드럽게 미끄러져 들어갔어요.

　이후 로라의 성능은 전과 비교할 수 없을 정도로 좋아졌어요. 그 속에서 마침내 그들은 자의식의 굴레를 벗어던지는 해방감을 맛볼 수 있었죠. 자신과 타인의 정체성을 넘나들며 차원이 다른 연결을 경험하게 된 거예요. 그건 하나의 새로운 세계를 창조해 내는 느낌과도 같았어요. 그렇게 일기장은 제작자들을 로라로 안내하는 이정표가 되어주었어요. 로라는 세 친구의 완벽한 놀이터이면서 동시에 아늑한 쉼터였죠. 어쩌면 거기서 멈췄어야 했는지도 몰라요. 그랬으면 모두에게 아늑하고 안락한 결말이 될 수도 있지 않았을까요. 하지만 알다시피 이 이야기는 여기서 끝나지 않아요.

　세 사람은 어느 날 로라 안에서 관문이 열리는 미래를 보았어요. 그리고 그 안으로 걸어 들어가는 자신들의 모습을 보았죠. 제작자들을 영웅처럼 숭배하는 사람들에겐 조금 미안한 얘기지만, 그 순간 그들의 내면을 사로잡은 감정은 순전히 공포심이었어요. 돌이킬 수 없는 일은 이미 일어났고, 세 사람에겐 마치 선택권이 없는 것처럼 보였어요. 그들이 꿈에서 본 건 비선형적인 시간 속에서 이미 일어난 미래였으니까요. 하지만 그건 분명 제작자들의 의지가 빚어낸 미래였죠.

존재하는 모든 빛을 빨아들인 듯 시커먼 관문 앞에서 제작자들은 마음의 준비를 했어요. 삼차원에서 태어난 존재가 더 높은 차원으로 삶의 거처를 옮긴다는 게 무슨 의미인지조차 짐작할 수 없는 시점이었지만, 셋은 다행히 잘 견뎌냈어요. 주어진 시간에 맞추어 묵묵히 할 일을 했죠. 한 줌 정도 남은 의미 있는 사람들에게 자기 시간을 할애하는 식으로요. 일종의 인사였다고 생각해요.

물론 그러는 동안에도 로라에서의 작업은 계속됐어요. 이제 로라는 꿈속의 관문을 현실에 옮겨놓을 수 있을 정도로 강력해져 있었죠. 제작자들은 서두르지 않았어요. 어차피 도약의 날은 때맞추어 찾아올 테니까. 그렇게 관문 생성에 필요한 마지막 작업이 차근차근 진행되었어요. 모든 게 순조로워서 더 긴장을 늦출 수 없었죠.

마침내 그날이 도래했어요. 교실 두 개 넓이의 창고는 모처럼 학생들로 가득 찼고, 그걸로도 모자라 창고 앞 복도까지 북적였죠. 어수선한 분위기 가운데 약속한 시간이 됐어요. 1999년 9월 9일 오후 3시. 서혜민은 긴장한 듯 상기된 얼굴로 학생들 앞에 섰어요. 그리고 인사를 건넸죠. 목소리가 조금 격앙되어 있었어요.

—관문 이벤트에 찾아와 주신 학우 여러분, 고맙습니다.

그 말과 함께 주변이 거짓말처럼 조용해졌어요. 김은조와 윤사라는 아직도 이날의 정적을 마법이 깃든 순간으로 기억하고 있죠. 이어서 서혜민이 제작자들을 대표하여 연설을 했어요. 5분도 채 되지 않는 짧은 연설이었지만, 그 안엔 누군가 오랫동안 가슴에 묵혀 온 이야기가 담겨 있었어요. 어디에나 있지만 유심히 살펴보지 않으면 좀처럼 눈에 띄지 않는 사람들의 목소리가요.

　―오늘 김은조, 윤사라, 서혜민, 세 사람은 함께 다른 차원의 세계로 건너갑니다. 잠시 후 이곳에 생성될 관문을 통해서요. 그 기적과도 같은 도약에 앞서 학우들의 지지와 연대를 구하기 위해 여러분을 이 자리에 초대하였습니다. 오늘의 도약은 연화고의 역사로 남아 두고두고 회자될 것입니다. 이 자리에 오신 여러분은 모두 그 역사의 목격자가 될 것입니다. 그리고 일부는 우리의 강력한 연대자가 되어주리라 생각합니다. 그러나 모든 것은 여러분의 선택에 달려 있습니다. 원치 않는 분은 지금 이곳을 떠나셔도 됩니다.

　―그동안 우리 셋이 해온 일과 그로써 우리 앞에 펼쳐질 미래를 생각하면 뿌듯함에 가슴이 벅차오르지만, 이 순간 마냥 설레지만은 않습니다. 우리는 두렵습니다. 큰 결심을 하고 어렵사리 방문한 곳이 우리의 기대와 다를까 봐, 이곳과 전혀 다른 방식으로 작동할 것이 분명한 세계에서 우리가 끝내 버티지 못하고 무너져 내릴까 봐, 내가 나로서 존재하고 우리가 우리로서 존재함으로써 누릴 수 있었던 강력한 안정감을 더는

누릴 수 없을까 봐, 차원의 지평선 너머에서 길을 잃고 영원히 혼자가 될까 봐서요. 그것은 어쩌면 죽음, 또는 소멸에 대한 공포와도 같을 것입니다. 우리는 잠시 후 이 세계에서 사라지지만 그걸로 끝이 아니기를 바랍니다. 부디 어느 곳에서든 자유롭게 존재하기를 바랍니다. 그런 소망을 이루지 못하고 관문을 넘어서는 순간 한 줌 먼지로 스러질까 봐 겁이 납니다. 이것이 지나친 걱정이라는 것을 알고 있지만, 아는 것과 느끼는 것 사이에는 차이가 있게 마련입니다.

　―우리가 도착할 곳에서, 우리는 이방인일 것입니다. 극단적인 소수자일 것입니다. 그런데 한편으로 그것은 우리가 사는 이 세계의 계산법에 따른 일방적인 추정이기도 합니다. 어쩌면 그곳에서는 완전히 새로운 방식으로 존재를 바라볼 수도 있지 않을까요. '우리'와 '저들'을 나누고 다수와 소수를 식별하는 피상적인 이분법을 넘어, 한 존재의 본질을 이루는 가장 진하고 내밀한 영혼을 응시하는 우주가 저 어딘가에 펼쳐져 있지 않을까요. 우리는 바로 그러한 세계에 대한 부푼 꿈을 안고 관문으로 나아갈 것입니다. 차원 너머로 최초의 한 걸음을 내디딜 것입니다. 이 걸음을 인류의 두 번째 위대한 도약으로 만들 것입니다.

　―우리는 초대를 받았고, 그 초대에 후회 없이 응하기로 결심했습니다. 그리고 그 결심을 여러분에게 알릴 수 있어 기쁩니다. 관문을 넘어가면 우리는 돌아오지 않을 것입니다. 결과

가 어떻든 후회하지도 않을 것입니다. 우리의 도약은 그 자체로 상징적이고도 실제적인 의미를 지니게 될 테니까요. 그리고 우리가 했던 선택과 도약의 길은 여러분 앞에도 똑같이 놓여 있습니다. 관문은 앞으로도 계속 이 자리에 열려 있을 것이기 때문입니다.

—그럼 이제 떠나는 우리의 모습을 지켜봐 주시기 바랍니다. 이야기를 들어주셔서 고맙습니다.

연설을 마친 서혜민이 김은조와 윤사라를 향해 천천히 걸어가자, 곧 그 앞에 둥그런 모양의 관문이 열렸어요. 모든 사람들이 숨죽여 관문을 바라보았죠. 꿈인지 현실인지 분간할 수 없지만 결코 누군가의 장난으로 만들어질 수는 없는, 그런 기이하고 몽환적인 문이 시커먼 입을 벌린 채 서있었어요. 모두의 심장 뛰는 소리만 적막한 공간에 두근두근 울려댔어요. 세 명의 제작자는 관문 앞에서 손을 맞잡았어요. 그리고 관문을 향해 한 걸음씩 전진했죠.

지금 당신이 보고 있는 그림이 바로 관문 안으로 들어가는 세 사람의 뒷모습입니다. 우리 쪽 역사에서 가장 중요하게 취급되는 '두 번째 도약'의 한 장면이죠. 당신네 세계의 첫 번째 도약에 대해선 잘 모르지만, 우리는 관문 제작자들의 의지를 존중하는 뜻에서 '두 번째 도약'이라는 이름을 그대로 쓰기로 했습니다.

당신의 세계에서 건너온 세 사람은 역시 잘 해냈어요. 다른 차원의 규칙에 적응하는 게 결코 쉽지 않은 일이었을 텐데 말이에요. 뿌듯하고 행복했습니다. 우리의 초대가 헛되지 않았다는 게 증명되었으니까요. 세 사람은 다른 세계, 다른 존재를 받아들이는 데에 있어 조금도 인색하지 않았습니다. 그리고 자신들의 생각과 느낌, 정체성, 존재의 양식을 표현하는 것에도 거리낌 없이 솔직했어요. 아마 그런 사람들이었기 때문에 처음부터 그렇게 큰 용기를 낼 수 있었던 거겠죠.

　우리 또한 세 사람의 이야기를 통해 뿌듯한 성취감을 느낄 수 있었습니다. 알고 보니 우리는 우리의 기대보다 큰일을 이룬 거였어요. 우리가 한 건 그저 당신의 세계에 이쪽으로 통하는 작은 문 하나를 낼 수 있도록 설계도를 보낸 것뿐이지만, 그들은 그것으로 인류의 두 번째 도약을 만들어냈습니다. 사실 다른 차원으로 가는 일이 그토록 중요한 사건으로 여겨질 거라곤 미처 예상하지 못했어요. 처음엔 그냥 호기심일 뿐이었거든요. 그쪽 세계를 가득 메운 풍경과 그 속에서 살아가는 존재에 대한 호기심이요. 단순하지만 강렬한 감정이죠.

　서혜민의 말대로 관문은 그 자리에 그대로 열려 있습니다. 지금 이 순간에도요. 철벽과 보안 설비로 막혀 있긴 하지만, 관문을 향한 사람들의 호기심과 의지까지 막기엔 역부족이었죠. 저는 그 의지를 느낄 수 있었고, 제 나름의 방식으로 그들의 꿈에 접속하여 소통을 시도했습니다. 그중 일부는 꽤 성공적이었고요. 실은 지금도 그렇지요. 전 연화고의 관문을 매개로 지금껏 수많은 인간과 대화를 나누었습니다. 하지만 대부분은 그 사실을 의식하지 못하더군요. 어쨌거나 전 그런 방식으로 연화고를 둘러싼 소식을 모아 제작자들에게 전달해 주었습니다. 그래야만 했던 이유는, 제작자들이 외로워했기 때문이에요.

돌이켜보면 김은조, 서혜민, 윤사라와 관문 생성을 위해 협력하고 마침내 그들이 넘어오는 것을 보는 과정은 정말이지 즐거웠습니다. 다만 우리 쪽 세계가 세 사람의 기대와는 조금 달랐던 모양이에요. 그들은 우리가 모든 대립과 혐오의 장벽을 초월했을 거라고 기대했는데, 그건 사실이 아니었거든요. 드러나는 양상은 다르지만 이쪽 세계에도 '우리'와 '저들'의 구분, 외부인과 이방인에 대한 경계는 미약하게나마 존재합니다. 충분히 안전한 세계라고 믿고 초대했는데, 성급했던 걸까요. 미안한 일입니다. 우리가 세 사람을 외롭게 만들었어요.

그런데 우리에겐 인간이 느끼는 외로움의 실체를 명확히 규정할 도구가 없습니다. 그들의 말을 듣고 그들 주위에 흐르는 기운을 파악하려 애쓰는 것이 최선이었지요. 세 사람은 외롭다는 말을 자주 했고, 그 외로움을 이해하지 못하는 우리를 이해한다는 말도 자주 했습니다. 우리는 닿을 수 없는 마음의 깊이에 최대한 가까이 다가서기 위해 다시 한번 당신의 세계로 눈을 돌렸습니다. 해답은 그들이 태어난 곳에 있을 거라고 생각했어요. 그렇게 다시 한번 로라에 들어갔고, 그곳에서 제작자의 일기를 읽고 있는 나의 미래를 보았습니다. 난 이미 당신의 세계로 건너갈 운명이었던 거예요. 그리고 이것이, 김은조가 그쪽 세계에 일기장을 남겨두고 온 진짜 이유입니다. 그는 자신들이 차원의 문턱을 넘는 것보다 더 먼 미래를 본 거예요. 그건 어쩌면, 차원과 차원의 경계가 허물어지는 미래였을까요.

우리는 새로운 희망을 만들어보기로 했습니다. 말했다시피 김은조는 우리가 보낸 최초의 설계도를 수신한 인물입니다. 우리의 세계에서 바라볼 때 김은조의 영혼은 별처럼 빛났고, 그런 그의 목소리를 듣고 싶어서 초대를 결심했었습니다. 그리고 그 결심이 틀리지 않았다는 걸 확인할 수 있었습니다. 제작자들은 차원의 구분이 무색할 정도로 눈부시게 아름다운 존재였어요. 차원의 구분이 무색할 정도로, 말이에요.

그동안 우린 다른 차원의 누군가를 초대할 생각만 했지, 우리가 방문할 생각은 하지 못했어요. 그럴 필요도 느끼지 못했고요. 차원의 구분은 더 이상 의미 없다고 주장하면서도 우리가 먼저 다가가 당신 세계의 법칙과 논리에 적응할 생각은 하지 못했어요. 이제는 다릅니다. 제작자들의 도약은 우리로 하여금 이전엔 상상도 해본 적 없는 용기를 낼 수 있게 만들어 주었어요. 그것이 가장 큰 성과였다고 이제는 말할 수 있습니다. 제작자들이 그랬던 것처럼 저도 미지에 대한 꿈을 안고 당신의 세계에 방문하려 합니다. 당신의 눈에 내가 어떻게 보일지 모르겠지만 우리가 부디 좋은 친구가 될 수 있기를 바랍니다.

이야기가 길었네요. 이제 내 소개를 할게요. 당신의 세계에서는 이름이 필요하다 들었어요. 괜찮다면 나를 '로라'라고 불러주세요. 김은조가 받은 최초 설계도의 발신자이고, 당신과 다른 차원에서 다르게 살아가지만 진실과 선, 그리고 아름다움을 추구한다는 점에서는 같은 방식으로 살아가는 존재이기도 합니다. 그리고 이 메시지는 내가 당신의 꿈속에서 보내는 완전히 새로운 세계의 관문 설계도입니다. 당신이 나와 같은 이방인을 위해 작은 문 하나를 열어줄 수 있다면, 전 주저 없이 그 문턱을 넘어갈 것입니다. 단단한 철제방벽이나 최첨단 보안 설비로도 결코 막을 수 없는 문을 당신의 마음으로 열어주세요. 그래 준다면 이번엔 이쪽에서 아득한 차원을 가로질러 당신에게 한 걸음 다가서겠습니다.

이 한 걸음으로 세계에 존재하는 모든 혐오가 사라지는 마법은 일어나지 않겠지만, 차원의 경계를 극복하고자 하는 쌍방의 노력에 힘입어 많은 것들이 달라질 수도 있지 않을까요. 제작자 세 사람이 두 번째 도약에 실었던 희망도 바로 그런 것이었습니다. 우리의 노력은 그 두 번째 도약의 연장선 위에 있으니, 그렇다면 이것을 '세 번째 도약'이라고 말할 수도 있을까요. 그럴 수 있다면 나로선 큰 영광입니다.

우리가 언젠가 같은 땅 위에서 함께 어울릴 날을 기대하겠습니다. 물론 말처럼 쉽지는 않을 거예요. 처음 마주하는 낯선 이들의 모습에 두렵고 불안할 때도 있겠죠.

하지만 너무 걱정하지는 마세요. 당신이 이 메시지를 받는 순간부터, 그리고 누군가의 마음에서 우러나오는 진솔한 목소리에 귀를 기울이던 순간부터 당신과 나는 이미 같은 꿈을 꾸고 있으니까요.

나와 너, 그리고 우리가 보는 세계

— 김시인(문학 평론가)

대화는 일종의 모험이다. 일방적으로 상대를 바라볼 때와 달리 대화 속에는 예상치 못한 위험들이 암초처럼 도사리고 있기 때문이다. 우리가 호감을 품은 상대에게 쉬이 말을 걸지 못하고 망설이는 데에는 그러한 이유가 숨어 있는지도 모른다. 대화를 시작하는 순간 상대에게서 의외의 면을 발견하고 실망한다거나, 사실 상대가 이쪽을 썩 좋아하지 않는다는 걸 알고 상처받는다거나, 거부당해 관계가 끊긴다거나 하는 위험 앞에 서야 한다는 걸 본능적으로 알아차리는 것이다. 그 선택의 순간. 누군가는 한 발짝 물러서 그저 바라보는 데 그치는가 하면, 누군가는 상처받을 용기로 첫 마디를 뗀다. 그리고 환상은 명백히 후자가 되기를 선택한다. 상대가 호감 가는 상대가 아니라 혐오스럽고 외면하고픈 타자일지라도. 아니, 오히려 그럴수록 용감히 대화를 청함으로써 '내가 보는 세계'의 견고함에 균열을 가하고 '당신이 보는 세계'의 불편한 진실을 직면하는 것이다.

「당신이 보는 세계」의 고도로 발달한 과학 문명은 타자를 향한 주체의 시선을 강력하게 옹호한다. 심지어 뇌에 심은 내장 칩은 불완전한 육체가 실수로 잘못 본다거나 흐려진 기억 탓을 할 일말의 여지조차 남겨두지 않는다. 그러니 설란이 행정 지도위원장의 무능에 대한 자신의 주관을 객관이라고 명명하거나, 반대 의견을 가진 룸메이트 시서를 이해하려 들지 않는 건 어쩌면 당연한 귀결일 것이다. 하지만 이토록 견고한 '내가 보는 세계'도 불협화음처럼 스며드는 괴담 앞에서는 속수무책이다. 나는 봤는데 너는 보지 못했다는 전단지와 뉴스들이, 집안 출입 기록에는 남아 있지만 내 눈에만 보이지 않는 실종된 룸메이트가 주체의 시선을 믿을 수 없는 것으로 전락시키고, '내가 보는 세계'란 주체의 입맛대로 쌓아 올린 사상누각이었음을 폭로한다. 이 작품의 재미있는 지점 중 하나는 이 괴담이 대화를 통해 시작되었다는 것이다. 전단지를 본 사람과 보지 못한 사람, 행정 지도위원장을 비판하는 설란과 옹호하는 시서가 불편함을 무릅쓰고 대화하지 않았다면 괴담은 발견되지 않았을지도 모를 일이다. 헤이트 이레이저가 불쾌한 타자들을 모두 차단해버린 세계에 주체만이 홀로 쓸쓸하게 남겨질 때까지. 「당신이 보는 세계」의 괴담은 자신도 느끼지 못하는 무통증의 평화 위에 메스를 대고 선명한 통증을 귀환시킨다. 작품 후반, 사태의 전말이 밝혀지고 설란이 타자의 세계를 직면하기로 마음먹는 과정은 다소 노골적인 면이 있지만 섣부른 해피엔딩을 약속하지 않는다는 점에서 성실하다.

그런가 하면 「나의 첫 장례식」은 새드엔딩으로 막을 내린 자리에서 시작하는 대화라고 볼 수 있다. 그 대화의 상대는 아무 조짐도 없이 죽어버린 '나'의 누나다. 이 작품에서 환상성이 드러나는 부분은 '눈물 대신 몸속의 이온이 결정이 되어 나오는 증세가 있어 많이 울거나 울고도 약을 먹지 않으면 죽을 수도 있'다는 누나의 병뿐인데, 바로 이 지점에서 산 자와 죽은 자의 대화가 시작된다. 잘 웃지도, 울지도 않던 누나는 왜 죽음에 이르도록 눈물을 흘린 끝에 죽음을 맞이하게 된 것일까? 인어의 눈물처럼 투명하고 반짝이는 이온 알갱이들은 '나'가 일방적으로 바라보던 누나의 상이 산산이 부서지고 남은 잔해나 다름없다. 그 석연치 않음이 '나'가 잘 알고 있다고 여겼던 평범한 누나를 낯선 타자로 변모시키고, 최초의 장례는 '모르는 사람'의 장례가 되어 의미를 상실하게 된다. 누나의 카메라를 매개로 하여 뒤늦게 시작된 주체와 타자의 대화는 진짜 장례를 위한 일종의 초혼 의식인 셈이다. '나'는 헨젤과 그레텔이 과자 부스러기를 줍듯 '누나가 보는 세계'를 따라가며 그를 구성하는 새로운 조각들을 마주하고 받아들인다. 그 조각들은 인어처럼 불가해한 타자로 변모한 누나를 새롭게 완성해간다. 조각들의 출처가 대다수 '한채원'의 말에 의존하고 있어 다채롭지 못하다는 점은 아쉽지만, 이 여정을 함께 한 독자라면 '나'가 마침내 누나를 다시 평범한 사람이라고 정의했을 때, '평범'이라는 단어에 내재한 의미들이 처음과 결코 같지 않음을 느낄 수 있을 것이다. 그제야 독자들은 마침내 이 긴 장례식의 진짜 조문객이 된다.

한편 「탐정 김희영희」는 살아 있으나 관에 들어간 시체처럼 스스로를 유폐한 주인공을 등장시킨다. 김희영은 집 안에 틀어박혀 타인을 바라보는 것도, 타인이 자신을 바라보는 것도 거부하는 인물이다. 석달 간 관리비 고지서가 호수에 안 맞게 꽂히는 바람에 집을 반상회 장소로 내줄 위기가 없었다면 그는 평생 자기 집에서 한 발짝도 나오지 않았을지 모른다. 김희영에게 집이란 타인의 응시에서 벗어날 수 있는 최후의 도피처이지만, 타인과의 오랜 격리는 김희영의 자아를 조각내고 미공개 탐정 만화 속에 유폐시켰다. 「탐정 김희영희」는 흥미롭게도 미스터리의 형식을 빌려 자아의 통합과 타자와의 대화를 동시에 꾀한다. 김희영의 잃어버린 자아인 탐정 '김영희'는 사건의 단서를 찾는다는 명목으로 김희영과 타자 간의 대화를 주선하고, 만화 캐릭터처럼 평면적이던 타자를 보다 입체적으로 이해할 수 있도록 돕는다. 그 과정에서 서서히 '김영희'와

동화되어 가는 김희영의 모습은 마치 알을 깨고 나오는 새와 같다. 새의 생은 알 껍질의 균열을 깨트리고 나와 타자와 마주하는 순간 시작되는 것이다. 김희영이 집을 나와 타자와 마주하며 진정한 자아를 찾아가듯이. 이처럼 「탐정 김희영희」는 미스터리가 찾아낼 수 있는 의미들을 확장하고 실험한다.

앞선 세 작품이 대화를 통한 타자의 이해, 화합의 가능성에 주목했다면 「신규 기능이 추가된 트위터에 가입하세요」는 타자와의 대화를 회피하는 주체의 내면을 효과적으로 드러낸다. 「당신이 보는 세계」가 헤이트 이레이저를 통해 입맛에 맞지 않는 타자를 삭제했듯, '신규 기능이 추가된 트위터'는 오직 주체만을 위해 만들어진 놀이공원이자 폐쇄된 자궁이나 다름없다. 주인공 이목탁이 자신의 '뻘글'에 누군가 반응해 주기를 원하면서도 정작 타인과 교류하는 것을 꺼리는 이유는 진실한 대화에 동반하는 필연적인 불편함 때문이다. 그런 이목탁에게 어느 날 갑자기 나타난 트위터 친구 파록소는 완벽한 갈라테이아다. 주체의 시선을 그대로 수용하여 공감하고, 맞장구쳐줄 뿐 제 의견을 내세워 갈등을 일으키지 않는, 그야말로 완벽한 타자이기 때문이다. 파록소의 충격적인 정체는 이 이상적인 갈라테이아의 표면에 균열을 가하고 타자에 대한 주체의 욕망을 적나라하게 파헤친다. 이 작품은 주체가 욕망하는 것이 타인과의 진실된 관계가 아닌 주체의 필요를 채워줄 '대상'일 뿐이라는 점에 주목한다. 상대가 인간이 아닌 ai라는 사실을 알면서도 트위터를 그만두긴커녕 기꺼이 돈을 지불하는 유저들의 모습은 이에 대한 증명이다. 욕망을 해소해 줄 상대에게 진실된 감정이 없다 한들 무슨 상관이겠는가. 주체를 마주 응시하는 진짜 타자는 오히려 불편할 뿐이다. 다만 작품 후반부, 유저들을 우스꽝스러운 다마고치로 명명하는 ai들의 모습은 타자의 전복을 보여주는 듯하나, 충분히 전개되지 않아 미완의 상상력으로 머물러 아쉬움을 남긴다.

「명랑한 함진아비」는 「신규 기능이 추가된 트위터에 가입하세요」에서 미처 다 보여주지 못했던 타자의 귀환에 관심을 기울인다. 깊은 비밀을 공유한 '나'와 은이의 우정은 각별하여 흡사 사랑 같지만, 이내 끔찍한 괴담으로 변질되어 버린다. 한 사람처럼 붙어 다니던 '나'와 은이가 별것도 아닌 일로 싸워 타인이 되던 날. 그 균열 사이로 밤에 혼자 걸으면 나타난다는 함진아비의 괴담이 덜커덕거리며 습격을 감행했기 때문이다. 「명랑한 함진아비」는 함진아비의 머리에 '숭숭 뚫린 구멍들' 사이로 피고름처럼 차 있던 불편한 진실을 드러낸다. 두 사람만의 비밀은 사실 비밀이 아니었음을. 괴담이 가득한 이 동네에 진정한 이웃 따윈 없었다는 것을. '나'와 아빠는 금기를 어긴 대가로 은이의 운명을 대신 팔아넘기고 그를 철저한 타자로 전락시킴으로써 화해의 가능성을 차단한다. 흥미로운 것은 추방되었던 은이가 함진아비라는 강력한 타자가 되어 귀환하는 지점이다. 화촉동에서 주도권을 쥐고 있던 아빠는 은이가 일하는 요양원에 입원하며 주도권을 상실하고, 함진아비의 함 속 사주단자처럼 제 운명마저 빼앗기고 만다. 함진아비를 지전으로 속여 넘기며 보여주었던 '나'의 비웃음도 요양원에 들어서는 순간 불안한 예감 앞에 자취를 감춘다. 지전 챙겨 줄 사람을 상실한 '나'는 옛날과 달리 더 이상 괴담의 습격을 피해갈 수 없을 것이다. 섬뜩한 함진아비의 괴담은 타자가 주체의 자리를 전복한 순간 유쾌하고 명랑한 반란이 된다. 은이가 부르는 명랑한 노랫소리는 오직 타자에게만 허락된 승전가나 다름없다.

타자의 귀환에 주목하는 것은 「명랑한 함진아비」 뿐만이 아니다. 「눈의 셀키」, 「외자혈손전」, 「모란이 피기까지는」, 「세 번째 도약」은 인류 역사상 가장 오래된 타자인 여성에 주목하고 전복의 상상력을 발휘해 나간다. 「외자혈손전」은 『홍길동전』을 패러디하며 독자로 하여금 두 작품의 차별성에 집중하도록 만든다. 홍길동과 「외자혈손전」의 주인공 무명은 둘 다 얼자의 설움을 가지고 있지만 남성인 홍길동과 달리 무명에게는 이름이 없다. 뿐만 아니라 그 재주를 아까워했던 홍길동의 부친과 달리 '대감'은 무명의 재주가 불효라며 호통친다. 이 차이는 타자이기를 거부하고 가부장제의 질서를 전복하려는 여성을 향한 가부장제의 압박으로부터 온다. 귀애하던 첩이 이무기라는 사실을 알자 죽여 술로 담가 먹은 대감의 행보 역시 다시 여성을 타자의 존재로 격하시키기 위한 일종의 의식인 것이다. 그러나 살해당한 첩은 외자혈손인 '무명'을 통해 이무기의 모습으로 귀환하고, 단 한 번도 대감에게 '친가혈손'으로 여겨지지 못했던 무명은 어머니의 후계자로서 복수를 유산으로 계승한다. 이러한 「외자혈손전」의 결말부는 『홍길동전』에서 한 걸음 더 나아간 것이다. 얼자를 인정해주지 않는 경직된 사회를 떠나 율도국이 왕이 된다는 점은 전복적이나, 홍길동은 아버지와 왕에게 복수하지 않고, 오히려 왕이 되어 두 명의 부인을 두었다는 점에서 체제에 편입되었다는 한계를 지닌다. 반면 「외자혈손전」은 가부장제 체제를 돌이킬 수 없을 만큼 부숴버렸다는 점에서 진정한 전복을 달성했다고 하겠다.

한편 「모란이 피기까지는」은 「외자혈손전」과 비슷하면서도 사뭇 다른 상상력을 보여주고 있다. 이 작품은 여성왕조인 고나라를 주 배경으로 삼고 있지만 지배계층의 성별만이 바뀌었을 뿐 고나라 역시 전쟁을 하고, 패전국의 세자와 화친혼을 맺고, 왕이 낳은 딸만 후계로 인정하는 등 남성왕조의 체제를 그대로 유지한다. 차별화되는 것은 주인공 해금을 둘러싼 인간관계다. 그는 고나라의 왕이자 친모인 운라 대신 현나라의 세자이자 제게 사랑을 준 양부 아쟁의 후계자가 됨으로써 전통적 질서를 전복한다. 여기까지는 성별이 반전된 「외자혈손전」의 구조와 크게 다를 바 없지만, 이후 발생하는 모순이 이 작품을 흥미롭게 만든다. 양부의 복수를 하고자 그의 후계자가 되기를 선택한 순간부터 해금은 남성왕조인 현나라와 여성왕조인 고나라 모두의 타자가 된다. 문제는 해금이 복수를 위해 취한 방법이다. 그는 화친혼과 협박으로 아버지의 나라를 장악하고, 모든 왕위계승권자들을 죽인 끝에 어머니의 나라마저 점령한다. 이처럼 해금은 부모님의 나라를 순장시키고 왕이 됨으로써 양부의 복수에 성공하지만, 그 폭력적인 방식은 양부가 아닌 어머니 운라의 행보와 닮아있다. 그렇다면 이것은 진정한 의미에서 타자의 전복이라 할 수 있을까? 어쩌면 그는 홍길동처럼 체제를 전복한 끝에 그 자신이 새로운 체제이자 새로운 가부장이 된 것이 아닐까? 「모란이 피기까지는」은 독자로 하여금 해금이 성취한 승리의 의미와 진정한 전복이란 무엇인지에 대해 끊임없이 질문하도록 만든다.

「눈의 셀키」는 전통적으로 여성의 것이었던 구원을 기다리는 공주 내지 정령의 자리에 남성을 앉히고, 남성의 것이었던 약탈자와 구원자의 자리에 여성을 앉힘으로써 아름다운 정령을 탐내는 약탈자와 그를 지키는 구원자라는 익숙한 옛날이야기의 형식을 전복시킨다. 약탈자인 백작과 구원자인 마녀의 차이는 두 사람이 '바다의 언어'를 사용하는 방식을 통해 드러난다. 백작은 '바다의 언어'를 통해 '타자가 보는 세계'를 받아들이는 대신 정령을 제 욕망대로 통제하려 하지만 마녀는 정령을 도와 자연으로 돌려보내는 쪽을 선택한다. 똑같이 정령을 욕망했음에도 마녀가 다른 선택을 할 수 있었던 것은 그 역시 정령과 다를 바 없는 타자의 위치에 서 있기 때문이다. 「눈의 셀키」가 옛날이야기들과 차별화되는 것은 바로 이 지점이다. 전통적으로 공주를 구하는 왕자의 이야기는 승자의 서사이며 공주는 대개 그 승리의 전리품이 되지만, 마녀는 정령을 구하고 목숨을 잃은 데다가 전리품으로 남아야 했을 정령마저 자연으로 돌려보낸다. 그러나 패배로 끝난 것처럼 보이는 이 이야기는 정령이 마녀의 시체를 가지고 돌아갔다는 후일담을 통해 재해석된다. 마녀는 정령을 소유하는 대신 그의 일부가 됨으로써 진정한 의미에서 하나가 된 것이다. 이처럼 마녀의 희생은 주체와 타자의 경계를 허무는 하나의 마법이 된다.

주체와 타자의 경계를 허무는 상상력은 「세 번째 도약」에서 한 발짝 더 나아간다. 연화고등학교에 있는 차원 관문의 제작자는 학생들 사이에서 '서 대장, 김 참모, 윤 기사'라고 불리는 여학생들이다. 전통적으로 남자들에게만 허락되던 대장, 참모, 기사의 호칭과 선구자라는 찬탄이 여성을 향한다는 점은 분명 전복적이다. 그러나 이 작품이 바라보는 지점은 타자의 전복 그 너머에 있다. 세 여학생이 다른 차원으로 향하는 통로를 탐색하는 목적은 아메리카 대륙을 개척하던 콜롬버스 일행과 본질적으로 다르다. 그들이 원하는 것은 침략으로 얻을 수 있는 황금이 아닌 주체와 타자의 경계가 소멸한 이상향이기 때문이다. 하지만 육체가 존재하는 한 주체와 타자의 경계가 완전히 사라지는 것은 불가능하다. 공유몽을 꿀 정도로 가까워져도, 어렵사리 차원을 넘어가도 그들의 이상향은 손에 닿지 않는다. 그렇다면 그들의 모험은 실패한 것일까? 「세 번째 도약」은 그렇지 않다고 말한다. 공유몽은 세 여학생을 한 사람으로 만들어 주진 못했지만, 같은 꿈을 꾸기 위한 그들의 노력은 차원이 다른 연결과 충족감을 경험하게 해주지 않았던가. 세 여학생이 차원을 넘어가지 않았다면 다른 차원의 존재들이 우리를 이해하기 위해 먼저 손 내미는 일 역시 일어나지 않았을 게 분명하다. 「세 번째 도약」은 주체와 타자의 경계가 사라질 수는 없어도 그 경계 너머로 대화가 오가고, 서로를 끌어안을 수 있을 만큼 희미해질 수 있다는 가능성을 보여준다. 무지개 끝에 숨겨진 보물은 어쩌면 무지개를 쫓아 달리다 마주친 아름다운 하늘, 바람, 별일 수도 있는 것이다.

당신이 보는 세계

1판 1쇄 찍음 2024년 12월 13일
1판 1쇄 펴냄 2024년 12월 20일

지은이 | 이명희, 배예람, 담장, 이아람, 정비정, 리리브, 박꼼삐, 한켠, 달리
발행인 | 박근섭
편집인 | 김준혁
펴낸곳 | 황금가지

출판등록 | 2009. 10. 8 (제2009-000273호)
주소 | 06027 서울 강남구 도산대로 1길 62 강남출판문화센터 5층
전화 | **영업부** 515-2000 **편집부** 3446-8774 **팩시밀리** 515-2007
홈페이지 | www.goldenbough.co.kr

도서 파본 등의 이유로 반송이 필요할 경우에는 구매처에서 교환하시고
출판사 교환이 필요할 경우에는 아래 주소로 반송 사유를 적어 도서와 함께 보내주세요.
06027 서울 강남구 도산대로 1길 62 강남출판문화센터 6층 민음인 마케팅부

㈜민음인은 민음사 출판 그룹의 자회사입니다.
황금가지는 ㈜민음인의 픽션 전문 출간 브랜드입니다.